洞庭之时光

Dongting
zhi Shiguang

柴焕波 著

岳麓書社 · 长沙

目 录

卷首

蛇纹罍

1

我睡在湖南博物馆的宿舍里，黑暗中，卧室的门忽然开了，窗帘也飘了起来，我知道是风，但我还是在想，这门原本是关好了的。于是，我身上的什么东西被唤醒，我竟被自己的臆想吓得无法入睡。

博物馆及附近的烈士公园、砚瓦池、德雅村这一带，原来都是丘岗，是楚汉古墓葬密集的地方。在《长沙发掘报告》中，我看到过密密麻麻的陪葬木偶人；一片木牍上绘着鸟喙的巫师，旁边画着符咒；一幅帛画上绘着一位贵妇，两袖向前，长裙及地。隔着水塘，陈列馆屋脊上的脊兽，正拖着长长的黑尾巴，顺着屋檐爬下来，还回头看我。此刻，那个年轻的军官利豨也躺在幽暗里，随葬的帛书中有《周易》、黄老、阴阳五行、占星等，多是鬼神世界和神仙方术的书，看来，他也是一个被巨大恐惧所笼罩的人。

我躺着，门外的小风幻化出各种蹑手蹑脚的声音，身体被什么东西压得喘不过气来，后来，我听到东风路上夜行的汽车，车轮压过窨井盖，发出清脆的嘭嘭声，将我从恐惧中解救出来，我感到堵塞的血脉霎时向全身漫开。

天亮后，我出大门买早点，寒流来了，风吹着“马王堆汉墓陈列”的巨大布幔，街道上白茫茫的，汽车、自行车在风中穿梭，公路旁走着身佩刀剑的晨练者、四叉拐杖的老年人。从树梢间看昨晚张牙舞爪的脊兽，此时已失去了灵通，变成了僵死的小土偶。

我在想，在长沙生活了这么多年，为什么阳光下的店铺、川流不息的马路，从来没有在梦中出现过。进入梦魇的，总是那些鬼怪，还有我故乡的老房子、童年伙伴、棺材、家里的蛇、外婆篮子里用草纸包成四角的祭品，而且从根本上影响着我的睡眠，我忽然觉得，在光天化日之下，一直躲藏着另一个巨大的隐性世界，它与我更有关联，我只是偶尔将魔盖打开，窥视到它，它倒是我值得凝视的生命之根。

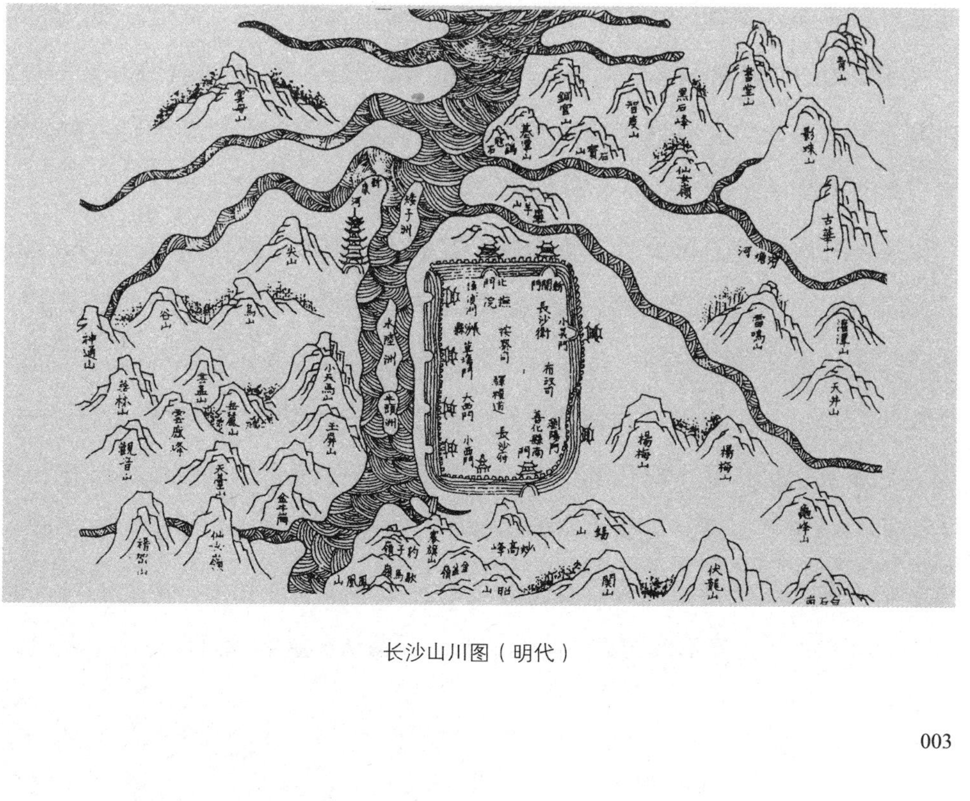

长沙山川图（明代）

2

我大学毕业后，分配到这个博物馆，有很长一段时间，领导安排我在涂家冲、伍家岭废旧物资收购站拣选、回收文物。一次，我在废品堆里找到一件商代的蛇纹罍，去锈后，颜色呈孔雀蓝，莹澈如玉，上腹部布满夔龙、云雷纹，下腹部是卷曲的盘蛇，蛇腹饰半环状鳞片，蛇头微翘，嘴对着跳跃的青蛙，只是尾部已经残缺，出土地点更是毫无线索。

有一年，洞庭湖与楚江交汇处的狮子岩，因架高压线炸岩石，当地文物保护员陈克俭拾得一大块青铜残片，辗转送到博物馆。当我看到残片上的蛇尾图案，自然联想到先前征集的青铜罍。通过比对，果然是同一件器物上的，但原器已经修复并入库，残片就暂时放在我的办公桌上，准备进行描摹、记录。那段时间，我正患神经衰弱症，一天晚上，我上办公室，在暗中看到盘蛇在桌子上蠕动，鳞甲泛着幽光，我猛然被这景象惊吓。原来是风吹树叶，光斑在桌上扫来扫去，正好照到残片上的图案。此后，我常常梦见盘蛇，夹杂着童年时代恐怖的记忆，像一个古老的梦魇，反反复复。

据陈克俭介绍，狮子岩上曾经出土过不少青铜器，解放前，一个长沙的古董商人就在当地搜集到一件青铜罍。他还说，“狮子岩上满沟满沟都是陶片”，这让我神往不已。在冥冥中，总有一种力量牵引着我，让我走向那里。多年以后，当第一次站在狮子岩上，我惊奇地发现，四周是连绵崔巍的峰峦，盆地中心是白鹤古城遗址，几个时代的文化层互相叠压着；西面是凤形山，山坡上分布着大量的楚汉墓葬。此时正值夕阳西下，开阔的楚江从山谷中迎面而来，凤形山一带起起伏伏的山岗、重重叠叠的封土堆都在逆光中，历史的风云铺天盖地而来，让我猝不及防，失落的文明一幕幕从我脑际掠过。在这个瞬间，一种宿世的情缘涌上我的心头，我触摸到了这件青铜罍的今生前世，这一灵光，也照亮了我以后几十年的考古生涯。

3

有一年，我参加一个国际学术讨论会，一位研究洞庭湖文化的日本学者，作了《白鹤古城地形环境》的报告，大屏幕上放映着一幅航拍地图：白鹤古城在地形上微微隆起，如一条盘蛇；旷野中的水渠、古桥、石板路、古树；黑压压的陈家屋场匍匐在盆地的边缘；梦溪从山谷流出，注入楚江；楚江彼侧是埋藏蛇纹罍的狮子岩，还有凤形山隈的疏林、坟地上发白的墓碑……乍见这个盆地的全景，我内心一阵悸动，当时，我还是头一次看到这么清晰的地图。

报告者介绍着，白鹤古城是屈家岭时期的古城，东周时期一度成为楚城，城址有城墙、环壕、公共建筑、祭坛……翻译的语调没有起伏，久之，便成了一片嗡嗡嗡的背景音，而我早已心不在焉，我的思绪越过重山，飞向了陈家屋场，那个夹杂着炊味、干草味、猪圈馊味的村庄。我的目光紧紧盯着这幅地图，打捞着我熟悉的记忆：那一户是我住过的楼房；那个是马戏团鼓声咚咚的坪场；在那条发白的土路上，有一天夜里，我和素春走在那里，她说，真希望这条路没有尽头。她的眼神、步态都从记忆中凸现出来，并汇成一股感情的洪流。此时，我的内心激荡起强烈的文学情绪，一个精彩的世界向我洞开。我想记下这块土地给我的那些点点滴滴的触动和灵感，书写一阕青春的挽歌，一个永恒不老的爱情故事，在这部作品中，我要让根系扎入大地的深处，从深厚的文化层和各种生活碎片中，复原出一个丰满的村落图景，凝积起民族生存的丰富密码，它既是关于这块土地的世代冗梦，又是我个人幽长缠绵的青春梦境。

我开始翻阅历年积累的笔记本，希望借助它，回溯青年时代的生活场景，但我发现，笔记中的生活片断，现实生活中的短暂爱情，既零乱又不深刻，构不成一部小说的完整框架。但是，当我以这些分散的原始素材，构思成具有因果关系的虚构故事时，又歪曲了真实生活的肌理，有违我根深蒂固的审美趣味，这让我陷入深深的两难之境。歌德说："艺术要通过一种完整体向世界说话，这种完整体是心智的果实。"我一次次看到未完成作品的容姿，她美若天仙，只是通向她的道路过于漫长，使激情的河流一次次在中途干涸，后来，就连这些笔记本也在一次辗转过程中遗失了。不知不觉间，我退了休，并步入老境，但曾经的这个愿望总是让我魂牵梦萦，难以释怀。"那追溯本源的方法，多么不易探求！大约达不到半途，可怜虫就一命归幽。"（歌德《浮士德》）

这些年，行业内风行国家遗址公园建设，白鹤古城作为洞庭湖古代文明的重要遗址，也列在其中。作为遗址博物馆的设计顾问，我也来到现场，指导布展。一次，工作人员将一箱箱文物从库房中搬出来，在一个木箱中，竟然发现了一包我的笔记本，还有一堆尚未冲洗的胶卷。这么多年了，我一直以为它们遗失了，没想到在此失而复得。但情随事迁，这并没有激起我的多大喜悦，反而陡增了许多感慨。

笔记本中的日记，大多与田野发掘记录混在一起，时间有早有晚；一些支离破碎的札记片断，用文稿纸订在一起，原是作为小说素材准备的。订书针已经锈了，用圆珠笔写的字迹，也已经浸漫，但让我意想不到的是，在这些零散的文字中，却保存了一个真切的世界，急雨中的田野，黑暗中的街巷，每一处风景，每一句对话，都是我生命的再现，当我读着这些平实的文字，我感到一扇扇门被悄悄开启，过去的风景、荒唐的人事，梦一样的泛起，青春岁月就像风吹雾过一般显现……

上卷　村

创作手记

在我们古老的国土上，散布着数不清的村庄，一个村庄就是广大疆域的一颗细胞，一个自足的小宇宙，随意盯住一个，加以发掘，大致会有相似的内涵。我惊讶地发现，我笔记中的陈家屋场，尽管只有那么大，却具有无处不在的普遍性，这让我产生一种信仰，我顺着这缕光，一路前行。久而久之，我看到了青年时代不曾看到的质地和每一寸细微处，我用文字来抚摸村巷、农田、一座山、一条沟、一块石、一段土墙，复原着它们的真实肌理，并将它们纳入这部作品的框架内。也许是岁月的关系，我很快找到了作品的结构方式，从时间、空间两方面，都获得了自由，我好像突破了一条生理界线，上下自如。午睡时，我会感到整个躯体都贴在床上，每个毛孔都张开了，听着风扇吹动报纸的声音，如同听到了野间的大风。

一天深夜，下雨了，雨声很大，我清晰地感觉到，我笔记中的陈家屋场，此刻也在夜雨中。陈家大屋、石板路、水塘、凤形山、狮子岩，还有素春、陈克俭、秋红、南南……他们正向我走来，我意识到，我的书已经写成了，洞庭湖畔一个名叫“陈家屋场”的村庄，带着我经历过真实村庄的特征，寄寓着我的生活印迹和人生感悟，已经显露在地平线上。

素春

1

我背着沉重的旅行袋，走进白鹤镇的一家客栈，服务员正在打牌，登记后，其中一个领我去看客房，她戴着大大的耳环，边走边哼唱。廊道外，远远近近歙斜的峰峦，像在窥瞰我，又像是一群孩童，在与我捉迷藏，神出鬼没。

拉开一间客房的大窗帘，抬头便是楚江彼侧巨大的山体劈裂面，把半个天空都遮住了。崖壁上布满了密密的方孔，像是黑洞洞的眼睛。山谷中，一块白云如絮，被风吹来吹去。山腰的巨大洞窟，看上去有些眼熟。

我问服务员："这不是旅游图册上的'鬼葬之窟'吗？"

她站到窗前，并肩看了一会，说："唔，就是。"

地方志记述：

"鬼葬山，素崖若披云，崖中有棺木，遥望可十余，谓鬼葬之窟，古老云，鬼造此棺，七日昼昏，惟闻斧凿声。"

"悬崖上有木匮，旧云诸葛藏书之处，行舟遇者，莫不瞻想，然架构难登，竟不知何人致此。"

瞬息之间，内心有一阵莫名的感动。

我欣然说："很好，就住这间啦。"

客房陈设简单，天花板上有蜘蛛网和漏水的霉斑，被子是新换的，倒还干净，通风也好。廊道的另一侧对着老街区，窄窄的巷道，被雨打湿的旧墙，墙下的水沟。越过陈旧的街衢，远方是低矮的群山。

客栈好像没有多少客人，午睡后只听到一个外地口音的男人在喊服务员，喊了一会，便开始踢门。服务员在摔扑克，手碰在桌面上，嘭嘭的响，再没有别的声音。廊道外是嘈杂而连绵不断的市声，忽听到有人吆喝，原来是一个男人，头顶一块木板，上面是白花花的豆腐，正沿巷子叫卖：豆——腐、豆——腐。

天黑时，几个旅客大呼小叫地拥了进来，在门厅与老板谈价，三女一男，三个女孩娇声娇气的，说饿得不行了，从言语间得知，他们是美术学校的大学生，在某个地方写生，只吃了早餐，又走了一天山路。三个女孩在暗中，我感觉都很苗条。

中夜醒来，仰头望见窗外的大山，月光下，惨白的崖壁俨然一副阴森的人面，在时时打量我，有许多精魂滞留不散，在山谷中游荡。静时，我还听到楚江鼓动崖壁的镗鞳声。

2

拂晓时分，山顶上有晨光闪动，我便背起摄影器材出门。

楚江边，一泓清溪从山涧流淌下来，在昏暗中发白，水声很响，溪底尽是累累的卵石，溪上有一座清代的石桥，桥身长满黑苔，两侧栏杆上嵌满了浮雕，不远处，一株莲树开着白花，如高洁的仕女，花瓣正簌簌落下。昨晚的几个学生正在溪边写生，草堆里散落着一些零食包装袋。

一个男生正对景凝视，挥动画笔，忽而掏出香烟叼在嘴角，动作极为潇洒，画板上的颜色却一片浑浊，正迟疑是否是现代派，忽睨画夹中的素描，尽是幼稚之作，乃知其为新手。

一个女孩，明眸皓齿，正隔着画板注视我，双眸中有深远的黑色，后来，她竟径自走到我跟前，瞳孔微微开张。

“褚老师，你不记得我啦？”

“我认出你是谁了。”

“谁？”她固执地期待着。

“素春。”

她笑了：“我们早就看到你了，一个高高的年轻人，在桥上拍照，没想到是你。”

另一个女孩也凑过来，问我：“你是哪来的，说话这么好听？”

我说：“从长沙来的。”

“你是做什么的？”

“考古。”

素春说：“我读中学时，他们就在我们村里考古，还住过我爷爷的家呢。”

那个女孩把手按在心口：“好幸福哦！”

我随手翻看素春的画夹，有一张素描，将树梢画在山峦的上面，看起来很高；一团黑色的雨云，云下面是雨丝，如出自童稚之眼；还有月光下光灿灿的土路、沉睡的村庄，仿佛有呼吸、有梦呓。虽然技法尚欠成熟，但看得出，素春很有绘画的天分。

素春问我：“你在这里做什么？”

“文物调查。”

“这里有什么文物呀？”

“对面就是。”

此时，楚江上云遮雾罩，掩映着彼侧鬼葬山模糊的山体，循着我的手指方向，悬崖上方数座崖墓敞着口，正如地方志所描写的，“石穴方幅如张唇，藤萝覆额如发”，不时有黑色雾气从谷底隐隐上升。

素春立即跑向江边，站在江堤上向对岸眺望，水声哗哗，隐隐的山岚、江上的光色毕现。

我告诉她：“这些都是古人开凿的墓穴，天晴时候，豹子钻进去，把蛇吞吃了，把人的衣服、毯子叼出来。有一年，有一只豹子掉到河谷里去了。”

“你怎么知道的？”

“过去做过考古，里面发现许多文物，有盆、钵、壶、瓶等瓷器，也有丝织物，还有‘天圣元宝’‘崇宁重宝’等宋代钱币。”

“这样陡的山，人是怎样开凿的呢？”

“从后山放绳索下来，人悬在半空中开凿的。”

我解释说：“木棺也是这样放进去的，从这里看，崖壁确实很陡，但从后山到山顶都是缓坡。”

此时，云絮间出现一线山道，有几个游客正从山道上下来，衣着鲜亮，这是旅游部门近年开发的景点。

素春说，山道有 5888 个台级，昨天，他们就是从那里下来的，山上的毛竹粗得可做水桶，泉水比矿泉水还要好喝。素春还说，他们的老师，一个画家，还在山上等云海，他在省里办过画展呢。

起风了，空中风声呜呜，像一个仙人在乌云漠漠的天宇中吹管。地方志上也有对风声的描述：“山中有风穴，犯之则阴风怒号”，“常鸣如牛吼”。其实，都是洞窟迎着疾风而发出的共鸣声。

素春问我："现在，你准备去哪里？"

我说："楚江对面有座渔仙寺旧址，是髡残早年创作的地方，我现在要过去拍点照。"

素春恍然大悟："对了，美术史说过，四僧，石涛、朱耷……什么残。"

我告诉她，髡残，又叫石溪，清初"四画僧"之一，武陵人，清兵南下，曾参加过抗清斗争，后削发为僧，渔仙寺就是他修行的寺庙。

"我们可以去看看吗？"

"当然可以，那边还有长尾鸟。"

一听到长尾鸟，三个女孩兴奋得跳起来，飞快地丢下了画夹。

山涧夹峙处，有一座高高的火车桥，连接楚江两岸，从桥上看过去，鬼葬山一带乱峰嵯峨，云山之间白光纷乱，云根、潜龙、丹鼎、削壁、峋岩，映江而出，江水湍急如马，地方志上称为"白马玄光"，这是山水光影造成的恍惚错觉，足见古人体察之妙。此时天风浩荡，我背着沉重的摄影器材，走在桥上，黑色的枕木湿淋淋的，桥身似乎有点晃动。

火车桥对面，有一家锯木场，电机刺耳，湿润的空气中弥漫着浓烈的树脂味，这是森林的血，是它伤口的气息。

我和女孩们沿着沙石路走向山中，山谷两侧为狭长的斜坡，坡上有阶梯状的茶园。时有疏风冷雨，俗称"春日榆荚雨"。山风贯通，丛树草木纷红泛绿，翻起白花花的绒毛，地方志上有"光风转蕙"一词，为"雨已日出而风，草木有光色转摇"之意，小草推推揉揉，像做小动作的儿童。

素春说："读中学时，你给我写过信，被老师知道了，要我在班上念。"

"念了没有？"

"念了。"

她咯咯笑起来。

天地被雨水漂洗了一遍，碧色的山林，像浴后的少女，明眸皓齿，就连最细微的枝杈也清晰可辨。山中的树干浸泡了水，都是湿的，一些嫩枝正吐出翠绿，藤萝肆意地缠绕着黑色的树干。三个女孩走在前面，折了一段松枝，拍打着路径上的水珠、蛛网，松枝香气袭人。女孩们边走边嬉闹，动物般的敏捷，拍照时，一个个作出夸张的动作，盈盈笑语中，有一种让人移情的东西。

通往渔仙寺的山路泥泞多洼坑，地方志上说，此地“十里无杂禽，惟二鸟往来道间，未尝有增损，每有贵客来，鸟则先号鸣庭间，人率以为占”。果然，有两只飞鸟，拖着黄绿相间的长长尾巴，齐刷刷从头顶掠过，飞入山林中。

山谷中还有数处宫观庵寺的废址，被茶农修补利用，石壁间有灶坑设施，为烹茶之地，成组的圆形凹坑，为放置煮茶用的大缸之处，还有簸箕、竹席等残具，都与茶叶作坊有关。

崖面溜滑，素春将鞋子脱下，赤脚走在风景里，她拎着鞋，隔着一段距离，含笑看着我。她长长的脚趾，精致得像工艺品。

渔仙寺，明代建筑遗址，原为木构三开间，现存石墙、础石、门臼，中庭放置棋盘石，镌纵横十九行直线，尘净无苔，恍然仙人在此对弈。地方志上有诗曰：

见说洞庭无上路，
春游乱踏五灵芝。
含桃风起花狼藉，
正是仙翁棋散时。

大约在1640年至1641年间，29岁的髡残云游归来，到渔仙寺参禅修炼。髡残有一幅山水画正描绘此地，题诗曰：“把茅盖在玉屏中，四面森森几树松，我伴文殊分半座，任它狮象立门风。”这是他在参禅过程中的一个幻觉，他与文殊分席而坐，狮子峰、象岩如护法神，站立在门的两旁。纵观髡残的画境，都带有洞庭之窟深峒幽邃的影子，体现着大自然蓬勃的生命力。他晚年的自题山水轴云：“十年兵火十年病，消尽平生种种心，老去不能忘故物，云山犹向画中寻。”此时，我眼前的田峒与山丘，都长着长长的植物，葱茏苍茫，像是没有洗净的脸，我不由想到，这不正是髡残笔下草木华滋的画境吗?

3

我洗过热水澡，忽见鬼葬山上空的云团如镶了金边一般，瞬息之间，又变成一条花裙子，我立即取出照相机，但已经来不及了，云影移动、变幻，并迅速褪色。

傍晚，我和素春沿着一条偏僻的巷子，朝湖畔方向散步，当我们走上江堤时，云霞已经完全灰黯下来，大块的飞云已演变为凝云，堆积在旷阔的洞庭湖上。在楚江入湖处，云块与湖面之间有一道窄长的光带，楚江对岸有一座斜塔，似乎随时会倒下来，有飞鸟在绕塔飞翔。

我们在江堤上坐下来。

素春说：“在这地方烧烤多好啊。”

“唔。”

江滩上，泊着几条渔船，一个老人提着灯，从河滩爬上来，坐在堤上吸旱烟。

我问老人：“对面山叫什么名字？”

“老百姓都叫灯窝山。”

“为什么叫这个名字？”

“月亮从这个山窝出来，像一盏灯。”

"今天月亮会出来吗？"

"会。"

老人吧嗒着旱烟，和我聊起捕鱼的事。

他说，他家世代都是湖上的渔民，他从小就下湖打鱼，放网、卡钓、板罾、放鸬鹚，样样都搞。他爷爷曾在湖中网到一个大龟，有脚盆那么大，背上刻有河图洛书，是明代人刻的，他爷爷也在上面刻了字，放生了。他听爷爷说，湖上的巨蚌，夜里侧立一壳，有船帆那么大，在湖风中往来，蚌内的夜明珠像月光一样的明亮，许多人都想摘取，但哪里摘得到呢！

老人说，过去湖中有野生甲鱼、鲢鱼、鲫鱼，七八月涨水，网网见鱼，他亲手捕到过一条二百多斤的鱼，现在基本上没有大鱼了。鱼太少，生存就比较艰难。真正的捕鱼人，是很难找到合适事情做的，只有拉客游湖赚点钱，来玩的一般都是情侣。

言谈之间，江面上忽然红光灿然。

我惊奇地问："这是什么光？"

"这是游客放的水灯，从上面漂下来的。"

"哪里放的？"

"狮子岩下面，那里有一个水神庙，每年都要祭水神。"

忽闻隐隐的铜锣声，山鸣谷应。

我问："今天是什么日子？"

"大概是祭水神的日子吧。"

不久，江面有一角发白，泛着细鳞般的波光，此时，月亮从山窝中冉冉升起，寂寞地挂在天幕中。

起风了，天地万物都在风的裹挟之中，灰云中的星星似乎也要被风刮下来，江堤上的草木，素春的长发，都在飘。

老人提着灯，从江滩上走回船上。

我和素春依旧并肩坐着，她的头发拂得我的脸额发痒。素春的声音很好听，语调中糅进常德方言的温婉发音，一句句飘入虚空中。

楚江很满，湍急的江水无声地流着，江面白茫茫，非雾非霭，急流中有漂浮的木材、依稀的鸟影，对岸的山丘、斜塔、树木皆轮廓模糊，仅凭黑色的浓淡，分辨其远近。渔船上亮着一盏灯，如浮在波涛上，一切都在飘摇之中。

我陷入沉思。

素春悄声说："你还写诗吗？写一首吧。"

"好。"

不知过了多久，她轻轻地叹口气："算了吧。"

我发出一个字："飘。"

她眼睛亮了一下。

"景物在飘。"

她侧脸看着我，眼神有些迷离。

"此时，山丘也在隐去……"

夜露起来了，脸上感觉有雨丝。

我站起来："这么晚了，我们回去吧。"

她说："不，就喜欢这样听你说话。"

她贴近我站定："你多高，有没有一米八，比一比，我在你哪个位置。"

我摸摸她的头发，有点潮湿。

她双臂上举，攀住我的脖子，下意识的动作。

皓月当空，挂在干干净净的天幕上，草木一片灿然，黑夜就是这样的清新，仿佛是悄悄存在的另一个世界，它的光色、风韵都是这样的别致，当然，这纯粹是心境的缘故。

我们开始往回走，接近镇子时，江堤上的人影也多了起来，一对对情侣在搂着接吻，或在湖风中肆意叫喊。几个年长的妇女，不是抖着手，就是摸着耳朵，做着各种养生的动作。一个老者在地上练书法，后面写，前面的就干了。夜色中，白鹤镇的街灯就像一串璀璨的珍珠，突然停电了，忽然又来一下电，像烟火一样，这情景很奇异。

晚上，我的房门一直开着，三个女孩洗澡后，趿着拖鞋，出出进进，时而朝我房里瞟一眼。很晚了，素春又从过道经过，忽然倚在我的门框，一动不动地看着我，目光大胆而暧昧，微启的嘴唇抹了明晃晃的唇膏，长长的湿发垂着。我有点不知所措，走上前，问："干吗？"

她说："明天你别走了。"

我笑笑，说："明天要去村里，都约好了。"

她低语："再呆一天嘛，就算陪我，好不好？"

"下次吧。"

"那好吧，到了县城，你要来找我。"

"好的。"

"我家的地址，记住了没有？"

"记住了，振兴路十九号。"

"要早点来，不要太久噢。"

入睡时，又想起素春的眼睛，目光中绸缪的东西，我的情绪一时被她所移。朦胧中，总觉得她进来了，把手放在我的额头，几次惊醒，侧耳倾听走廊和房门的声音。

深山夜槌

1

我沿着长长的石板路走向陈家屋场，雨后的水稻田绿得发暗，一队放学回家的学生，站在田边撒尿，长长的尿柱背景在崔巍的群山间。稻田中耸立着一座凉亭，称培元亭，两个男孩在亭子里赌香烟纸，一个小女孩背着书包，神色狐疑地看着我，死死抓着男孩的衣角。我蹲下来，饶有兴致地看了一会，问："你们三人，谁成绩最好？"小女孩说："他们两个不做作业。"男孩显得极为不安，腼腆地低下头，继续手头的活计，还压低嗓子争吵着。

我对那个大的说："你是不是守国，还认得我吗？"

男孩依旧低着头，咕哝了一句："你是褚叔叔。"

我问："你爹呢？"

男孩把手指向大路尽头的青嶂之下。

暮色四合，村庄黑瓦间的炊烟被压得很低，如氤氲散向阡陌之间，风中有隐隐的人语声，糅合着一股暖烘烘的炊味，有人向山林中的牛喊话，四周有回音。在一栋高大的老屋前，陈克俭披着衣，正远远地望着我，近了，一脸欢喜，叫出了我的名字。他老了许多，眼皮有点水肿，湖区的人多是这样，他的衣服洗得很干净。

我说了来意，接到孱陵文管所的电话，说铁路动土，破坏了古墓，这次专程为此而来。克俭饶有兴致地听着，一边用铁夹子拔着稀疏的胡须，脸上掩不住的凄凉。

陈克俭是个乡村教师，自从七十年代参加考古发掘后，成了当地的文物保护员，每年有60元的津贴。他自费订阅了《考古》杂志，几乎每篇必看，还跑西安看兵马俑，在博物馆记了五六本笔记，如痴如醉。

克俭问："你怎么一个人来，大队人马呢？"

"在后面。"

"你夜里歇不歇？"

"歇。"

"就歇家里吧。"

"嗯。"

克俭家是一栋三开间的旧木房，门脸发白，两侧的对联也褪了色。堂屋里放了一些日常用具，木柜、木椅、量斗、油灯等；一个旧的龙骨车，挂满了蜘蛛网；昼鼠如猫，在梁上穿梭。

克俭的妻子在水塘为我洗了个茶杯，又抱了一蔸菜，到塘边去洗。屋后种了橘树、毛竹，椿树上长满椿芽，菜园有莴笋、芹菜、大蒜之属，黄昏中显得格外沁绿。

克俭家的茅房连着猪圈，茅厕的踏板，竟然是战国墓里的彩绘石磬。屋场上、墙根下、猪圈旁，到处都是汉代墓砖。一块墓碑横跨在阴沟上，字迹快踩没了，上刻"己酉科选拔贡"字样，见我低头辨认，克俭低语："这是我们陈家的太太。"

古物太多的原因，一切都弥漫在往古的氤氲中。

不久，克俭的父亲荷锄戴笠而归，在水塘里洗了锄头，洗了脚，又把草篓放在猪圈旁，猪圈里养了几头猪，收拾得干干净净。老人脸上带着油光，看起来六十出头，一问，已过七十了。他说村里多寿星，有个104岁的老人，上个月才去世，农村的人，劳动就是锻炼。他一顿能吃一斤米、一斤苞谷酒。这时，亭子里的三个孩子，也鬼头鬼脑地回来了，屋檐下，男孩在喂尚未长翅的鸟，有一只已经饿死了。我耐心与他们说话，都不好意思开口，当我打听狗的名字，都纷纷开口，“黑虎”“黑豹”“灰灰”，这些狗们听到名字，疑惑地过来摆尾，在我身前身后窜着，我蹲下来摸它们的脖子，转眼间也成了朋友。两个小女孩，一个叫秋红，一个叫南南，南南在地上爬，瘦骨嶙峋，好像有病，吐了一地的奶，一条狗飞快地舔得一干二净。

这时，克俭的弟弟二毛来，伸出双手冲向我，并不是握手，而是拿一根烟塞过来。

我看着二毛的脸，说：“你胖了。”

“不，是浮肿。”

“你的病还没有好啊？”

“唔。”

“没出去打工？”

“去过，但拿不到钱。”

二毛将女儿南南从地上抱起，坐在门槛上吸烟。

厨灶间的饭菜已发出香味，克俭招呼我吃饭，初看满满一桌，细看，腊肉两碗，豆腐两碗，白菜三碗，少油，味道不对头。席间，老人一次次提醒我：“酒不要钱，饭也不要钱，就是腊肉要补一点。酒和饭怎么能要钱呢？来来来，再搞它一杯。”二毛恭敬地劝菜不止：“吃菜吃菜，乡下人的菜弄不好。”

就寝时，阁板上有鼠群疾奔，声势如潮，有一鼠沿床档而下，在枕边停驻，停睛看看我，又钻到床下。

克俭说：“家里条件不好，就凑合住吧！”

我说：“没事。”

夜间气温骤降，熄灯后听到风声，挡风纸被风吹得啪啪作响。堂屋内一台十二吋的黑白电视，正传出一段很好的音乐，心中什么东西被唤醒，将我的思绪拉得很远。睡前读几页艾芜《南行记》，并不打动人，倒是想到作者的晚年，这一段生活和漂泊渐渐变成他生命中的一个梦境、一种安慰，这倒让人怜爱不止。所谓老年，哪怕活到八十、九十，其实也是很短暂的一段时光，梦，看来并不在于年龄，倒像是一类人的生活方式。此时，月色入户，窗外的一段土墙发亮，月亮像一盏油灯，照在深山中。想想自己这些年来，居无定所，不知睡过多少陌生的床，只要有顿好饭，有干净的床被，就是家园。我就像走巷穿户的手艺人一样，经历着自己的生活形态。在我看来，所谓动荡的生活即是人生，其意义就在于动荡中，在城市呆久了，斤斤于烦琐俗事，心浮气躁；在乡间，常有尘世之外的感觉，仿佛有另一个我，超然于杂事之外，飘荡在寂寞的野地、青石板的渡口和青藤盘绕的农舍之间。我就像一个时空的旅行者，从一个世界向着另一个世界穿行。

夜极静，听到第一遍鸡叫，我起来小解，经过堂屋，妇女、小孩都睡在椅子上、地铺上。昨夜，我随口问过克俭，有没有单独房间，于是，他把整个房间的两个床都让了出来。

门外，到处是蛙声，灰朦朦的树林、小路，两三条狗不作声，夜空中有灰云在飞。近来辛苦，没有一种安定感，加上饥饿无常，又引起了胃痛，到早晨稍平。清晨，听到妇女尖利的声音划破晨雾。村口有棵大树，生着苔藓，下有一眼井泉，水极清冽。

2

克俭陪着我去看铁路路基，一片绿色植被上到处是裸露的红土，遍地都是翻出来的棺板、白骨、裸露的墓穴、带几何花纹的墓砖，远远看去，在长约两公里的路基上，共挖了数十堆，真是触目惊心。

路基内有主的坟都迁走了，无主的荒冢也被冒领，村民从坟中拣几根骨头，装在塑料袋中，到铁路部门领迁坟费，这已成了当地村民的一项副业，实在找不到荒坟，有人甚至开始伪造假坟。我走在路基上，到处都是叮叮的锄头声，场面一片狼藉。

恰逢一座古墓被挖开，棺木已腐，尸体如生人睡着，一群村民拿小木棒翻来翻去找金子，一手掩着鼻子，边拨边辨认，这是肋骨，这是脚板。

我说："不要挖了，现在正在'严打'。"

一个小青年说："那我正好想去吃顿饱饭。"

克俭上前夺一个老汉的锄头："跟你们说不要挖，还挖。"

老汉说："我要吃饭。"

"你到派出所说去。"

"我这么老了还挨枪子？"

老汉的话很硬，手倒是停了。

一个小分头的男子尾随着，一脸狐疑地看着我："你们有单位的，怎么会走路来，你是不是收东西的？"见我掏笔记本做记录，他一个箭步上前，贪婪地看着，看到本子上有"考古"字样，才相信我的话。

人群中有一个人，黑灰沾在他的汗脸上、手臂上，见了我，瞳孔张了一下，显然是认出我来了，他目光逡巡，惶恐不安，恨不得夺路而走。我喊了他："陈广东！"他尴尬地说："褚老师，你还在搞这事啊。"又解释说："这是煤灰，不是五花土，是现代坟。”陈广东过去在考古队做过民工。

晚上，村民们以为收古董的来了，纷纷围过来，将各自挖到的东西排在地上，让我收购。七八件古瓷器，其中一件还有题诗：“春游芳草地，夏赏绿荷池，秋饮黄花酒，冬吟白雪诗。”这是当地羊舞岭窑的产品，还有两个青花瓷碗、一个茶壶嘴、几枚铜钱、几颗棺钉。我问村民，知不知道这些不能挖，是犯法的。村民说，不晓得。我便问，收古董的给多少价钱？村民介绍，完整的瓷器从几十块到几块不等，村里一共挖了几百个。一个老汉如数家珍，说他挖到一个小杯杯，好乖，是古时候小姐看电视时放零食的，卖了 50 元。一个老妪佝偻着背，手心捏着一把磨制石斧，20 元，要不要？

晚饭时，屋子里酒气飘香，酒里泡了枸杞子、罗汉果。这时，陈广东风风火火地进来了，说：“你们考古有没有仪器，帮我探探祖坟，有没有金坛坛银罐罐，我挖出来卖给你们。”狗跑上来，被广东一脚踢开，大骂狗如何没用，不会咬人。克俭的母亲在一旁抱不平，说那个搞计划生育的，不是被它咬了一口吗？二毛给陈广东倒酒，陈广东一把抓过酒瓶子，说自己倒自由些，喝了几杯后，就敞开衣襟，露出肚皮来。陈广东说：“褚老师，我有几样东西，你看看，值不值钱。”

我说：“可以。”

他拿出几件金饰，上面还带着丝织物，明显是从尸体上扯下来的。他又从口袋里摸出一只完好的玉镯，汉代的，上等级的文物，我暗暗吃惊，显然，这些都是盗墓得来的。

“准备送给女友，看看值多少钱？”陈广东注视着我的眼睛。

“唔，不错。”我努力平静地说，“这不是祖坟里的东西，你跟我说实话，是不是从古墓里挖来的？”

“是的。”

"哪里的墓？"

"凤形山"，他说："那里有好东西，花纹好漂亮。"

他还用手比划成拱形，我心里有轻微的震动。

陈广东诚恳地说："路基上的古墓基本上挖完了，没有什么东西，凤形山上面，有一批大墓，肯定有名堂。"

"能不能带我去看看。"

"可以。"

我和陈广东带上手电、换上雨靴出发了。

村子里有零落的灯光，发白的村道伸向村外的夜雾中。巷子里的狗发现了我们，突然吠起来，二三条、四五条，一齐吠。陈广东做过偷狗的勾当，听到狗的叫声，就知道狗的重量，这个七八斤，那个十余斤，声音低沉的，二十来斤。水塘中泛着点点白光，时有鱼儿吐水泡的声音，田沟的流水咚咚作响。走到村边，一个捕鸟人戴着煤矿灯，手执一竿网罩，在过膝的草丛中搜索，一脸茫然。

陈广东问："找什么？"

捕鸟人自言自语："黄昏时，一只野鸡明明就在这里，怎么找不到呢？……你们去哪里？"

"去凤形山。"

"去干什么？"

"看东西。"

远看山峦，只有一重，进山以后，才发现有多重，月光下，形态各异的轮廓线重重叠叠、崔崔巍巍，山坡连绵的皴皱像飞鸟张开的翅膀，难怪这些山被称为"凤形山"。

进入山谷，我即刻感到一阵凉风侵骨，越往山中风越凉。

陈广东过去做过保安，因为个子矮，抓不到人。开过私车，也没赚到钱。后来在考古队当民工，习得寻找古墓的技术，从此开始盗墓，陈克俭家里有一本《孱陵县志》，他将里面的“文物章”读得烂熟，说起某时某地挖过什么，某家某人藏有什么，如数家珍。

陈广东说，陈家屋场附近多古物，过去农户修屋、挖水塘、挖河道、烧窑取土，到处都能挖得到。村里家家藏有古剑、铜镜之类，铜镜被称为风铜，放在墓里具有避风雨雷电，使尸体不腐的意义，比金子还贵重。年初，推土机推开铁路路基的地表土，每遇下雨，一些地段的地面就下陷，露出墓坑，村民开始争相盗掘，有人挖到了金银玉器，好东西捡完了，才通知县文管所，把烂陶器拿走。那里的墓葬大部分都被盗掘，参加过考古的村民，都成了盗墓的主力军，工地上常见的短把挖锄，就是专门盗墓用的工具。有外村人进来挖，村里人把他们打成残疾，有一次，公安局严打，全村人都躲了起来，村里有七八人服了刑。

陈广东说：“现在是文物贩子组织盗挖，与村里人一起搞，先用探铲在封土包上打一个孔，灌上炸药，很快就能把封土炸开。我们现在过去，说不定还能碰上。老板平时都住在宾馆里，吃喝嫖赌，什么快活都享受过了，下面有一帮弟兄，只要满足烟酒女人，他们什么都会干。被公安局抓了，老板就给公安局长打电话：你女儿多大呢，能不能搞啦。第二天，那边就放人了。说出来有点丑，去年除夕，我们四个人趁着村里放鞭炮，将一座大墓炸开，里面尸体还穿着衣服，臭得很，火烧了还臭。因为分配不匀，有一个人报了警，我也因此坐了班房，十几个人关在一间，牢头要我脱了裤，在生殖器上挂小袋子取乐，这不是人过的日子，每一分钟都想出来。”

四下俱静，山中只有我们的说话声。

忽听有人夜槌，嘭嘭，嘭嘭，捶得整个山谷都有回应。

我熄了手电，细听：“这是什么声音？”

陈广东说：“他们在盗墓。”

我们寻声而行，穿过蔓草杂树，十余个高大的坟堆隐隐排列着，封土上黑漆漆的松柏，如同旌旗大纛，我的内心掠过战栗，直觉告诉我，这是一处高规格的战国两汉墓地。四山如瓮，由于手电光的作用，山景总是恍恍惚惚的，没有一种安全感。

空气中飘来香烟味，草丛中好像有人探了一下头，不久听到人的脚步声，一个人跑过来，在我面前急停，摁亮打火机，照一下我的脸，又转身跑了。

封土堆上，已经挖开了一个很深的盗洞，我沿着盗洞而下，闻到香楠木异香扑鼻，棺椁还没有朽坏，一堆木屑，是盗墓者刚刚砍下的，我用手电从棺椁一角照进去，里面赫然叠放着残破的青铜器，还有散乱的人骨，几册简牍的文字隐现，一堆白色的玉蝎，我伸手触之，淤泥中渗出血。这些都是盗墓者来不及带走的东西，我担心哄抢，对二毛说，有蛇有蛇，他猫着腰爬了上来，我抬头看到他慌张的屁股。墓室阴而湿，很不干净，当我沿着墓道侧身而出，感到左臂麻木，剥去衣服，一只虫子从袖子里飞了出来，手臂上有一连串的疱疹，我立即掏出随身携带的驱风油，涂在上面，渐渐感到药力在起作用。

天已经墨黑，只有白鹤镇方向还有一抹亮光。山坡上是一团团黑色的茶树，星光在茶树丛中闪烁，溪水像是在笑，我手上伤口的毒还在，立即用溪水洗了。我在溪边坐下来，定定神，山风是从上方的山谷吹来的，听起来如同群鬼的哀号。山脚尽头是灰白色的水稻田，手电一灭，四周山峰漆黑得让人发怵。我在计划，首先，请陈克俭带上民工守护，封住盗洞，不让人拥入、哄抢，我立即向有关部门报告。

青苗

1

发现凤形山盗掘现场后，我立即向单位作了汇报，经过省文物局与铁路部门紧急协调，落实了发掘事宜。几天后，考古队正式进驻陈家屋场。

我们的车刚到，便有两条恶狗从屋角咆哮而出，露出白齿狂吠不止，听过疯狗咬人之说，队员们甚是害怕，县文管所长老胡也是心虚，先是大声呵斥狗，见狗不走，又正色道："都是省里的领导，莫搞啊！"正僵持不下，屋里踱出一个中年汉子，一脚把狗踢跑了，来者正是村主任。

村主任家里全是烟雾，一个厨子正在用火烧猪头，厨房里已经做好了一只血鸭，香味扑鼻，一条鱼在煤炉子上滚。中餐终于弄好了，于是乒乒乓乓地搬桌子、凳子，桌子破旧，下面布满了蜘蛛网，凳子一拐一拐的，须小心。陈克俭埋头开着啤酒瓶，趁人不留神，悄悄满上，各式各样的杯子，都带垢。这时，老胡已经满面春风地站了起来，把祝酒词一口气说完了，像是在背，末尾是心情愉快、万事如意。大家就适时地喝上一口，陈克俭手里还没有酒杯，慌忙间，作一个仰头喝酒的滑稽动作。不久，桌下的动物也热闹起来，鸡进来了，任它吃，狗来了，将鸡吓得乱飞，后来，两只小猪竟也闻讯赶来，把骨头啃得咯咯响，众人用脚乱踢，小猪落荒而逃，慌乱中将几个酒瓶撞翻。

席间，老胡说明了这次发掘的背景、工作的程序，还商量了工价。村主任开始说只有二两酒量，见无人陪他喝白酒，便自行添酒，估计不下四两。酒后，大家脸上红扑扑的，坐在屋场上扯话。克俭忙碌着给大家甩烟，接不住的，便滚到一旁的鸡埘下面去了。点烟时，又谦让不迭，火柴烧到手上了，还未点燃一根。上午的雾气已经散尽，阳光和煦，村主任食指被香烟熏黄，左右耳廓上都夹着烟，瞌睡时，白白的烟灰一段一段地掉到前襟上。

老胡这时就要回去了，又互相握手，说完了再见，车却熄火了，大家心里焦急，仍故作轻松地说着话，车终于发动了，许多胳膊伸出来晃动，恰遇村口一群上学的孩子，跟在车后跑了很长的一段路。

干部们走后，克俭把我们领到村边的一栋新楼，说："这次你们住在陈建国家里，这是他家刚修的楼房，条件好些。"

我问："他们家里还有谁？"

克俭说："他家都迁到县城去了，只有老的守屋。"

楼房很大，周围都是稻田，楼上的房间已经打扫干净，床也铺好了，队员们在房间各自安顿，我头脑有点胀，和衣睡了一会，听到厨子在楼下扫地、打水，远近有公鸡鸣叫，一个小孩被谁打了，号啕大哭，还有从墓地方向传来细碎的铁质敲击声，这是手铲敲在洛阳铲上的声音，这些天，业务人员已经开始在路基上勘探。三个彩衣人从陈家大屋方向飘出来，在墓地看了一会，因为这一侧都是低缓的坡地，没有一条平直的地平线，加上自己头脑有些昏胀，总有恍恍惚惚的感觉。

午睡醒来，瞥见窗外云雾缭绕的鬼葬山，一段碧色的楚江保持着处子般的容颜，瞬息之间，心境大定。凤形山墓地上的松柏、一簇簇风中的茅草、公鸡发红的鸡冠和被风吹翻的五彩尾羽，重新在瞳孔里定格，一度模糊的焦点又对准了。

晚饭后，我和房东陈大爷坐在屋场上谈掌故，老人说，考古队以前也住过他家，那时还是老房子，没有修这个新楼，走时曾说过，过些年还要来挖，没想到真的又来了。陈大爷还记得，挖墓的蔡师傅早上喜欢吃米粉。老人说，这里的山林多松柏，多白蚁，白蚁一旦爬上木梁，不出几年梁椽尽朽，冬春是全村捕杀白蚁的季节，白蚁洞大如水缸，一次可清出数箩筐白蚁，用火烧死，捕杀白蚁是家家户户必做之事。老人又说，这个屋场风水好，出干部、大学生。谈起几个子女的情况，如数家珍，最得意的是儿子建国，在县机关当干部，儿媳湖南医科大学毕业，也在县城。

2

考古发掘已经开始，我在路基上布了探方，有一群村民围了过来。一个白脸男子径自走向我，旁若无人地指指点点："这些地方，你们不能挖。"

我说："已经跟村里打招呼了。"

"你们没有通过社员。"

"我们不可能跟每一个人打招呼。"

"你们考古也是为了赚钱，你们要拿钱补偿。"

"我们是有政策的，不可能拿钱给你们。"

"这是我们的地，谁敢挖。"领头的妇女突然发作起来，嘴唇发紫，蛮横地夺下民工的扁担，将土箕踢翻。

民工怔怔地看着我。

这时，白脸男子又靠近我，低声说：“你拿出两千块钱，我给你摆平。”见我不理会，又说：“一千怎样？”

我说：“大家都在这里，我去请村主任，我们现场解决。”

我又找到了村主任，他说，事情有点不太好办哩，按理，这里的土地已经征用，不存在补偿问题，他们来，无非是诈点钱，前几年，狮子山上修高压塔，村民阻工，出了几万元才平息，看来只好花钱消灾了。

回到工地后，我对众人说：“村主任在这里，请这块地的户主站出来，我们一户一户地谈。”

村民开始互相耳语。

“这些都是我们陈家的。”

我说：“不是我们，具体是谁家的？”

两个队员拿来了皮尺，准备现场丈量。

头一户，是一个老头，说：“我的地在这里。”

我说：“具体在哪里，扯一下线。”

我知道农民非常计较，因此坚持要厘清确切的边界，以免发生新的麻烦。不料，皮尺一扯，意想不到的场面出现了：两户人家开始为这条界线争执起来。

“在这里。”“不是这里。”“原来的树在这里。”“咳，不是这棵树。”“好好好，让你一点也无所谓。”“你要把话说清楚。”

两户人家开始互相对骂起来，妇女手里执一根蒜苗，指着对方鼻尖，只争论一个问题：你是不是狗日的。有人默然了，本来抱成一团对付我的这群人，几分钟内就解体了，并开始互相伤害，再没有锐气针对我了。原来，考古涉及的土地，不过二三户人家，多数人是来趁火打劫的。另一个户主还悄悄地跟我套近乎，一面用眼角斜睨一下同伙，轻轻地说，他们都是来诈钱的。

那个嘴唇发紫的妇女，本来就是浑水摸鱼的，这时还在嚷嚷，我大喝一声，没有你的地，不关你的事！她被我镇住了，低声说了一句，你吓着我了。

最后留下相关的三户人家，我这才向他们摊牌：从政策上，我没有义务出钱。但从情理上，你们既然是户主，就以青苗的名目，象征性地补偿一点。对此，三个户主没有意见。

老头问："你说说，给多少钱？"

"一百块如何？"

"哪怎么行，没有二三百块搞不好。"

另一个户主说："如果是你私人的，就算了，反正是国家的钱，国家不会跟老百姓计较吧。"

死缠硬磨，最后是每户150元。

老头心花怒放，露出久旱逢甘霖般的神情，还主动请队员去他家喝酒，用手作杯子状，作出仰脖子下灌的动作。

陈氏族谱

陈家屋场地处洞庭湖畔的山前地带，西北是大山，东南部原来是洞庭古湖，大部分在清代以后围垦成垸，村落簇拥在山岭脚下，保留了清代以来的原始景观，已纳入省级古村落保护单位。村里以陈姓为主姓，占百分之九十以上。晚上，我和克俭一起到村主任家，向他借阅清代的《陈氏族谱》，村主任说，族谱在陈会杰手里，他是县史志办的退休干部，扫“四旧”时，族谱是被他保护下来的，前几年，他主持了族谱的续修。村主任说着就去找陈会杰，这时，有个青年拿来了《走进陈家屋场》录像片，特地放给我看，这是乡文化站拍的，准备送县电视台，内容是介绍村里的风光、古迹。得知我是省里的专家，希望我为他们呼吁，开发旅游，只要上面支持，他们都可以出力。录像片里的人物都是村民，配音用当地普通话，引得大家啼笑不止。

不久，村主任拎着一大袋族谱回来了，我心中大喜，族谱一共有九本，最后一本的空页上，全是毛笔和圆珠笔补写的人名，在座的青年、媳妇们的名字都有。

我提着九本《陈氏族谱》返回住地，满天星斗，蛙鸣四起。

在接下来的日子里，我开始阅读这部族谱，一段一段，如听一阕悠长的歌谣，周而复始。

《陈氏族谱》谱序中，撰修者盛赞这里的风光人文之美：

“我陈家屋场村居千户，斯地流水抱前，青山衬后，宽平宏衍，土沃田饶，毓秀钟灵，精华荟萃。”

村与村之间有地界，挖沟或竖碑为标记，各自在四至范围内活动，砍柴、摸鱼、烧土灰、挖树蔸，不准越界，违者按条规处理。在族谱中，也用始祖、太祖、先公的称呼。蓝门楼前的石桥称作金水桥，带有帝国的隐喻。村与村之间发生的事件，如：嘉庆十二年，陈金庭纵牛踏食案；道光二十二年，陈姓与李姓争水案；还有因男女问题引起的村间械斗，都用国史的笔法写出。我渐渐明白，广袤的帝国与弹丸之村，虽有天壤之别，但它们的宇宙模式却是同一的。

读至中夜，忽闻风声，站在阳台上，天地间一片墨黑，319 公路上时有车辆经过，灯光在空中扫来扫去，不远处是个水塘，泛着弱光。在《孱陵县志》中，陈家屋场仅仅只是一个地名，但在《陈氏族谱》中，陈家祠堂、梦溪上的石桥、楚江边的老柳、凤形山谷中的老坟场，都有明确标志，人物故事、世代传说，也与我瞩目的山川连接，一幅古意盎然的乡村地图，从此在我心中有了定位。

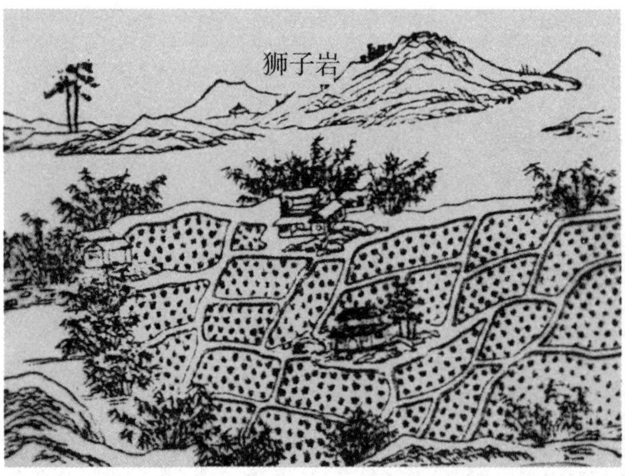

村景（清代）

培元亭

培元亭耸立在陈家屋场的稻田中间，是一处县级文物保护单位。亭柱上对联："古云今雨，漱石枕流""天上日炎，旅客征商正好息肩坐坐；亭中风弱，文人学士聊堪驻足谈谈""火云漠漠日炎炎，最苦行人是夏天，至此披襟聊一坐，清风买尽不须钱"。亭旁有一块石碑，文字漫漶："古者十里一长亭，五里一短亭，凡以庇风雨便行旅也……行人往来络绎不绝，若逢溽暑，严寒天气，狂风凄雨无息肩趋避之所，致行人相视为畏途，先祖素多义举，乐善好施，觅地筹建凉亭一座，地多风雨，木质易朽，故琢石以为柱。又因地势稍嫌低，宜建亭以培元气，故曰培元亭。"

我坐在石亭中，石柱上长着苔迹，这是岁月留下的美，洁净的风从旷野吹来，风中有一股桂香，香甜异常，忽觉得一种东西被打通了，是时间，不是习惯上的古代、近代、现代，而是浮现出"流水"一词，这是传统中国人的安身之所。

孝义桥

孝义桥是一座三孔石桥，架在梦溪上，大风天气，风吹得桥洞呜呜作响。桥上嵌有明成化年间的碑记:“孝子某，负笈澧州，值母病重，大雨溪涨阻其行，昏黑中忽有萤一群飞集身前，遂行至溪边，将入里门，萤忽不见，一时传为孝心感动，里人因之修建此桥。”

桥墩的一侧，用方正的条石砌成，另一侧曾被山洪冲毁，为后来重修，石料尺寸色泽不一。克俭说，土改时，村民将冈阜上的累累坟墓平整为农田，墓园的碑石，有的当作沟渠上的踏板，有的用于村委会、村小学的墙基，有的就作了这座桥墩的石材，石材上有一些浮雕、圆雕，乱山鸟道、人物鬼怪、戏曲人物，都是明清以来民间石刻的题材。碑刻楹联所描写的，也是这里的山川景物，这是村庄的精魂。

“凤形山头葬马鬣，孝义桥畔得牛眠。”

“万古晴天锁墓烟，三秋夜月惊枯草。”

“地下新成花萼楼，天伦旧咏鸰原句。”

“三更月冷鹃犹泣，万里云空鹤自飞。”

“富贵出心田，伦常多乐地。”

“吉地卜牛眠，逸贤看鹤起。”

“清风频入座，山色送青来。”

此刻，我站在这个“吉地”，可以感受到“山色送青来”的景象，当我抄录着这些文字，我是在重温古国的形貌，体会着陈氏家族绵延的灵魂。

舞龙图（清代）

麻姑庵

从前，陈家屋场有一个女子，骨相非凡，貌若天仙，十七八岁突染了天花，病后成为麻姑，男方毁了婚约，女子削发为尼，夫家为她在梦溪旁修建了一个庵，溪水叮咚流淌下来，哀切呜咽，像是女子昼夜啼泣。据说，麻姑常梦见男男女女的菩萨，长得很漂亮，唱着十分好听的歌，教她如何采药，在梦中，还闻到香气四溢，她常常梦游到山里，到处采药，治好了很多人的病。

《陈氏族谱》记载："村中某生秋夜就枕，甫交睫，见一靓妆丽人冉冉而至，姿态缥缈，清丽脱俗，问谁何？女不应，吟曰：'清风疏古岸，明月满前关。问我居何处，数峰一水湾。'吟罢，形渐小，化为蜂，飞入青峰中，岩腹忽现朱扇楼阁，栋宇华焕，女子以手招生，生随女入内，女言辞柔婉，顾盼间百媚俱生，并出示麻姑词云：'清裙卸却下瑶台，一卷琅函手自裁。何时白云对不住，夜深飞堕碧毚来。青霓自剪旧时衣，一路寒山梦不迷。堪笑钗头双缬子，人间还作凤凰飞。'"

庵旁还散布数百尊石人像，大者近一米，小者三十公分，有的半埋在土里，有的斜搁在树杈上，民间称“鬼崽崽”，光绪年间当地秀才撰写的碑文中称：“有奇石自土中出，俱类人形，高者不满三尺，小者略有数寸，奇形万状，此阴兵也，夜从山中来，闻鸡鸣而化石。”听村民说，从前家中每遇灾厄，就请人刻一尊，消灾避难。

赤石回

楚江对岸，平旷之地有一座孤山，称为“狮子岩”，高出地面约80米，奇石嶙峋，兀然独立。楚江在狮子岩下略有曲折，形成回水，称赤石回。赤石，实指崖面上的岩画，村里巫师作法前，都要到山下请鬼。平时，从楚江彼侧看过去，岩画都是灰蒙蒙的，村民相信，这是仙人在山中休息，只有他出来时，人们才能看到。相传，曾有一个御史在此隐居。

有一年，我在楚江边发掘遗址，急雨乍停，意外地看到楚江彼侧的岩画，密密的小红人，如镜中之画，熠熠发光。原来，斜打的雨将崖壁淋湿，使岩画显现出来。此时，江边正好有一条小船泊着，我便解开缆绳渡江，这时岸边跑来一个男人，怒骂不止，我自知理亏，只好默默将船放回。次日晌午，我远远看到一个女孩，拉着一条小船从下游走来，是秋红，她的额发已被汗水粘住，她兴奋地说，这条船是我家的，褚老师，你玩吧。又说，对面山上有好多小红人，我带你去，现在就去。

江水哗哗，雨云绸缪，江滩上满是卵石，她卷起裤管走在前面，一条黑狗跟着，在她小腿上舔了一下，她转身把黑狗也抱到船上。许多年过去了，秋红一甩长发的动作，一直在我心中挥之不去。

我和秋红划船过江，江堤上长满了各种低矮的杂树，一条被人踩出的狭路通向崖边，前行百余步，巨大的岩画扑面而来：密密的小红人，或舞蹈，或排成长队，舞蹈者动作一致，都拖着一条长长的生殖器；地面排列着祭器，三角形的大铙，还有作为牺牲的牛羊，一个头戴三尖神冠的鸟喙巫师，在与一名妇女交合，四周有腰上挎剑者、敲鼓者、狂欢者……

在崖壁石缝中，我发现密密麻麻的野蜂蠕动，就对秋红说："捡些干草来，烧了它。"秋红捡来了一把干草，封在洞口上，我用打火机点上火，时大风劲吹，周围茅草被引燃了，数秒之内蔓延成一片，烈火熊熊，我一时不知所措，只见秋红顺手掰下一把柏树枝，奋力拍火，火势竟被她压住了，火苗又窜到了我这边，秋红隔着火焰，将柏枝扔了过来。秋红瘦瘦的肩头，动作沉着果断。

水神庙

狮子岩下有一个溶洞，流出大股的泉水，水洞深碧，大旱不涸，游鱼皆生绿毛。村民在此建水神庙，每年都要在此祭水神。每逢干旱，方圆几十里的村民，都要建水陆道场，到这里祷雨。村民把水神庙里的神像放在轿子里，齐唱《求雨歌》，吹吹打打抬到溶洞前，途中要赤脚，每人手里执一支香，不准打伞、戴帽。道士要到洞中抓一条小蛇，把它囚禁在神坛下的木桶中，待降雨后才放归洞中，这叫“拿龙”，众人要向洞中齐喊：洞龙，快涌些水出来。据说，水中洞龙，常与湘山寺方丈相见，洞龙出来时切忌鸣钟，一日僧人误撞，洞龙惊遁，钟突然飞起，在空中追袭洞龙，龙呼救，方丈脱僧衣扑钟，钟沉水中，后被村民在水中挖出，送还湘山寺。

据《陈氏族谱》记载，有一年大旱，泉脉萎缩，伏流也露出了底部，道士陈得旺请雨，一直深入洞穴中，他的徒弟守在洞口，相约如果草鞋跳动，就要击鼓吹号助威，陈得旺打着火把，腰佩长剑，牵犬深入，行数百步，有巨蛇当道，得旺拔剑斩之，杀犬注血以厌，并打开玉匣符箓作法。此时，洞口的草鞋自跳，观者哗然而笑而忘了得旺叮嘱，怒潮涌动，急如飞瀑，得旺僵死洞口。

田心树

稻田中有一株苍老的古树，从几华里之外的白鹤镇都能看到，即《陈氏族谱》中提到的“田心树”。躯干可二十围，生满苔藓，树枝曲折虬结，有龙蛇之形，上浮云际，雷电每次击中树冠，树梢就会冒出缕缕烟雾，历数月之久，躯干内已烧成空洞，然枝叶依旧，村民视为神树，焚香祈祷，树枝上扎满了密密的红布条。若村民在屋内忽闻怪声，开门不见何物，也会认为是大树作怪，要请道士来退古树怪。

树冠如盖，四周垂枝如幔，荫庇数亩土地，树间黑森森的，常有禽类在上面做巢，在树枝间跳来跳去。有时，也会落下自然干枯的干柴。静时，一片树叶，在空中飘动很久后，落到很远很远的水塘里；小风的时候，不是所有枝叶同时在舞动，而是局部性的，此动彼静，或此静彼动；大风时，巨大的树躯扭动，树冠在狂风中滚动，疾风从树窿、枝杈间穿过，变成好多小股，发出龙吟般的共鸣声。

一次，我从树旁经过，丛草中一只鸟笔直地蹿到树上，一对老人正在耕作，老翁说：“老太婆，乌云又来喽，又要落雨了。”

红薯窖

狮子岩上有商周时代的遗址，堆积厚 60 ~ 100 厘米，土质松软，呈黑色，包含大量的商周陶片。

一次，考古队在崖上的一个红薯窖中，意外地清理出一具儿童的骨骸，头骨是碎裂的，脖子上挂一枚“乾隆通宝”，纽扣是塑料的。我有点恐慌，一定是误挖了现代人的坟，如果坟的主人知道了，肯定会来找麻烦。

我问民工：“这是谁家的孩子，埋在这里？”

一个民工用含糊的土语说：“他家还能有人吗？”

本来说说笑笑的村民，此时脸色大变，悄悄耳语：“难道这也让他们挖？”一个汉子突然窃窃笑起来，用手作出一个抹脖子的动作。

一个民工用普通话向我解释：“他是地主崽子，地主处决后，被人弄死了。”他一边说，一边用锄头做了个动作，有点恐怖。

另一个民工跳起了忠字舞，把右手扬三下，模仿当年早请示、晚汇报的情形。

静默中，一个老人突然举起弯刀喊：“打倒土豪劣绅，把地主分子带上来！”这个老人七十多岁了，中气已竭，声如老牛嘶叫。他就是当年的民兵，杀死过两个地主。但他争辩说，他平常从不打人，是别人要他杀的。老人笑起来天真如孩童，难以和杀人者联系起来。

民工说，当年，地主被绑后，头上挨一锄，就从这个岩石上推到江里，尸体当天就浮了起来，有一个人水性好，没有浮上来，那人一定从水下走到岸边，逃跑了，说不定还会来报仇。

大家纷纷回忆着，杀地主用的刀，是解放前用过的大刀，梭标上面缠点红绸子。民工见我掏出笔记本在记，都不说了。一个民工告诉我，村里有退休干部叫陈会杰，是修谱的，他最清楚了，你的房东跟他关系最好，可以叫他带你去。

陈家大屋

从田野间看过去，陈家屋场坐落在青嶂之下，山岭的轮廓，像一个躺着的妇女，有脸庞、双乳、腹部，鳞甲般的屋瓦灰中发白、发褐，斑斑驳驳，马头墙、檐脊、墙角都有明朗的线条，檐脊中部下弯，形成弧形；有棵大树，疏疏朗朗地遮盖着瓦屋，树籽落到瓦缝里，又从瓦上长出了几棵小树。当年的红门楼、蓝门楼还是这样醒目，山墙上绘有青绿色的云纹。据《陈氏族谱》记载，忠宣房是陈氏最旺盛的一族，后裔在常德、澧州做官，致仕后返回陈家屋场。现在陈家大屋仍是古村落保护的重点。

雨云濡湿，炊烟被压得很低，白茫茫的雾气与炊烟夹杂在一起，不断从瓦缝间升起，弥漫在四周高高的树丛间。谱书中有位"善乎山水"的文韬公，他写的《村庄八景咏》中有"碧甃磷磷不计年，青萝锁在小山巅""屋山芳树蔽炊烟"这样的诗句，足见对于景物的体察之妙。

房东陈大爷带着我穿过新旧杂糅的巷口，去调查"文革"旧事。狭窄的巷道里，到处都是飘落的黄叶，一些旧屋的木门脸换成了水泥，像是打了石膏的残肢，墙面上贴满了腋臭、淋病、打孔、开锁的小广告，地面、树梢、樊篱，到处在发光，菜畦中的南瓜花，色彩醒目，一声声公鸡长鸣，从深巷里传来，还看到撑伞的农妇、披蓑衣的老翁、跑动的黑狗。

在一栋黑咕隆咚的院落前，一个干瘦的男人被引了出来，是陈会杰的女婿，一个村医。

村医问："何事？"

陈大爷说："是挖宝师傅想问点事。"一边轻声提醒我："烟。"

我立即取出两包精白沙，村医飞快地接了，放到口袋中，说："好，好。"

我说明了来意，村医说，陈会杰是他的岳父，八十多岁了，耳朵有点不好，躺在床上已经十多天了，但可以见一见。

里屋黑洞洞的，门框上贴着符箓，一个苍白的老者躺在里面，眼睛很亮。

听说我来调查历史，老人说了下面一番话：

"我祖上也是农民，祖太太给地主当过奶娘，感情很好，给了几亩田种，到我祖父时，也成了地主。我从县城读了书回来，父亲留下个话，你是独苗，不要参加社会，社会动乱无常，人搞坏了怎么办呢？就当个农民吧。我就听了他的话，一直没有参加社会。五二年'土改'，五三年'搞集体'，五五年'初级社'，五七年'高级社'，五八年'人民公社'，种粮进食堂，五九年粮食紧张，家家户户缺粮，挖蕨当粮，吃久了，解不出大手，六一年食堂解散，刘少奇'搞点小自由'，又强点，六二年要我填表入党，转为正式，搞了几年……"

老者不着要领，我急忙请陈大爷代问几个简洁的问题。

陈大爷大声说："问你，'土改'时，被镇压的地主是谁？"

老者怔了一下，呐呐说出了一串人名："三公公、三婶娘、小姑姑、小姑丈……"

我立即把族谱递上，老人眼睛一亮，抓起老花镜，利索地翻了起来，嘴唇微微地抖动着。然后，在线装书的几个名字旁，用长长的黄指甲刻一道，口里说："考了。"

"'考了'是什么意思？"

"是枪毙。"

"是在村里考的吗？"

"四个送到白鹤镇，其余都在狮子岩上。"

"狮子岩？"

老人说："村里的地主多在狮子岩杀的，两个是面对面捆在一起拖走的。"

"谁？"

老人又翻起了族谱，找到了两个人，在人名旁划了两道："那个女的，李氏，她偷人，名声不好，所以把她与另一个男的地主捆在一起。"

从族谱中看不出杀地主的印迹，也没有埋葬地点，但我发现，划指甲的名字，都死于同一天："殁于1967年9月19日。"绑在一起的两个人，一个享年39岁，一个享年46岁。

我想请老人说说具体的情形，老人已经萎顿下来，说不动了。

陈大爷催促我，走吧。我只好从里屋退了出来。

我的眼睛已经适应过来了，外间是个私人诊所，木架上放着许多药瓶，花花绿绿的，有的药片开裂了，肯定是过期药。

暗处有四个人在打纸牌，见我向他们颔首，脸上的肌肉也抖动了一下。但他们的目光中充满敌意，这让我有点尴尬。

我对村医说："不要有什么顾虑，我是研究历史的，想核实一下情况。"

陈大爷悄悄说："他们不会说的。"

村医说，那段时间，他在外地，为生产队挣现钱，村里情况不知道，只看到楚江上漂过一些尸体，这是事实。

倒是一个头发枯黄的妇女，村医的妻子，接了我的话头，把小板凳搬到我的跟前，说："我是这家的女儿，我家也有被杀的，我心里苦啊，我可以说，我当时就在这里。"

"你见过？你当时几岁？"

"我七八岁"，她开始急急地说了起来：

"我朦胧觉得家里出事了，夜里摸着黑，不敢点灯，小孩都躲到床下。那天是中秋节，地主家的人，出去买月饼，就被绑了。那时，贫下中农就是法律。夜里，听到对屋这家地主的鸡咕咕的叫，嘈杂的脚步声进进出出，好像在抓人，从门缝中看到很多人在抢东西，有的抬家具，有的挑谷子，一个妇女拿了一块砧板。第二天是赶场的日子，下午才开会，村里的地主及家眷被押到了会场，一些身强力壮的地主前一晚已经秘密处决了。有一个地主，平时很老实，帮人抬打谷机，那天迟到了，一到会场也被捆了起来。"

"批斗的会场在哪里？"

"祠堂前的晒谷场，旁边就是大队部，现在的村委会。"

她接着说："批斗后，地主全家被押向狮子岩，老老少少低着头，无声地从巷子里穿过，静得一丝声音都没有，大气都不敢喘。这些人衣服是干干净净的，人也规规矩矩，有的戴着高帽，有的挂着锅盖，有一个老婆婆是小脚，他们有意把一个砧板挂在她的脖子上，有的地主出门时，穿了很厚的棉袄，以抵挡皮带的抽打，走到巷口，他们轮流站在矮凳子上，说几句话，敲一下铜锣，积极分子随时会在后面按头。"

"天黑时，一个人匆匆赶来，说开始杀人了，下一步会轮到我家，要我们逃走，全家顿时陷入巨大的恐惧，这时，山那边有枪声，乒乒乒，红卫兵都跑去了。我们全家向白鹤镇的方向逃，一家人不敢一起走，分散着躲，月亮在黑云中，也特别吓人，我吓得走不动了，我爹就背起我。”

“楚江边上，看到地主的队伍，一家一家用绳索牵着，正在渡船过江，有的边走边哭，有人在喊：友生，救命啊，友生，救命啊。那个叫陈友生的，是当时的书记，他说：我救不了你，快走，快走。有一家地主不愿上船，两个儿子被民兵砍倒了，他母亲突然声嘶力竭地喊，三儿，跑啊，跑啊，她的三儿子就开始跑，子弹没有打中他，他就往凤形山里跑，跑啊跑啊，一口气跑到了新疆，十多年后才回来。这时，狮子岩上都是密密的火光，人声嘈杂，有人喊口号。一个贫下中农的孩子跟地主的孩子是同学，关系不错，渡江后，给他松了绑，他却不跑，说我没事，我不能害了你。再后来，上面来了通知，不能再杀了，我们家才躲过一劫。”

我问：“为什么要到江对岸去？”

“从山上推到江里，省事些嘛。”

我问：“地主难道就没有反抗吗？”

她说：“地主家眷自知罪孽深重，长期生活在恐惧之中，没有反抗能力，还手都不会，最多喊喊口号。头几天，就有一批地主富农自杀了，有的是跳井，有的是上吊，一般都是夫妻双双自杀。我小时候在稻田里玩追老鼠，老鼠躲到草垛下面，把草垛揭开，老鼠在发抖，已经吓死了。那个时候，地主就是老鼠，你去抓他，他乖乖地跟着你，像牵羊一样，家里的狗也跟着走，赶也赶不回。有的地主后代在外地工作，杀地主时，村里拍电报说家人病危，一下长途汽车就被捆了起来。后来，我在外地读书，渐渐地忘记了这些阴暗记忆。有一天，一个女同学悄悄地对我说：你是地主的崽。顺手就是一耳光，我一下子被打懵了，她又打了我一记耳光，我连还手的力气都没有了。我现在还做噩梦，夜里不敢出门。”

“我小爷爷是烈士，当过地下党县委书记，叫陈国焕，他是骑马回来的，但也是地主成分，农村人的目光只这么一点点，嫉妒啊。评地主、富农时，看你家有没有牛，有没有雇过工，有没有吃过白米饭，祖坟有没有墓圈墓碑。小奶奶原是大户人家的女儿，有文化，人又漂亮，丈夫成为烈士，她与祖太太相依为命，土改时，祖太太看到自己家产、房子、粮食被分，是活活气死的。祖太太死后，小奶奶怕歹人加害，她戴起祖太太的黑色瓜皮帽，像个幽魂一样，白天睡觉，夜间点着油灯，坐在蚊帐中，像厉鬼，守着家产，也守着自己。她自己舂米，不与外界接触，她骂人的口音很古怪。祖太太死前，将金银细软埋在地板下面，'文革'开始时，就被红卫兵抄走了，连头发上的一个玉簪也被人顺手摸走了，小奶奶一夜之间哭瞎了眼睛，邻居多日不见她，遍寻不得，后来从自家的水井中浮出了尸体。小奶奶死后，村里三家人分了她的房产，一个是红卫兵头头，他在'文革'时发了横财，他的后人在孱陵开金店；一个是队长的女婿；一个是大队的会计。那个陈友生，他算是什么地下党，他本来是给强盗提灯笼的，因为分赃不匀，怕吃刀子，才当了游击队。'文革'时，他是书记，破'四旧'，砸庙里菩萨，都是他，杀地主也最凶，后来得了报应，大儿子生了个怪胎，二儿子割柴，经过坟地时，双脚陷在棺材中，半身不遂，做娘的天天给他熬药，悄悄将药碴倒在角落里，逢人总是欢天喜地地说，病好了，病好了。陈友生自己眼睛也瞎了，杀鸡烧香求菩萨，眼睛又好了，从此开始信神，成为这里的神汉。我知道自己的仇家，但无力讨回公道，因为政策是'打击面要小，教育面要宽'，对杀人者没有追究，有的还继续当村干部。我只好嫁了一个贫下中农，不然，我怎么会呆在这个穷地方。"

牌桌上的四个人不时地瞥我，眼光中有掩饰不住的厌恶。妇女说得很激动。村医向她低吼："你不用说这些。"她恶狠狠地回答："我就是要说，让他去写出来。"

陈大爷有所顾忌，不安地催我快走，我只好站起来，握手道谢。

村医送我到巷子的阴处，说："人太杂，杀人者都还活着，还有后代，我怎么能推心置腹地给你说呢，你有兴趣，改天我可以跟你说一点。"

我站在巷口，听村医继续说："我家成分是贫下中农，我本来是个教师，'反右'时划成右派，理由是用了'白手起家'一词，'白'是国民党的白色政权，这是'怀念国民党'的证据。有一次我刚进教室，口号声响彻一片，七八个老师、学生一拥而上，拳打脚踢，打得我无法抵挡，只能往桌子下爬。他们都是我朝夕相处的同事，个头大的学生也成了打手。失去工作后，我在白鹤镇摆了一个'代写书信'小桌糊口度日，因此认识了一个江湖郎中，交了八块钱学费，拜他为师，学到用草药治蛇伤的本领。同时还学习把脉、医疮、画符、算命等手艺。我让蛇咬自己做实验，治好了一百多人，我还挖过毒蛇，主要是银环蛇，卖给县城药厂。邓伯伯上台后，就办了这个诊所。"

他说，别说"文革"，就是现在，农村的情况你们是不会知道的，如果一个孩子，家里没有人，打他几个耳光，没人会出头的；如果家里有人，你什么事情都可以做，犯了法可以用钱赎出来，贩毒几百克，只判了三年。

我问："现在的村干部怎样？"

村医脸上掠过轻蔑神情，两个指头作数钞票、迅速放入口袋的动作，"现在共产党是好的，但土地神不行了"。

我问："地主们的房子都还在吗？"

"当然在。"

我央求村医："请你陪我看一遍吧。"

"这个嘛……"村医犹豫着，还是挪动了步子。

巷道中，三五成群的狗或走或躺，陈大爷叮嘱我，要注意旁边的狗。

我们来到一个陈旧的院落，朝门两侧有壁画，左边画“清涧渔翁坐钓亭”，右边画“山亭隐士敲棋局”，檐角绘有青绿色的云纹，瓦楞上有拍印花瓣纹。堂屋的梁椽木窗都是精美的木雕，牡丹与凤凰，喻富贵吉祥；鹿和凤代表俸禄丰裕；一对男女耳鬓厮磨，喻夫妻同心；芭蕉开枝喻子孙满堂；竹子喻高风亮节；蝙蝠喻福满门庭；五彩祥云，喻青云直上；横梁上雕铜钱，外圆内方，喻处世之道；堂屋的神龛上方，还有一块“进士第”牌匾。

我说：“真是豪华啊。”

屋主人应声出来，说：“有能力的都搬出去修新房了，住在这里的，都是没有能力的人，谁不想修新屋？”

天井中放着一个石水缸，半缸发绿的脏水，雕刻很精致，一面是一条巨龙，一面是鲤鱼跃龙门，这是古时读书人的向往。还有一个光洁的石柱状物，细部石雕很考究。

我问：“这是什么？”

屋主人说：“这是富贵人家放脸盆洗漱的地方，有人出两千元钱，我不肯卖，您看值多少？”

“现在嘛，恐怕上万了。”

我又赞赏这里的安静，夏天不热。

我问村医：“这是哪个地主的房子？”

村医说：“是陈逢善的。”

我翻开《陈氏族谱》，找到了“逢善公”的记载：

“先生幼时与皇考篝灯佐读，癸卯年，荣登进士，不数十年，家道日隆，连置三庄，屋构百椽，厅堂、书斋、鱼池、花圃、六畜厩埘，一应俱全，红门楼、蓝门楼，耸峙相映，遐迩闻名。有一年家里失火，烧了七桶铜元，镇上都认得这是陈家的火烧钱。丙寅春，残兵四处逃窜，大肆掠夺，先生晓以大义，自己出钱让他们安居乐业，保全了乡里。其他如修桥建庙，莫不慷慨输捐。先生道貌端凝，色笑不苟，黎明即起，巡行田园，当路瓦砾必亲除之，途遇乞丐，辄散以钱。最重《朱子家训》，责于兄弟无一句不入情理。匪正人莫与言，豪放不检者，皆俯首退避而莫敢仰视。先生经史子集遍览，披卷夜读或达旦，暇则灌园自娱，年过八旬，官骸俱强，日行八九里无倦容。晚年漫步到朋友家，前一夜，朋友梦见病鬼都避开了，先生一到，病痊愈了。尝曰：穷达由命，而天道流行，无有止息，岂可一息懈哉。”

村医说，陈逢善在“土改”时就被镇压了，是杀下马威，解放前，他修桥铺路，放粮救灾，做过很多好事，村里人都感念他，公审时，上台的没有一个是本村的，都是些小垸子的人，因为收租谷的狗腿子苛刻些，所以记仇。

我问：“这些房产是怎样分的？”

村医说：“不也是同族的宗亲，他们杀了地主及家眷，分得了房子、土地、稻谷、家具，这里有直接的利益嘛。”

村医说，国焕是逢善公的独生子，就是“小爷爷”，他是祖太婆在湘山寺烧香得来的，生下的时候，逢善公做了大量的馒头，见了人都给一个，还做了件百家衣，从村里健康男孩的衣服上剪一角，缝成一件。国焕从小就是小霸王，几个姐姐经常哭着告状：弟弟打我。他还过继给一户雇农，意在让灾厄分散，果然那家雇农渐渐衰败，最健壮的木匠儿子也死了，留下的是大舌头，话也说不清。国焕后来到长沙读书，加入了共产党，跟毛主席一起打天下，十八岁就当上了县委书记，解放前夕，他被国民党抓了，逢善公让人担着光洋打点，狱头让他跑，他说，我死了只一个，跑了要连累一大批人，后在长沙雨花亭就义，长沙烈士塔上都有他的名字。

我翻着《陈氏族谱》，果然有“国焕公”的记载：

“国焕公秉性刚毅峭直，广揽人才，遇同志知交，千金散尽弗惜，喜茶饮，不嗜酒，读书不为章句，睥睨一世。不做读死书的呆子，而是活跃身心，练达人情，洞明世事，并根据个性的爱好，找到自己的天空。”

天井中的那口水井，井圈是平整的水磨石，被风雨漂白了，干干净净，没有一点人气，深井阴湿逼人。村医说，小奶奶就是跳这口井自杀的。在族谱中，我还找到了“小奶奶”王氏的记述，这段文字出自会杰的手笔。

最后，村医带我去看陈家宗祠。

天光很亮，巷道中间是狭长的天空，雨丝在幽黑的背景上发亮，滴水从高高的屋檐上落下来，弯曲交错的黑色屋脊，斑斑驳驳的瓦片，梦魇般密集的马头墙，就像村史的一个个细胞，绵延重复。

陈家祠堂修葺一新，四扇木门上绘着陈氏名人的油漆画，光鲜夺目。新雕的石狮很有气势，只是线条有点生硬。祠堂前的晒谷场很大，地面上洒落着鞭炮的红纸屑。这是当年开批斗会的地方。四周廊庑上，东一簇西一簇都是人，有喝酒的、打牌的、下棋的，一个汉子敞开衣襟在长凳上酣睡。我想，当年杀地主的积极分子，也混杂在这一人群中吧！我拍了一张照片，一个打牌的男人跑过来，警惕地看我：

“你拍照，是不是要罚款？”

“罚款？这是安居乐业。”

男人松弛下来，无邪地笑了。

祠堂的锁打开了，我推门进去，一股寒气迎面而来，建筑的阴影中，绿草茂盛。祠堂是陈氏家族祭祀活动的中心，祠堂中安放着历代祖先的牌位，也是村民“心理场”的中心。祠堂在几十年前曾经失过火，近些年重修，墙体还是原来的。

起风了，疾风卷过巷角，大呼小叫，如鬼哭。一条笔直的巷道冲向我，两侧墙砖上印着深深浅浅的手印，耳边人声浮动，嘈杂的脚步声自远而近，呼啸而至，一群头戴高帽的地主被押来了，有的已经吓瘫，是被拖来的……这是真实的幻景。

我与村医在巷口分手，雨停了，狮子岩上空积云团团，太阳红得像血，在缓缓下沉，今天，风景中有悲苦，山川似乎有话要说。

村外是空旷的田野，南面的山体如一条巨龙，或起或伏，龙头就是白鹤镇附近的鬼葬山，这是洞庭湖平原进入武陵山脉的第一道屏障。天气开始转晴，山顶积木一样建筑物的剪影，依次向上，绵延数公里，最高的山顶上，黄色的山墙隐约可辨，好似一处蓬莱仙境。

我说："上面有一个寺庙，叫湘山寺，是修行的好地方，唐朝时候，陈家有人在那里当高僧，称为凌峰和尚。"

村医很惊讶："这些事，你怎么知道？"

我笑着说："谱书上都写着呢。"

白狐

蔡师傅背一把锄头在村边转悠，文管所胡所长跟随其后，一群农人又跟其后，有老妪、孩童，青年妇女边走边给乳儿哺乳。师傅功夫实在过硬，三下两锄就是一墓，不出两个时辰，已有十数座小墓找出，老胡且惊且喜，转而向农人介绍说："这是省里专家，全国仅此一人。"农人闻之甚为起敬，纷纷转脸瞧这稀有老头。晌午，师傅在农家屋场上又探得一墓，有老妪从屋内狂呼而出，满脸灰土，捏一把鼻涕抹在围裙上，叱骂不止，还拿了扫帚，直扫得尘土满天。老胡大怒："我们是省地县三级领导，老妈子你要懂政策。"老妪道："我这么大年纪还讲什么政策，这么大的地方不挖，偏挖我的屋场。"老胡说："这地方原来是你的，现在发现了古墓，就不是你的了。"说话间，屋角走出一老叟，清癯，长烟斗，声如洪钟，言称挖此屋场便会影响人民生活，师傅你这么说话就太没水平。老胡说："没水平？没水平我怎么会是国家干部呢？"此时，恰逢这家的女儿回家，幡然醒悟，说算命先生对她说过，倒血水的地方不干净，挖掉才会有好命，果然说中了。老胡接着宣传当门有古墓不吉利的道理，如此一来，老叟不复有言，民工随即挥锄开挖。

日复一日，白花花的太阳悬挂着，墓坑中时而露出民工黑黝黝的背脊。民工们抡起锄头，呼哧呼哧，墓坑内散发着泥味与汗味。墓边整天有人围观，戴草帽的、缩着头的、秃顶的，小心翼翼地蹲着，一蹲就是半天，见墓坑里还是没有动静，便哈欠连连走了。

填土中有大量的野猫骨，有民工幡然醒悟，难怪夜里听到群猫啼叫；有人说，也曾听到鬼叫，先在屋后山坡上，狗吠后，叫声转到墓地，白衣白裤，在山上飘；另一个说，可能是梦游者，有人梦游了二十年，其间娶妻生子，还上北京看到了毛主席，有一天忽然摸回二十年前的床上。陈广东便开玩笑，最好是梦游到七里湖找小姐。挖到墓底，有尸骨出露，有人推测是关羽、张飞的墓，众人不以为然，这样的穷地方怎埋得起关羽、张飞。看到大量的碎陶器，有人便大声嚷嚷，这些瓦杂子，送给我也不要。有人分析，一定是夫妻吵架打碎的，摔成小块的，是男人，摔成大块的，是女人，因为女人力气小些。说话之间又有若干冥器出土，为酒器，于是一致确认，这是酒醉佬的墓无疑，而且一定是被人灌醉后才埋下的。一群读寄宿学校的中学生放学回家，也拥到墓地看热闹。有人认为这里埋的是秦始皇，一个俊秀的女孩插话："秦始皇的墓是兵马俑，不是这里。"农人说："你这个孩子真是，秦始皇哪个地方不能到，像旅游一样。"小女孩不服气："他到了这里，连饭都没得吃。"

白膏泥中有几片嫩叶，我开始以为是上面飘下来的树叶，没太注意，后来挖出遗弃的竹筐，完好如新，打开一个鼎盖，汤水中飘浮着薄薄的藕片，观者惊呼，一会儿就不见了。看到工作人员绘图照相，村民不禁肃然，觉得这是一门玄妙的学问，妇女见用卫生纸包小件器物，纷纷掩口而笑。清完器物后，民工掀开腐朽的棺板，有一堆发绿的铜钱，有毒蜘蛛、蜈蚣四散，一条瞎了眼的蛇，蜷成一团作冬眠状，大胆的民工抓了蛇，还剥了皮。有人感叹，人总有一死，但死的意义有不同，或轻于泰山，或重于鸿毛，另一个纠正，是或重于泰山，或轻于鸿毛，于是争论不休。陈广东还问了一个大家都想知道的问题：那时的女人有没有穿裤子？

午后，潮湿的水雾从洞庭湖上吹来，透过楚江的豁口，凤形山谷的疏林，弥漫成白茫茫的一片，山彼侧有隐隐的雷声轰鸣，民工说，要下雨了，你看，对岸的狮子岩都不见啦。不久，黑沉沉的雨云把村子、树林变得一片昏暗，只有天际的一丝光带，民工突然惊呼起来，陈广东扔了锄头狂奔，原来是一只白狐出来观望，被民工围截后，又窜入乱坟中。

老坟场

太阳出来时，凤形山迎光的山坡一下子亮了起来，山谷中的低阜、细坡、坎沟，渐渐被阳光照亮，蜿蜒的小道、发白的墓碑，也从灰暗中显现出来。荒草覆径，萤火虫还落在路边的湿草中，像蛇的眼睛，我与蔡师傅抄着田埂，走向凤形山谷。约摸走了半个小时，到了山下的阴谷，这是陈家的老坟场，坟碑皆为陈姓，名字生卒，都可从《陈氏族谱》中查到。据族谱记载，村里有一个手艺人，一日外出回来，天黑又大雨，途中遇到一个老人，引他投宿，天明醒来，才发现自己躺在荒冢下，抬头看墓碑，正是他父亲的墓冢。

龟鹤人寿铜镜（宋代）

这里原来有一个小村，叫做“社美”，十来户人家，都是陈家的守墓人。后来，有村民在楚江边修了一座榨油坊，因为油坊尾巴翘起，打到祖坟，榨油时每撞击一下，坟上的火苗就会闪动一下，风水就坏了，全村人都死了，抬丧的死了，猪牛死了，狗子也死了，连嫁出去的女儿也都死光了。

我问蔡师傅："这个老坟场的风水有什么讲究？"

蔡师傅说："正前方看得很远，有一层一层的山峦线，两侧峰峦环绕迎送，起伏拱揖有情；右前方的楚江弯曲缓和，显祥瑞之气；左边青龙空些，恰好有一块微微凸起的高阜补了虚；前方还有一个池塘作为明堂；此地土色光润，草木茂盛，弓剑琴书无不备具，深合阴阳交合之妙。"

老坟场下方的草丛中，是地主陈逢善的墓园，掩映在丛草中，可俯瞰全村。墓额题"发幽光"三个大字，两侧墓联：平远山如蕴藏人，潆洄水抱中和气。封土上有老松一棵，高数丈，根盘错，有龙蛇之形，久旱之后，松上常有一缕五彩云气，即是将雨的征兆。水沟中长年淌着细水，流到山脚下的稻田中，沟底有黄色的氧化物，让人联想起"黄泉煞水"。拜台前嵌着一块"河图洛书"，旁边刻有几个小字：坐辰向戌兼巽乾。居中是阴刻空心连珠纹，四边各刻一组，九四居上，六一在下，八三居左，七二在右，之间是八卦图圈。传说伏羲时，有匹龙马从黄河里出来，背着一幅图，伏羲照着描下来，就是八卦。也有认为，这是大禹治水时，在洛水的神龟中得来的，因此，后世将这类八卦图称为"河图洛书"。这块石刻属于重要文物，曾被文管所收走，从此，陈家的一个后裔夜夜做梦，梦见老祖宗向他摇头不止，精神几近崩溃，文管所无奈，又重新将它镶入墓前，此人精神方愈。有一年，有村民乘着村里放爆竹，"嘭"的一声，将这座大墓炸开，后来，盗墓的村民被雷电打死。近年文物走私猖獗，墓前石雕也多次被盗，有一次滑入水塘中，文管所又将它放回原位。

我有点困惑，这个墓穴仅比水稻田略高出一点，是否有些偏低？

蔡师傅说："找墓穴，首先要寻龙脉，此处是'蛇尾'的最尾端，此为平地之龙。"

我问："什么叫平地之龙？"

蔡师傅说："龙在平田大坂，或行如蜘蛛，或旋螺如马蹄之迹，或绵延如灰中线草里蛇，微现高低，若点正真穴，发达最速。"

我细审地势，左右前后确有一些细微的土阜起伏，人在此位置上，没有逼仄感，且阳气充溢，更让我称奇的是，此处恰有一缕暗香游动，向左右前后走几步，就闻不到了，而桂树远在百余米之遥，桂香是如何到达的呢？

蔡师傅分析说："桂树背后，有一个山丘的豁口，透些湖风，低风正是从这道口子吹来的。一方之地，一屋之内，都有风的流动，地下还有潜河，在变幻的地形中，有一种普通人看不见的气流存在，与人的生存息息相关，这就是风水的奥秘。"

东晋郭璞《葬经》有"气乘风则散，界水则止"，"风水"一词正源于此。"真龙""穴的""砂环""水抱"是找墓穴的四个准则，天下山水虽各不相同，但凭这些准则就能找到理想的墓穴。"穴的"是凝聚的结穴，如同一个靶心，不然，"差之毫厘，谬以千里"。蔡师傅找古墓，全凭他的经验和眼力，有些地方尚未勘探，也没有封土堆，但蔡师傅只需走一遭，就知道有没有古墓，事半功倍，这让我暗暗佩服。

我和蔡师傅沿着山道上行，山道上时而出现汉墓的花纹砖，一处犁过的旱地里，有一丝素白色的高光，我从土堆里捡起半边玉璧，抹去璧上的土，一股清凉沁入手心。玉璧为古礼器，不是一般百姓使用的，应出自较高等级的大墓。村民在此种地，时常会传来兵马撕杀之声，古老相传，这是千军万马的阴兵在此出没。

蔡师傅告诉我，战国两汉墓多葬于山坡高处，从封土的形状，可以分析出墓道的方向；六朝墓多在山腰；唐宋以后的墓，基本上都在山脚，且多出金器。蔡师傅还告诉我，自然的生土有网纹，声音脆，墓葬的回填土声音哑，土色深，两者的吸水性也不一样。

山坡一个连着一个，到处都是杂树和蔓草，风从山顶而下，漫山漫坡的茅草，在风中形成水波的形状。蔡师傅能辨认茅草，一茎三脊者，芬芳殊甚，为荆州贡茅，这是当年楚国的贡物。《左传》中有“包茅不入无以缩酒”的记载。山坡上，一些小墓坍塌了，露出白骨。蔡师傅放下锄头寻些药材，有一种根，贴着骨骼生长，称“钻骨缝”，可治关节病；有一种植物，每年三月发芽，形如韭菜，将其放置火苗上，火苗如烟花闪烁，将其研为药，即为春药；还有一种菌状物，生在未嫁女子的下身，也是祖传的秘方。天风浩荡，野草杂花像公鸡的尾羽一样斓烂翻飞，蔡师傅教我辨认杂草中的野菊、木香、胡枝子、铁丝盘根草、大黄等，告诉我三步之内必有草药的道理，自古以来，一代代人都靠着它治病。

蔡师傅

蔡师傅早年得风水师的真传，以看风水、盗墓为业，相地形，辨土色，很早已经称师带徒了。

解放前，蔡师傅在长沙砚瓦池旅社认识了一个叫陈胜望的人，他携带一些铜器来长沙推销，不知道门路，希望蔡师傅帮他找到买主，卖个好价钱，他告诉蔡师傅，陈家屋场还有很多这样的墓，并邀蔡师傅同去发财，因此之故，蔡师傅多次来过陈家屋场，我也常听蔡师傅念叨，凤形山上有好墓。

据蔡师傅回忆，当时，陈家屋场有十几条弯弯曲曲的石板巷道，几十栋房子的风火墙连毗。头一次到村里，陈胜望的屋子被人砸坏了，不好住人。昏暮时分，他将蔡师傅引到一户地主家，叩门求宿，地主腾出了几间干净的屋子租给蔡师傅，还送来了茶水、点心。当时，地主家的媳妇连生了三胎，都活不到两岁便夭折了，地主请蔡师傅辟邪，蔡师傅打卦，说有昏沉妖魅，损伤人口。依蔡师傅的意思，挖开原来的死婴坟，死婴埋了一年多，仍气色红润，与活人无异，挖时误伤后脑，仍流红血。蔡师傅说，只要这一个复活，活着的一个便又保不住，这叫“连胎杀”。蔡师傅要了三斤煤油，把这个死婴烧了，边烧边咒：“发生的事永世不得翻身，你可能不认得我，我的东西很多，朋友也很多，我要驱赶你，你这没良心的东西，我要用磨石压住你，压进泥土里出不来，你快点走，纸钱是给你的路费，不许再到陈家吵闹，否则对你不客气。”然后挥剑，做种种驱邪动作，并在门框贴上符箓，此后，地主家的媳妇连怀几胎都保住了。因此之故，地主请蔡师傅住了下来，帮他寻找墓穴，又请了三个风水先生前来会商，喝酒后各摆理由。那三个都说，你是长沙来的，又看了那么久，我们比不得你，分量最重的红包归你。蔡师傅说，我的年纪还小，在你们面前还是小孩，我向你们讨教才是。最后，蔡师傅将他们带到现场，三个风水师都嗟叹不已：好家伙啊，好家伙啊。蔡师傅说起这些，眉飞色舞，如数家珍，这是他一生中刻骨铭心的经历。

蔡师傅说，住在陈家屋场那些年，因为担心村里人嫉妒，挖墓都是在晚上，白天不敢挖，尤其在月亮好时，悄悄地搞。土箕、锄头都藏在山里，白天，三五人上山，带一副纸牌，玩牌望风。盗墓一般从墓顶凿穴而下，深挖后，就要搭人梯，触到白膏泥，就由蔡师傅亲自动手了。棺椁需要用斧头砍，凿子凿，有的棺椁会冒一种气体，见火会爆炸，叫火洞子。摸宝物需要经验，兵器、铜镜、玉器、印章，什么东西放在什么位置，都是有讲究的。盗掘后，又以散土封住洞口，草木生长，又恢复了原形。

蔡师傅说，发现好的东西，不能扬声，怕同伙起歹心。在对视的目光中，说话的口气中，甚至在沉默中，都能透露出来，瞬间萌动同伙的杀机。曾经有同伙在长沙郊外盗墓，两个在下面取物，两个在上面接物，上面发现陶瓮里的马蹄金，便互相做个眼色，堆土就下去了，下面的再也没有上来。所以，先是把一般的东西递上来，最值钱的东西放在自己身上。也有个别师傅贪财忘义，见玉器偷偷埋在土里，将同伙骗开，以后自己单个来取，见金箔，冒着危险吞进肚子里，再从粪便中找出。

蔡师傅说，有一个晚上，他们正在挖墓，听到村里人声骚动，远处有火光，一队日本人沿着石板路进村了，他们趴在墓堆上不敢作声。不久，看到村子里走出一队人，年老的走在前面，打拱作揖，后边是一批送酒、肉、香烟的青壮年，小孩子手里拿两片竹片敲打，表示欢迎的意思。走到近处，有村民自作聪明，燃起鞭炮迎接，日本人以为有意暴露其目标，用刺刀把几个为首的捅死了。

我惊问："你见过日本人？"

蔡师傅说，日本人当然见过。头一次是春上来的，来找姑娘家，拉到山湾里困，姑娘家身上涂了锅灰，日本人让几个村民挑水给她们洗体，反抗的杀，同意，就一起吃饭，见小孩，不杀，不反抗的也不杀。第二次是收麦子时候来的，听到日本人来了，村民把煮的饭闷上，熄了火，躲在竹林后，日本人骑着马，比屋檐还要高。有个妇女怕发出声音，将婴儿捂死了。日本人住在村里时，妇女用灶灰抹了脖子，装作坐月子，日本人见了鸡屎嚷着要吃鸡，烤火时，妇女怕火烧了日本人的大衣，用手拨了一下，日本人以为要搞他，一刀将妇女戳死了。一些村民被日本人掳到狮子岩上修工事，每天吃两顿，只两个饭团，吃完了到山坡下捧水喝，怕他们逃走，将箩筐、扁担与手绑在一起。

日本人枪法准，百米开外可以一枪打死你，一个日本人，不管是背着枪还是扁担，可以赶几百人，两个日本人可管一个村子，你敢杀他，全村就要遭殃。小李村，一个日本伤员被村民锄死，后来日本人来报复，把全村青壮年绑在树上，用刺刀捅死，人痛得回头将大树咬掉半边，地上踢出一个个的坑。也有当地人装扮成日本人的，脸上抹了黑，来强奸，来抢米谷的，那时的人觉悟低些，这是事实。

有一个村民，日本飞机丢炸弹，全家都炸死了，他当时在看牛，回家看到树上、墙上都是血肉，还有小儿的一只手，从此精神恍惚，一听到飞机，就神色惊慌地钻地窖，这也是事实。

据蔡师傅回忆，1943 年 5 月上旬，日本人先后攻占南县、华容、安乡，三县公务人员、学生、难民及未撤退的国民党部队，被包围在以厂窖为中心的狭长地带。不久，日本人开始大屠杀，洞庭湖上烧的是船，岸上烧的是房子，火光熊熊，惨叫声汇成一片。当时，回长沙的公路已经堵塞，幸运的是，蔡师傅遇到几百名步行而过的中国军队，蔡师傅尾随部队而行，有士兵死了，尸体就躺在沟边。夜间，经过一些村庄，都是一片灰色瓦砾，看不到几个人，尸体遍地，无人收尸。一个男人用砖垒灶生火做饭，一个妇人和孩子的尸体放在一旁，面部是灰色的。蔡师傅帮部队收尸，手上捏着檀香，口里含着酒，还是一阵阵恶心。以后，又见过共产党的部队从这里开过，很威武。

我问："那是什么时候？"

蔡师傅笑逐颜开，说，那是在 1949 年春上，第三十八军沿常澧公路向常德挺进，攻打白崇禧的桂军。士兵自己带着炒米，用水煮一下，不沾老百姓，队伍有好几里长，整整走了一个晚上，一边走还一边唱歌，到了夜里，看县城这个方向，炮弹像烟花一样，"啾"的一声，"啾"的一声，可好看了。国民党兵吃糙米，饿了什么都吃，蛇啊，青蛙啊，坐在太阳下找蚤子，走不动的就倒在沟里，也造孽，不如当共产党的兵，这是享福的兵，这也是事实。

蔡师傅说，以前挖墓的找不到堂客，你们叫考古，就不一样了。以前我找堂客，介绍人说我是布行的，有钱放息，等生米做成熟饭，看见我夜里出去，回来一身泥巴的味，才产生怀疑，后来悄悄地跟到山上，才知道我是盗墓的，哭着要跳井上吊，要打介绍人的嘴巴。日子一长，我又没有别的手艺，就眼开眼闭了。以前只取值钱的东西，陶器都不要，也没有绘图、照相之类。挖到大墓，就有流氓来吃冤枉，那个兵符，卖了八百元。那时油几分钱一斤，布一分钱一尺，八百元是不得了的数字。有六个流氓来，说要借钱，两个是认得的，四个不认得，说，我们调查了解，你们卖了八百元，我们要借三百元。我说，借钱没有，打架不怕。流氓说，我们也是实在对不起，兄弟们几天没有吃家伙了。于是我就叫人打酒买鱼肉，搞饭吃，这些流氓一会儿说咸了，一会儿说淡了，有意找岔，借的数字也一直在还价，一直还到一百元，不能再少了，否则休怪兄弟们不留情面。我说，也莫讲一百，也莫讲五十，每人十元作数，另外，再请你们吃一次，这才罢休。那次在石三胜酒楼摆了满满一桌，才花了三块多钱。解放后，北京科学院到长沙挖墓，没有找到什么，就把我喊去了。

以前玩是好玩些，长沙有五个地方有妓院，一个在荷花池，一个在窑岭，妓女都是自己来喊，说晚上去玩啦。长得好的拉客，长得不好的接客，脸上涂着好厚的粉，这个嘛，也是听别人说的。以前的妹子没有工作，比现在爱打扮，现在的妹子不爱打扮，怕领导批评。日本人的墓我也挖过不少，别人不敢挖，挖了眼睛发红，我冒事，日本人有金牙，纯金的，铺子里说只有一半金，赚去不少……

我睡在床上，听蔡师傅说着陈年旧事，当年同伴多半已经死了，当蔡师傅念叨着一个个死人的名字，我便在一片睡雾中沉入梦乡。

祖先的缟素

在凤形山起伏的山岗上，分布着战国到两汉时期的古墓葬，一个个封土堆时隐时现。当地民谚，“凤形山九十九个堆”，传说本来是一百个堆，点数的人忘了自己脚下的一个，就变成了九十九个。过去，这些黑压压的坟堆绵延数华里，墓堆上枝条繁茂，有乌鸦集聚其上，行人折断下垂的枝条，群鸦便号啸不已。

据《陈氏族谱》记载：“凤形山，在村西，每见仙人出入，凡人有宴会，具帖于洞口乞借仙人酒器，杯盘壶勺鼎豆一切器皿，皆五色，奇丽工巧，非人间所有，刀斧钱镈亦然，但借者必归还，不敢匿，后有隐器不还者，洞遂闭。”这说明，在很早以前，这一带的墓葬已被人发现，而且出了许多器皿。

二十世纪五十年代，凤形山开地时，挖出过许多青铜器。后来，私人砖厂取土也挖出过不少。当时，陈家有后裔在省城当厅级干部，被查处前，请风水先生来看过，说砖厂动了风水，陈家因此干涉，向文物部门报告了古墓破坏的情况，这个砖厂办不下去了，倒促成了省博物馆的一次发掘。

这次被盗掘的凤形山大墓，是座带墓道的砖砌墓，有前后室和两个耳室，大墓的封土像座小山，墓前有一口小水塘，是砌封土时人工挖成的。以前，野兔常在封土上打洞，猎狗追猎物至此，猎物便不见了，曾有人下挖数米，发现暗道交叉，便作罢了。二十世纪七十年代，有村民放牛，牛在封土上踩出个大洞，开始无人敢进，一个复员军人听说后，带枪入洞，发现下面都是连绵的古墓室，俨然屋宇，一度还做过防空洞。此后，村民陆续入内，拿走了不少文物，有一大鼎，被村民用锄头砸烂，当作废铜卖给了供销社，陶罐就地砸烂，看看有没有金子。墓内水潦，多毒蛇，瞎了眼的蛇、皮肤发白的老鼠都在墓中，蝙蝠从墓室高处下啄，一次又一次，把蛇啄得筋疲力尽，蛇则用它的毒液，弄死了它的天敌。后来，因毒蛇咬死了两个人，渐渐少有人光顾了。

我沿着长长的墓道，进入黑洞洞的墓室，阳光从盗洞漏入，十分刺眼。穹窿顶上悬挂着树木的根梢，虬曲蟠绕，乍看如蛇，根须带着晶莹的水珠，像帘子一般。墓室是模拟宇宙空间而建造的，造型几近完美，砖壁上有盗墓人手印和烧融的红蜡烛。去掉陈年的覆盖物和水渍，墓壁显露出大面积的画像砖雕，题材有天像、鬼神、祥瑞、帝王、圣贤，反映庄园经济的农田、仓廪、庖厨、宴饮、乐舞等，高妙之处在于准确抓住各种活动中最具特征、最生动的瞬间，删繁就简，遗貌取神，洋溢着旺盛的生活情调。打开后室的封门后，成堆的随葬品显露出来了，钨光灯下，数十件彩俑，唇部涂朱，黛黑绘眉目和发髻，色彩如新；成堆的青铜器，铜鼎上有繁密的蟠蛇纹；还有剑、矛、镞等兵器；陶器有鼎、敦、壶；漆木器有弓瑟；出人意外的是，还发现了成捆的竹简，像稻草一样覆盖在陶器堆上，小心拨动时，黄底黑字清晰呈现；在棺椁板之间，还清理出一幅完整的“帛画神山图”；一个木讷的民工，挖到一面铜镜，竟乱了方寸，扭身就跑，在众人的怒吼之下，方回过神来。民工纷纷叹息：我们这里的人太笨，没有抢先把这些东西搞走。

变天了，水塘中有密密的雨点和溅起的水珠，天空中的云走得很快，在墓地可听到寒风的呜咽声，忽然幻现一个情景：墓坑变得球场那么大，墓坑的三条边上，都是蜿蜒的送葬队伍，一面巨大的旌幡遮住了半个天空。这是两千年前发生在这里的一个场面：连日的道场后，一队浩浩荡荡的缟素进入墓地，一系列仪式后，墓门一扇一扇关闭了，二十多个偶人埋入外藏室，伴随着一干人的哭声，开始填土石……我深深地沉浸在自己的遐想里。

人物龙凤帛画（战国）

自从凤形山大墓发现珍贵的文物、雕刻，老胡慌了手脚，作为县文管所长，这是一辈子难得碰到的机会。他弄了个宣传车，车上插着三色彩旗，在孱陵县城的大街小巷做宣传，后来，竟惊动了地区、省里的媒体。陈家屋场的池塘、稻田之间，一派惊天动地的喇叭声，到处是拿着摄像机的人，一轮接一轮的参观者联袂而至，女记者们都很靓丽，戴着大大的耳环，老胡穿着中山装，油光光的头发，对着镜头侃侃而谈，还给学生们上生动的历史课。他还分得清棺与椁的不同，知道“孔子有棺而无椁”，还知道开天辟地之后，“夏有禹，商有汤，周文王，八百载，最长久”，都是《三字经》里的句子。说到枪，便作骑马射击状，说到酒器，又作古人喝酒状，见众人大笑，更是滔滔不绝，将镇墓兽说成是菩萨，说有梳子，那必定是个雅观之人，说拍过照，那必定是无价之宝。带队的老师严肃地说，不要笑，不要笑，古人就是这样的，你们今天总算看到了啊。一个县领导把酒器当作夜壶，还抓起一件矛问老胡：“这狗鸡巴是什么东西？”“是矛。”“噢，书上有，书上有。”县领导拿它往老胡身上一戳，口里“啪”的一声，老胡便说：“哈，我变成古人啦。”领导大发感慨：“看看这些东西，想到人生何其短暂，人间的纷争实在没有多少意思，要及时享受生活。”说着还给老胡递烟。有领导的支持，老胡更有了底气，当着检察院的人公然说：“他妈的，现在国家的烂法太多，也得排排队，文物法是根本大法。”他对村民说：“私人动土动不得，国务院有规定，谁敢非法动土就要绳之以法，周围的县都抓人了，就是我们孱陵没抓，准备近来也抓个把。”说得村民都惊惧起来。一个老干部小心描述其所收藏的一件文物，要请老胡鉴定，老胡闻之，双眦欲裂，言称《文物法》规定，私人不得收藏文物。老干部自知失言，连连打岔不已，老胡起身取来了《文物法》，摊在地上，但上面说，私人可以收藏文物，只是不得卖给外国人。老胡解释说：“因为卖不卖给外国人是搞不清楚的，所以私人不得收藏文物。”席间，有人提到了现场修博物馆的事，也有人提及老胡爱人的农村户口问题。

晚上，人群转到县城宾馆餐厅，转来转去都是敬酒的人，个个都一脸红光，手里无一例外地捏一麻布袋瓶子酒，像喝白开水。敬你一杯，敬你一杯，来来来，敬你一杯。过了青春之年的女人，则用“我们好事成双”“尽在不言中”之类的暧昧语，不时有划拳声，酒喝到兴头上，酒精开始发作，狂蹦乱跳不止，一阵阵空洞的欢笑，每时每刻产生出来，以消除彼此之间的局促。接着，当地风俗“扛子酒”上演了，一个美女被四个大汉扛着，架在那位最尊贵领导的脖子上，按风俗，她还用裙子把领导的头蒙住，这场面真是骇人。专程赶来的老专家说，传统文化就是人与人的关系，商朝酒器上就有“感情深，一口闷”的铭文，好朋友是喝出来的。说着，他被鱼骨卡住了，他在口袋里掏什么东西，把花花绿绿的钞票也掏出来了。老专家喝多了，对我说心里话：“我已经风烛残年，你学问再大，大得过王国维吗？吃酒，玩乐，我也就这样混几年了，你看某某，他都在床上动不了啦。”老专家的学问早已枯竭了，已经提不出什么问题了，只能随口说好。

文化局长陪着领导喝酒，说自己的种种业绩，今天这些成果，都是他如何如何才取得的，坐在一旁的老胡受了窝囊气，互相之间的劝酒变成了斗酒，竟发生肢体上的冲突，声音突然变得嘈杂，好像出事了，众人围过去，老胡

出行图（清代）

一脸污血，口里说些硬话，用的是丹田之气：“你看不起我，我是执法的，我马上就要去学习《文物法》了……我要跟县委书记去说，他不管，我不搞文物了，你侮辱《文物法》，我要杀死你。”原来老胡与局长喝酒时，自称“老子”，局长说“你算什么东西，敢称老子”，于是就打了起来。大家把老胡送回在文庙的家中，纷纷散去，静寂中，听到老胡重浊的鼾声。

雾谷

大墓发掘期间，凤形山中的一栋废弃木房，被修葺成考古队的临时用房。我住在木房内，夜间可听到公路上货车发出的隆隆声。房子地面是古墓的封土，被褥久焐不暖。

我仰身躺在木床上，再三确认，我的身体顺着楚江的方向，头朝西，脚向东，左手是陈家屋场，右手是狮子岩，这样一一对应后，我感到四肢妥帖。

我梦见走在旷野上，四面皆青峰，不辨东西，我穿过一个门洞，高墙内，有疲乏的老牛、壮硕的狗、猪圈中的猪群、肥胖的鸽子。各种被役使的仆人在舂米、簸米、喂猪，灶间有一个人匍匐于地，探身望着火眼，阙楼有一门半掩，一女子探身向外张望，还有一人在高楼上吹笛……在梦中，我总觉得一切似曾相识，像我童年时代的老宅，又好像在陈家屋场，我终于想起来了，这是凤形山汉墓中出土的坞壁模型，当年陈家屋场景观的真实写照。

坞壁居住者是当时的豪强地主，他们聚族而居，广占田园，世代为官，并拥有私人武装，经济上自给自足，坞壁内还包括水陆田亩、竹林、果园、鱼塘、菜圃，他们还垄断文化，许多豪强地主本身就是经学大师。

坞壁（东汉）

我进入一个迷宫似的高楼中，高楼甚伟，四角有谯楼，楼内陈设就像墓室情景的复原：贮藏室横列着寒光闪烁的青铜剑；宴舞宫陈列着编钟、编磬、排箫、鼓瑟、埙等乐器，密密麻麻的女乐俑复活了，变成了十多个盛装的姑娘，她们站着，高髻长裙，面部表情呆滞，有的还没有活过来，但嘴能动。演奏的乐曲有《迎宾曲》《橘颂》《秋思》《将军令》，声音很华贵，像人在襁褓中吮吸过的味道，我在想，只有经历世代的发酵，才会如此甘美。

我登阁而上，见到了墓主人，一个苍白的中年儒士，峨冠博带，抚几坐在榻上，神情疲沓。儒士不交接世俗，专积思于经术，昼诵书传，夜观星宿，或不寐达旦。灯光下，我又看见了墓葬中的那些竹简，《周易》《阴阳五行》《日书》等，代表了那个时代最普遍的精神崇尚；《吴语》《逸周书·大武》《宁越子》等，是乱世智慧的书，代表墓主人的个人兴趣与身份；《美良方》《导引》《房中》等，是关于精制食物与治病、房事的书，代表日常生活的技能。

我与儒士对坐，就这批竹简的内容，向儒士请教。

问："《大武》是一篇兵书，通篇都是数字，如七制、九因、四戚、五和等等，为什么与汉代以后流行的数字，如四时、八位、十二度、二十四节气等对应不起来？"

答："这是一部兵家的著作，是朴素的经验，很硬朗的东西，不是玄妙的哲学，没有后世文人铺张的东西。”

儒士见我疑惑，又解释说：“战国时代，人们只说，鸟儿飞来了，要播种了，到了灵帝以后，才加入‘不来就会有灾异’这类的话。”

问：“‘善政不攻，善攻不侵，善侵不伐，善伐不搏，善搏不战，善战不斗，善斗不败’这句话，是否是《大武》的精髓？”

答：“这句话是后人的注释，文人铺张的东西。”

问：“宁越与宁戚是否是同一个人？”

答：“不知道，在我们这个年代已经搞不清了。”

问：“遗址中出土这么多动物骨骼，有何用途。”

答：“祭祀用。”

问：“祭祀后的肉能吃吗？”

答：“能吃。”

问：“竹简中，‘□□不君不臣，缄□心不内入，乃筑□□’，如何理解？”

答：“这是楚灵王身死野人家的故事。灵王十二年，宫廷爆发了政变，灵王众叛亲离，随从散尽，孑然一身，后来遇到一个在宫中做过涓人的侍从，灵王头枕着涓人的腿睡着了，醒后，发现自己枕在土块上，涓人已无踪影。后来，旧臣申庞念其旧恩，在厘泽附近一个村寨的棘门旁，找到了灵王，灵王已在绝望中自缢。”

儒士书案上有几颗蜻蜓眼、鸡血石，这是那个时代的圣物，象征着自然和生命的神奇，不是简单的“装饰品”。一面铜镜，出土时铜绿斑斑，此时却熠熠生辉，背面图案繁缛，母题是四个相连的“山”字。

问：“四山图案和古代明堂、辟雍、圜丘等礼制建筑，出于同一图式，具有什么样的含义？”

答："圆的镜和方的纽，表示天圆地方，天地之间有山，山之间有花叶，表示天地运转不已，这是对于时间空间的看法。"

我抬头看圆形的天幕，四周旋转的山，它们正是四山铜镜表示的宇宙图式。天地阴阳，四方八位，实际上都是内心整肃性的一种模拟，在天命神授的时代，人的行为皆与天命相关，王莽死到临头，还抱着一个式盘，这是他的根基。

我梦见自己置身于雾谷之中，四周是重叠的苍山，山峰上有灰色的残雪，天空中闪电不断，却没有雷声。拱立的峰林，顶部被灰云遮住，在霾一样的氤氲中，露出棱棱的山骨，峋岩的裂皴。嶂上古木参天，瀑布长流。我与其说是在风景中，不如说是在古画的意境里。

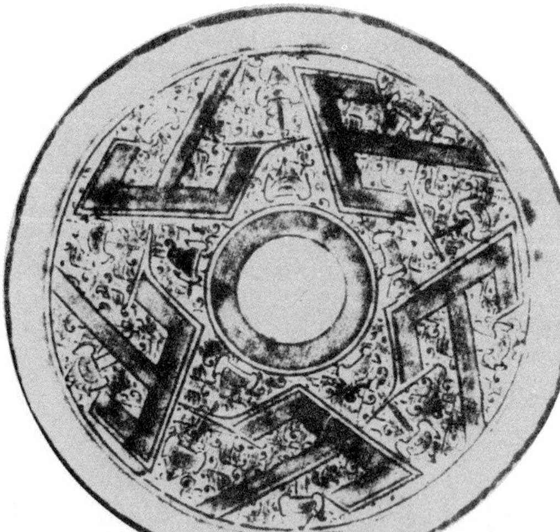

山字镜（战国）

苍龙七宿

夜间，我下楼洗漱，在密密的树丛之间，恍惚看到北斗七星的影子，心中略有所动。我顺着楼梯来到楼顶上，此时，夜雾收尽，空气澄明，长龙一般的北斗七星赫然列在天空上，斗柄指向天心，最下方的一颗星与地面上的两盏灯光相连，像是从村庄的瓦顶游向空中的。雨后，空气的能见度特别好，小熊星座几颗黯淡的小星也很醒目。天空中掠过淡淡的云翳，一会儿只有六颗了，不一会，又变成了七颗。

我想，人间的学问，都是从观星开始的。《易·乾卦》的六个阳爻中，有五爻讲龙。这里的龙，就是苍龙七宿，当它首现于东方地平线上，是潜龙，由初昏到天亮，整条龙跃过天空飞腾，再向西方冉冉下落。潜龙、飞龙在田、飞龙在天，正是这一过程的实录。

十点半、十二点半、两点半，我每睡一会，就蹑手蹑脚上楼顶观看，开楼梯灯时，陈大爷咳了一声，一定是灯光影响了他。这样，我完整地观察到北斗七星绕北极星缓缓旋转的轨迹、幅度和星形的变化，不是凭想象，而是作为一种体验印入记忆中。

早期人类仰观星象，辨明方向，区分季节，在《尧典》中，天文、历法、鸟兽是当时的大事，年复一年的观察，积累了丰富的天文知识。楚人能看到木卫，在《甘氏》说到木星，“其状大，有光，若有小赤星附于其侧，是谓同盟”，这是公元前364年夏天的事情。在楚国官方信仰中，帝、皇天、太一都是最高的神，兼有星、神、终极等多种含义，是“道”的前身。儒家的太极、道家的太一，都是指北极星。马王堆汉墓出土一张隐含宇宙意识的图谱，正中是一个“淦”字，读为“干”，帛书《黄帝书》“天有恒干，地有恒常”，这里的“恒干”，即永恒的主杆，就是天空中的北极星，“道”的概念正是从这里演衍出来的。老子第一次用“道”这个概念，来表示世界的本源，一个独立于心体之外的存在，在他那个动荡的浮世，找到了精神的支点。

长沙子弹库楚帛画中的四季神祇，是洞庭湖畔出土的最古老的历法，在农耕文明中，人的存在被嵌入时间之中，岁时主要是依据节气来确定的，体现了古人顺时而动的行为法则，是“天人感应”世界观的具体体现。征伐，嫁女，祭祀，盖屋，或忌或宜，都是根据气候等各方面因素考虑的指导性的建议。

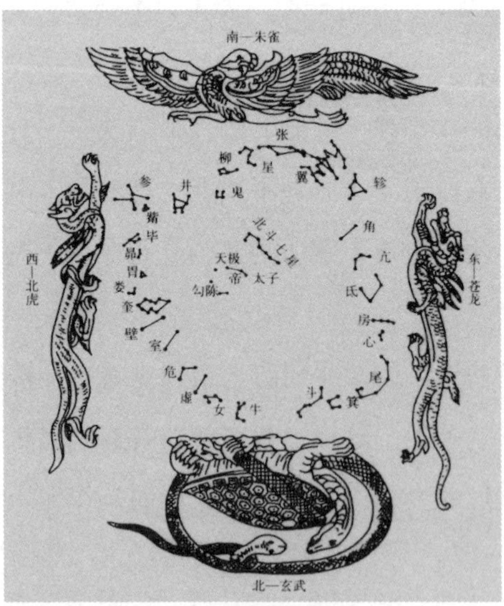

二十八宿天文图（宋代）

没有事先的定向，什么事都不能开始，任何一个定向都意味着需要一个固定的点。年复一年，满天星斗围绕着北极旋转，这里有永恒不变的支点和轨道，它的投影，就是人类精神领域的一元论，由此演绎出人类的全部哲学。在西方天文学最后摧毁这个永恒的终极以前，它代表了传统哲学的最高峰。

神山图

狮子岩上树林茂密，每逢大风，林莽随风鼓动，像舞动的狮子，故名狮子岩。村民说，狮子回头看着村子，威力太大，所以一般民居的大门都躲开了它，没有一家是正对着它的。

夜深了，我坐在楼顶上，在连续的闪电中，看到狮子岩许多隐约的褶皱，就像盘蛇的鳞甲。我忽然想起凤形山古墓中的“神山图”，难道这幅帛画描绘的就是这个盆地的实景？此念一出，不禁毛孔也竖立起来。我赶紧下楼，找到了帛画摹本，带着手电回到楼顶。我镇定一下神志，然后开始细细比对，在此过程中，我的心脏开始怦怦急跳，一种神性，一种非常神秘的东西，在叩动我的心房。

帛画的外围，山峦环绕，陈家屋场所在盆地四周，也有十几座山峰，正如《陈氏族谱》所称“岗岭四合，隐然如大环”。帛画最外层的远山，只是勾勒了一个潦草的轮廓，是空心的，但内层多是实心的，且细节交待逼真。比对夜山实景，远山因为白茫茫的夜雾，是浅色的，近山确是黑色的，帛书的这种表达很准确。让人意想不到的是，这些黑色的山形并不是抽象的写意，而是真实山峰的写实。东部马鞍形山，然后是左右几个山峰，尖状的、平顶的，都可以与实景相对应。帛图中的那个豁口，是朝向洞庭湖的山口，帛画上有三道曲折线，标志云气，根据这段时间的观察，这个山口，由于气流交汇频繁，风雨晦晴，时时呈现出云气的变幻。帛画的中心部位，共标有三处地名，一处显然是楚江对岸的狮子岩，画面还刻意突出它的褶皱，下方标着“死谷”两字；一处在中间的平地，标着“神山下”三字，应是白鹤古城的所在位置；还有一处在凤形山墓地，标着“蛇尾”两字，对的，现在那里的小地名“社美”，正是从“蛇尾”改过来的。

很显然，帛画上的“神山图”，正是这个盆地的实景，后来的《陈氏族谱》中有这样的风水描述：“陈家屋场有龙蟠凤逸之致，西部的山脉如凤凰展翅，故名凤形山，楚江从村寨的西南向东南环绕而过，称‘玉带围身’，楚江彼侧，群山连绵，或聚或散，似一条巨大的青龙，将凤凰环绕，凤形山墓地处在龙凤交尾处。”现在看来，这段描述有着非常古老的渊源。

我在分析，帛画中的“神山下”“蛇尾”分别与白鹤古城、凤形山墓地对应，那么，楚江对岸的狮子岩，即帛画上的“死谷”，又代表着什么呢？凭着职业的直觉，我认定，它很可能是上古时代神秘的祭祀场所。狮子岩出土的青铜罍、水边堙埋的青铜器、崖壁上神秘的岩画、现代民间的祭祀，瞬息之间都有了合理的解答。我好像获得了一种符契，所有的一切都在黑夜中活跃起来，这个重大的秘密让我狂喜不已。

狮子岩

水田里涵满了水，到处是水面的反光，农人在插秧，头戴斗笠，身穿蓑衣或塑料雨衣，有的掮着稻秧走在田埂上，禾苗沁绿，小牛跟着老牛，在田间拖犁，时而传来农人的呵斥声：背时的，砍脑壳的。

我们走在石板路上，村民们纷纷瞧过来，还相互议论，有村民喊：

“去哪里？”

“狮子岩。”

“去那里干什么？”口气中有点恼怒。

“考古。”

“克俭啊，不能带他们去那里啊。”一个老翁嘶哑的声音。

“是国家的事。” 克俭大声回答。

大雨后，楚江水面上涨，因此狮子岩的崖面并不显高。狮子岩旁有一个月牙形的小村庄，只有十几户人家，因为距公路远，都是低矮的平房与茅草房。过江后，我向村民打听“陈胜望”这个人，想通过他，指认青铜罍的出土地点。

“陈胜望已经死了，他弟弟还在。”

“能不能找到他弟弟？”

“就住在村头。”

于是去找他弟弟，一干人到了他家，门紧闭。

一个邻居老妪神秘地说：“他在山上砍树。”

静下来听，剥剥剥，山上果然有伐木声。

我们沿着山路，顺着伐木的声音而上。山道上，有多处窄狭的农田、守庄稼人的小屋、野蘑菇、野蜂窝。农田刚施过肥，散发着刺鼻的气味。一个流眼屎的老人，正坐在伐倒的树干上抽烟袋。

老人正是陈胜望的弟弟，今年 80 多岁了，耳朵不好。

克俭大声问：“听说过‘死谷’这个地方吗？”

“不晓得。”

克俭又详细地说了青铜罍的事，他终于听明白了，但半天不吭声，似乎陷入沉思中，一股股青烟消失在青空中。

克俭大声问：“你晓不晓得这事？”

老人的手开始抖动，终于冒出了一句：“金龙的尾巴烂了。”

我大喜，线索终于续上了。

他说的，正是青铜罍的蛇尾处有残缺这一事实。

他又说了一句：“东西都搞走了，还有什么看头。”

我说：“请你陪我们去看看，在什么地方挖出来的，好不好？”

“好嘛。”人却坐着不动。

“那走吧。”

老人终于起身，拿起背篓、斧子走了。

我们随着老人上山，每走一段，我就停下来，回忆帛画中所对应的山形，越来越证实帛画的准确性。

山道上，我采集到商周时期的陶片，一枚残断的铜箭镞，还有一块石头，上面有淡淡的凹凸，这是一块铸造青铜器的石范，虽经风雨侵蚀，还能辨认出来。这些都是当年穴居人的遗物，三千年前的景况了然于心。

据《陈氏族谱》记载："明嘉靖中，山民深入狮子岩，见葛节蔓延，而皆无叶，方兴疑怪，忽遇暴雨，土中冲出金当，吐光如火，上射日月，俄见蜸卧黑蛇，首大如五斗，嘘气成雨，旋投葛蔓而去，自此，箐林幽谷，莫敢孤行……至今种山者间或锄得金当如菱芰者。"这里所谓的"金当""菱芰"，正是这些铜箭镞。

据老人回忆，那年，他的哥哥陈胜望，在狮子岩上追一条蛇，蛇钻进一条岩缝，岩缝内有水滴声，于是搬开岩石，掘进两米多，挖出了青铜罍，只是蛇尾部有点残破。老人说，这山原是龙脉，蛇就是龙，现在，蛇尾巴烂了，村里就会遭殃。消息传开后，远近村民都来朝拜这条龙，有人要出重金买下这件青铜罍，遭到陈家族人阻止。

有古董商人闻讯前来寻访，一日大雨，古董商以避雨为由到了陈胜望家，问能否留宿，陈胜望怕他来路不明，再三推托。古董商看到他的小孩，便掏出事先准备好的糖果，并从小孩口中得知宝物就放在楼上，再三要求见识原物，并很快以四百元成交。陈胜望意想不到，如此破铜，竟能值此巨金，于是暗派其儿子找学校校长询问，校长意识到其价值非同一般，当即决定以其一倍的价格购买，陈胜望的儿子一路呼叫，手舞足蹈，被古董商人看到，知事不妙，遂抱此物狂奔逃逸。陈胜望得到银元后，屡遭族人逼迫，不得已把钱财散诸族人。后来，陈胜望带长沙风水师傅也来挖过，挖过许多洞，但没有挖到东西。

二十世纪八十年代，狮子岩上架高压电线，炸石炸死了人，文物保护员陈克俭在现场拾得一块青铜残片，辗转交到省博物馆，经鉴定，正是这件青铜罍下腹部的残片。

山顶上沟壑纵横，岩缝中，一堆堆陶片裸露着，自最初被人丢弃，竟然一动不动地堆在那里，几千年的日晒雨淋，夹着的沙粒都暴露出来了，表面还结着霜一样的风化物。到处是林立的峋岩，形态如动物，如精灵，县文化馆老馆长对这个遗址很感兴趣，曾筹划旅游开发，作为古人类的活动场所，但路子没有走对，不了了之。

山道口有一段岩墙，用岩石就地垒砌而成。老人说：这儿放过猪儿炮，是防土匪的，当年把红军也吓跑了。后来，日本人也在这里驻扎过，修了许多工事。

站在山顶往下看，山下的盆地像是一只大簸箕，一条条土冈如游龙一般插入田峒中，让人产生“见龙在田”这样的意象。在我们的国土上，村村都有自己的后龙山，家家户户的房屋、墓葬的方位，都与龙脉有关，龙蛇图腾已经投射到山川中，凝结在血液里了。

据地方志记载，洞庭湖畔每逢暴雨季节，经常洪水泛滥，庐舍、财物、牲畜皆漂在一片汪洋里。自古以来，人们出于对水旱灾害的恐惧，祭祀水神，消灾避难，这是和居民性命攸关的大事。

在武丁或文丁时期的甲骨卜辞中，有舞雩祈雨于楚地的记录：

“甲申卜，舞楚，享？”

“昔者汤克夏而正天下，天大旱，五年不收，汤乃以身体祷于桑林……于是剪其发，枥其手，以身为牺牲，用祈福于上帝，民乃甚说，雨乃大至。”（《吕氏春秋》）

远古的天空中积存着厚厚的黄云，像是吸满了山中的矿砂，草莽中，一件巨大的青铜彝器高高耸立，一个人牲被缚在柱子上，剪掉了头发，磨去了指甲，先在腹肌沟打一个口子，让血滴进盆里，血尽斩其头。烧牺牲祭天，使青烟上天；祭河神，把祭品、牺牲投入河中；祭土神、社神，把牺牲埋入地下。这是那个时代通行的祭祀法。

在祭祀中，必须奏乐击鼓，伴之以舞蹈。祭毕，礼乐器皿要埋入山顶或河畔作为还报。崖面上的这些岩画，具有一个单纯的题材，正是一次次祭祀活动的记录。前些年，村民在狮子岩挖出青铜卣一件，扉棱之间竖挂着四个羊角状牺首。在楚江修防洪堤时，也挖出过尊、觚、爵等青铜器，有一件青铜尊，气魄雄伟，铸有虎、牛、象、羊、犀、猪等动物形态，这些并不是什么“奇特”的装饰图案，分明就是青烟漫雾中的牺牲，这就是祭祀的本来面目。

虎食人卣（商代）

朱熹《楚辞集注》：“昔楚国南郢之邑，沅湘之间，其俗信鬼而好祀，其祀必使巫觋作乐，歌舞以娱神。”

《九歌·河伯》就是祭水神河伯的歌词。

董仲舒《春秋繁露》有《求雨》《止雨》篇。

李商隐词："殊乡近河祷，箫鼓不曾休。"

许浑词："瓦樽迎海客，铜鼓赛江神。"

狮子岩，正是商周时期的祭坛所在，一个鸟喙的巫师在此施法，两个汉子扭住一个可怜人，捆绑着从崖岩上推入江中。汉代，狮子岩被称为"死谷"，后来被佛家附会为海螺，不知从什么时候起，又被称为狮子岩。当年的地主也是从这块石头上推到江里的。地下文物、文献传说、宗教仪俗、岩画图像，说的都是同一件事情。从青铜器的沉埋、古老的傩仪，到狮子岩下祭祀水神，祭祀的方式变化了，但内涵不变，都是千年忧患所致的疾病和药饵。

人面纹方鼎（商代）

灵界的风景

狮子岩下，有一片裸露的山脚，白花花的石丛，恍惚间会幻化成一群白羊。果然，在《陈氏族谱》中，有一个“石羊仙踪”的传说：牧羊人在此逐羊得石缝，穿过石缝，里面别有洞天，一个老者，正执扇读《周易》，以指画地，爪印纵横，全是易卦，牧羊人在一旁静静伫立。

烈日下，我走在狮子岩的山道上，齐腰的玉米翻动着白色的绒面，我看到巨大的云影向我缓缓涌来，一块，又是一块，乌云像张开翅膀的大鹏，覆盖了整个山谷，只在山峦与乌云之间透出些天光。起风了，树叶簌簌飘落，一个老人把耳朵凑近我，说要变天了，这会准是大雨。我问，是看天还是听天气预报，他说，是看天。一只白狗静静地站在草丛中，高高抬着头，一动不动，像森林里的野兽。

什么地方，落下一滴雨。

黑暗中，闪电如万道银蛇狂舞，把天地照得如同白昼，旷野中，一道道清晰的闪电贯通天地，从天顶直抵地面，这个意象牢牢地把我攫住。

《周易》：“震，震惊百里……九四，震遂泥。”

“震遂泥”即雷霆坠落到土地上，正是眼前看到的景象。

在甲骨文、金文中，“闪电”象形为“申”字，其旁加“示”，合为“神”字，“示”即祭祀时设在宗庙或祭坛上的石主，天神通过雷电给人类施威，这是先民最本原的宗教意识。

狂风，雷鸣，闪电，一阵接着一阵，到处是白茫茫一片，昏暗中，闪电让某一块山谷或云发亮，我有点紧张，好像灾难将临，由此想到，古人信仰的众多神祇，原是人类最为切肤的意识。

汉代人对于云雷的崇拜中，还有一个动因，和创世观念有关，雷电是宇宙间阴阳两种势力交合的体现。邵雍《击壤集》卷十七：“天地定位，否泰反类，山泽通气，损咸见义，雷风相薄，恒益起意，水火相射，既济未济，四象相交，成十六事，八卦相荡，为六十四。”这是邵氏先天图的宇宙意识，其最内层即是“雷风相薄，恒益起意”，这是宇宙的核心，生生不息的运动之源。

我赶到山顶，工棚已经被吹倒，几个民工蜷缩在狭窄的岩缝中，就像当年的商周穴居人。这个遗址中有灶坑、窝棚，堆积物有陶罐、纺轮、青铜镞。《周易》中“需于血，出自穴”“需于酒食”“入于穴，有不速之客三人来，敬之终吉”“鼎折足”“吃肉得金矢”，都是那个时代的生活意象，由此构成这个遗址的原始景观。

雷雨终于停歇了，天空像一个醉汉，懒洋洋地从酒醉中醒了过来。我站在山顶上，雷声隐隐地藏在雨云后，到处透着亮光。我的情绪还沉浸在《周易》的联想中：山脚下是绿色的水稻田，楚江从西向东注入洞庭湖，瞩目之中，只有“天地山泽风雷水火”这些元素，我面对的景物与古人没有两样的，我同样可以从这个本原出发，体会创始者最初的心思，咀嚼八卦中所包含的数与象的奥秘。

这个念头启发着我，让我长久地坐在岩石上，云块轮番地把阴影投在我身上，也投在四周的青山中，我想，八卦发明者的本意，是探求宇宙世界的统一性，我相信，它一定是简洁的，把它神秘化，是后来的小儒所为。

坤、艮、坎、巽、震、离、兑、乾，即地、山、水、风、雷、火、泽、天，这是八卦中的八大元素。同时，也是按阴极到阳极排列的卦序，这既是“数”的序列，同时又是“象”的排列，它们从地面向上直达天顶。问题是“兑”是泽，为何在天上，为何是阳，这一直让我困惑不解。反反复复地揣摩，头脑有点透支了，这时，漠漠雨云又上来了，又要下雨，这漠漠天宇不就是一个大泽吗？兑！在上古信仰中，有天空中的雨师，古人没有水蒸气上升成云下雨的概念，认为天上有泽，“离上有兑”乃古人的直觉，这下全部说通了。“八卦成列，象在其中。”也就是说，这些卦名本身，已经包含了后世所谓卦序的内在序列。自下而上，正是大自然中神奇而壮观的序列，如同音乐中的音阶，朱熹所谓的“自然之易”正合此景。这一悟，让我眼前一片明澈。

“幾者，动之微。”《周易》是用数和象来构建世界的，八个卦原是数字错列组合的必然，这个可靠的规律，被引来作为宇宙构架的终极依据。《周易》是一帖清凉的药汁，把我们的民族从非理性的昏昧中唤醒，从《周易》中，人们看到一种秩序，一种内心的方位，既然人可以把握宇宙人事之幾，那么，何必还要乞求神灵？在此之前，人们崇拜一些古老的神祇，如太阳神、雷雨之神、生殖之神等等，在石器时代的各个文明中带有普遍性。相比之下，《周易》比这些古老的神祇要精妙理性多了。商人的迷信与周人的理性也由此分野，周人所说的礼，其实也是秩序。难怪孔子反反复复地惊叹，认为《周易》洞悉了宇宙之秘。

我与《周易》的相遇，不是在书册上，而是在山林中。它们越过佶屈聱牙的文字、层层叠叠堆积的附会，向我闪烁。这是“道”以前的“天地之纯”，是上古人类生活经验的浓缩。我坐在山顶上，陷入长久的沉思，我正在用一种古老隐秘的语言，与这个世界沟通着，这是灵界的风景，清新而富有神性，古人留在“河图洛书”上的心思，一瞥即通，我的神思找到了一个通达无碍的场所，天高地迥，井然有序，在风中起伏飞翔。

乡村婚礼

农田施了肥，被晌午的太阳烤得臭烘烘一片。远处一支稀稀拉拉的送亲队伍，在大树下整理一番后，朝着村子进发。小号、铜管咿咿呀呀吹了起来，是电影《被爱情遗忘的角落》中的插曲，被吹得哀哀伤伤。两个小儿抬着一块比人还大的匾，走在队伍前，跟不上节拍，一次次被后面的人喊住。两个女子扯着一块花布，顶风而行。一个人端着木盆，上面摊着十余张十元的钞票，怕风吹跑，用小石子压着。接着是几床被褥、几件木器家具，都放在箩筐里挑着。队伍进村时，一串长长的鞭炮拖在地上燃放，人们捂着耳朵东躲西藏。正好蹿到收毛猪的，两个汉子抬着生猪正在过秤，忽然听到轰隆隆的鞭炮声，猪受了惊吓，拉了长长的一泡尿，圆滚滚的肚子瘪了一半，气得卖主声嘶力竭地骂人。

堂屋摆开两张桌子，上面放一束塑料花，几盘食品，糖、烟、花生，水果嘛，就是自家树上的柚子。婚礼开始了，妇女们纷纷涌入堂屋，抢先坐在几盘食品两边，一对新人被簇拥到塑料花后面站了。一个做鞭炮炸伤的人，满头缠着绷带，只留出一只眼睛，也来看新姑娘。仪式尚未开始，有妇女露出乳头给小儿哺乳，又有妇女小心翼翼地拿了几颗花生哄小儿。

司仪这时喝道："陈孝武、李琼芳新婚仪式现在开始，鸣炮！"

等了很久未听到炮响，司仪挤出去骂人，这才有人去点火。

噼噼啪啪，轰轰。

"证婚人讲话！"

谁是证婚人呢？不明白。

司仪又吼："介绍人讲话！"

介绍人是谁呢？应该是舅娘。

"舅娘，舅娘——"

有人应答："舅娘到白鹤去了，要等她，不知到什么时候。"

"新郎、新娘讲话！"

新郎极其紧张，却故作镇定，笑容堆在脸上，下意识地抖着脚，反问别人，讲什么？老汉们分明是怒了，直通通地提醒着，言辞十分猥亵，博得众人大笑。

"来宾代表讲话！"

没有。

"父母大人讲话！"

新郎的父亲这时气呼呼地从厨房窜出来，须发不清，襟前还系着花裙，恼怒地质问司仪："我只说一句话，你为什么不叫乐队唱起来？"司仪十分尴尬，分辩道："你这人真是，吹乐是下面的节目。"说罢，挥挥手，"吹乐，吹乐"，轰轰烈烈的乐声大作，堂屋里顿时骚动起来，很多只手同时伸向盘子，几颗花生被抓得飞舞起来，眨眼之间，洗劫一空。乐队吹的是《血染的风采》《济公活佛》，几经处理，听起来俚俗又滑稽，唱到"南无阿弥陀佛"

时，许多人跟着和唱起来。这时，新人被扭入洞房，所谓洞房，只有一张木床、一口木柜、几个小木箱和两个热水瓶，其他都是眼花缭乱的彩纸、年画之类。最有底气的东西是台录音机，与木盆上的十余张钞票放在一起，倒像是公安部门破获的赃物。

贺喜的亲戚有的扛着一袋谷，有的挑着印有喜字的米糕。有专程赶来放鞭炮的，一会儿将鞭炮圈成圆形，一会儿垒成塔形，一直放得让人不耐烦，主人方出来，把两张十元的钞票和一包银象香烟放在对方的膝盖上。当地村民多以做鞭炮为副业，所以放起来一点也不心疼。放鞭炮的人说恭喜恭喜就要走，有人失口，吃了饭再走，那人推着自行车踌躇了好一会，见主人没有挽留的意思，还是走了。

坐在门外吸烟的男人们，是早早赶来吃饭的，这时，日已偏西，厨子飞快地搬出一碗一碗的佳肴，饿得弯腰的人们纷纷直起腰，操起筷子伸向回锅肉。刚刚才开席，一桌桌的菜已经空了，连汤都没有了，本想着敬酒的新郎连忙喊，上菜上菜，没有动静。新郎说喝酒喝酒，去提酒瓶子，都是空的，又高呼，酒没有了，酒没有了，还有酒吗？新郎的父亲从门后露出头来，恶狠狠地盯了他一眼，新郎便不作声了。

月色梅花铜镜（宋代）

这时，秋红把我们喊到人少处，几个女孩正凑在一起，嚷着要照相。新娘正在吃饭，一听说照相，也捧着碗跑了过来。这时新郎过来了，请我们吃饭，我说："我们已经吃过了。"新郎恳切地说："晚上放电影，你们一定来看。"我说好的，说完，便匆匆离开了。秋红远远地喊："那照相呢？"我说："晚上吧。"

到了晚上，新婚人家那边又传来鞭炮声，秋红和南南又来喊我们。南南说："村里的小香港回来了，她最漂亮，很会跳舞，褚老师今天一定要和她跳一个。"

我问秋红："小香港漂亮吗？"

秋红说："她走路一扭一扭的，像个跛子。"

这时，南南已经等得不耐烦，一次次跑到土堆上看，说电影已经开始了。隔着田野，远远看到黑暗中拉开的幕布，喇叭的声音有点嘶哑。南南眼尖，说是外国女特务。走在建耕路上，前面走着七八个小青年，一个个高头大马，发如蒿草，见到姑娘，狼一样的吼，遇到自行车，楞是直挺挺的不让道，甚至摸出明晃晃的尖刀玩赏，所幸别人都躲着他们。秋红过去时，小青年拿手电照她的脸，秋红害羞地将头埋在南南背上，小青年便说，大方一些，大方一些。一个小青年冲着秋红唱："你到我身边，带着微笑，带来了一个丫头给我。"

电影已经开始了，屋场上到处都是人，小孩子发现了我们，捉贼似的喊，挖宝的，挖宝的。主人家闻讯给我们搬来了凳子。片子已经放过了很多遍，图像十分模糊，这时，银幕上出现男女接吻的镜头，小青年呵呵地起哄，老妇女气得直骂丑鬼丑鬼，秋红立即捂着脸蹲在地上。南南看过很多遍了，她把手放在我的膝盖上，不时地给我介绍谁是好人谁是坏人。片子很短，一会儿就要换片，在这个间隙里，常常是广播找人，都是说着玩的。话筒落到小青年手里，又是笑，又是叫，放映员立即把话筒夺过去，说妈妈的 ×，也播放出来，引得全场哄笑。我挤出人群，在田垅上小解，头顶是几条落了叶的树枝，有小青年手舞足蹈地比试着武功。这时，放鞭炮了，全场烟雾弥漫，有一枚飞到旁边的茅屋顶上，青烟直冒，立即有小青年飞快地窜上去扑火。第二部是老电影，剿匪的题材，银幕上的老建筑时而与屋场两边的风火墙交织在一起；月亮在云层中，也与银幕中的黑夜连成一片，让人时空错乱。

电影散场后，主人家搬出一个煤炉，给大家烤火，大家围着煤炉聊天，说电影里那个堂客可以，保镖的本事还差火候，那个小孩子拉屎最有味。星光闪烁，屋场上聚集了很多年轻人，姑娘居多，那台录音机已经搬出来了，音乐节奏感极强，几个姑娘开始在机子旁边拘谨地扭着身子，低声哼唱，“我要与你跳个舞跳个舞”，多数人都是在围观，无人上场，我和同伴合着迪斯科的节奏，跳了一会，又脱了外衣挂在树上。

一个时髦的姑娘一直坐在炉边嗑瓜子，她就是城里回来的小香港。她穿着红色的裙子，并着双膝静坐着。我跳了几曲后，才邀她，她站起来，和我跳着中四。

她说：“你跳得很好。”

“不行，我只在学校里跳过，从不到舞厅跳。”

“你们都是大学生吧，多才多艺，我一下就看出来了。”

“你的舞才跳得好呢。”

“你看我多大了？”

“看不出。”

“我站好了给你看吧。”

她放开我，把肘部微抬，在我前面转了一圈，体态极美。从她脸部光泽看，我猜她 25 岁。

她说：“不，是 23 岁，72 年生的。”

我说："小姐贵姓。"

"姓李，叫李萍。"

"做什么工作的？"

"在舞厅混。"

跳了一会，她又问："你是长沙人吧？"

"是。"

"你们长沙人好有钱，最喜欢跳慢慢游了，你会不会？"

我说："不会。"

她把举着的左手放下来，把身体贴紧，把舞步改成了简单的二拍，松弛地挪动着脚步，我闻到她身体上发出的香味。

她问："这样好舒服吧？"

"嗯，好舒服，不过我好久没有洗澡了，不好意思。"

她轻声说："没事，我受得了。"

我和小香港跳到第四个曲子，她贴着我的脸，在我耳边悄悄说："能不能帮我一个忙？"

我问："什么事？"

她说："我的皮夹子丢了，可能丢在水塘那边，能不能带我去找找。"

我说："可以。"

此时乐声大作，我们进入黑暗中，蹑手蹑脚地走出了村子。田野白茫茫一片，非雾非霭，屋舍、树木皆轮廓模糊，屋场那边又在放鞭炮，夹杂着隐隐传来的音乐声，319 国道上车灯的光柱在空中扫来扫去。一只萤火虫在草径上飞，每隔数米就亮一下。

我们走在无人的野地，小香港快活得笑声不止。野地里有一个很大的水塘，水中有月亮和云翳的倒影，我按她指定的方位，在水塘边仔细寻找，忽然，手电光下有一只很大的青蛙，停在水草上，小香港说：“捉住它。”她拿了手电，让我慢慢靠近，不料，她脚下一滑，掉进水中，我想拉她，她却抓住我的脚，用力把我拖入水中，两人在水中笑得死去活来。从水中爬上来，小香港有点抖缩，夜风一吹，我的双腿也有点发麻，我想小便，不太方便，就干脆撒在裤子里，竟发觉很暖和，我就这样说了，过了一会，小香港也哈哈大笑起来，说真的很暖和呢！

田间有一个发白的草垛，像是粗心的农人遗忘在那里的。她说：“我们到草垛里暖和一下吧。”我说可以。草垛挡着风，还带着太阳的暖意。隔着草垛，小香港一边和我调笑，一边扭动着身体脱着衣裙。

“你是不是在偷看？”

“没有。”

她大笑，一边拧着湿衣裙上的水，问：“我漂亮不？”

“漂亮。”

“我还有一个酒窝呢？”

我凑近她，月光下，她的脸很白。

“你是不是想把我的全身都看遍？”

“不不不。”

“我没有怪你呀。”

她把湿衣裙穿上，又从草垛后闪了出来，我摸摸她的头，整了整她的头发，说：“那，你那个皮夹子……”

她叹了口气，打断了我的话：“怎么说你呢，真是个书呆子，你不会利用女人的弱点。”

风更紧了，寒意有点逼人，月亮下去了，天上的云块变得灰朦朦的，我和小香港沿着狭窄的地埂，一前一后走着，像两个落魄的人，四下俱静，蛰虫声已经连成一片，我的心情也变得忧郁起来。

我把小香港送到屋场边，我们在黑暗中告了别，我径直回到我的住地，发现屋后香烟火光一闪一闪，还有话语声，原来是陈大爷与蔡师傅在谈掌故，蔡师傅晚上拼成了一个陶罐，此时正立在灯光下。

台湾叔叔

春节还没有开始，陈克俭一家就暗暗为一件事发愁，台湾叔叔要来了。知道客人要来，克俭特地为父母买了绷子床、新蚊帐。还起了大早，从白鹤镇买回簇新的电饭煲、盛饭的小碗、塑料杯、餐巾纸，还请了村里的厨师。

台湾叔叔来时，全村人都跑了出来，挤到克俭家屋场上看热闹，吓得克俭的妻子躲到厨房里去了。克俭一个劲地向台湾叔叔介绍，这是“擂茶”，茶是生姜花生茶叶，须全部嚼着吞下，这是农民的习惯。他从衣柜里拿出一包过滤嘴香烟，半天没有打开，又递给儿子守国，守国也是头一次见识，但终于撕开了一个口子。克俭又从柜里拿出一个纸包，芝麻糖，小孩子呼地一下围了上来，扯他的衣角，立即被唬开。台湾叔叔戴金丝眼镜，穿带格子的西装，也是中等身材，但在他面前，其他人都变得很矮。台湾叔叔坐在上首，克俭的父亲穿起干净的衣服，一顶新买的帽子，还滑稽地戴着一副眼镜，这是他的全副武装。台湾叔叔敬酒时，克俭的父亲正在专心夹肉，听到有人向他敬酒，慌乱中夹起一串没有切碎的肉，塞进嘴里。热腾腾的河鳗上来了，台湾叔叔却向另一个碗里夹了一筷，克俭说："早上买来的时候还活蹦乱跳呢。"说着还做出一个难看的动作。台湾叔叔似乎一直在剥花生，白花花的猪肚子，又是什么脆骨，他夹一筷子，又悄悄地放在桌上了。这动作被克俭看到了，大惊失色。见过世面的叔公，用颤抖的声音说："你就吃一点菜吧。"台湾叔叔说，好好，却不动筷子。克俭有点焦急，克俭的妻子小心地将整盘花生放到他前面，一旁的孩童懂事似地说，他只吃花生。最后，克俭下令："蜂子！"大家静下来，期待着压轴大菜，油炸野蜂子，这是克俭的儿子守国、安国冒着生命危险采来的大菜。当地人采野蜂卖钱，经常有被蜇死的。此时，没有人发出声音，一个病中的老翁也蹒跚着走了出来，似乎要见证这一盛况。台湾叔叔夹了一筷子，吃了，又夹了一筷子，众人纷纷舒了一口气。台湾叔叔问："有米饭吗？"许多声音向厨房吼："米饭！"慌乱了好一阵，却没有上来，克俭发火了，冲向厨房，克俭的妻子正后悔不迭，特地买来的电饭煲，竟没有将开关按下。台湾叔叔说，没事没事，吃点菜，吃点菜。饭终于上来了，台湾叔叔小心地问："有没有一点泡菜？"克俭的妻子嗫嗫地说："这东西，我们家没有。"一个围观者说："村口王婆婆家有。"立即，儿子守国受命于危难中，在田埂上狂奔，一支烟的功夫，一碗色泽鲜亮的泡菜摆上了桌子，台湾叔叔喜出望外，特地多添了一碗饭，大家都松懈下来，有人还笑出声来，从此，王婆婆家的泡菜也名声大振。这一顿，吃掉了克俭家半年的收入，厨师用掉了一瓦甑的菜油，也让克俭心疼了半年。

后来，在分配台湾叔叔带来的礼物时，克俭的父亲少分了一点，老人脸色阴沉，招摇地在代销店买回一瓶乡间的高档酒，边走边喝，一手叉腰，一手推向天空，开始骂娘，平时不敢说的话都发泄出来了。

马戏团

一天，村边的空地上突然搭起了一个大帐篷，几张海报上，都是裸露的色情图片，一个少女正坐在大棚外，拿一把小刀，将红红的西瓜往口里送。我大声问，几点？她伸出三个指头，又伸出一个手掌，隔一会，又伸出一个手掌，我琢磨一会，明白了，八点，票价五元。不久，我又看到少女一个人往代销店方向走去。我心想，在这个年头，谁会看这些马戏呢？但我错了，黄昏时分，当我再次经过帐篷时，看到里面的灯光隐隐绰绰，三个穿三点式的女郎开始扭动，麦克风中，一个男子不时发出流里流气的戏谑声，哇，咦，妇女受惊似的推着自己的丈夫，仓皇而逃，不时有人付钱进去。灯光下，三个女孩媚笑着，还挑逗似的拉一下自己的短裤，忽然，三人同时将短裤褪到了腿上，又褪去了胸罩，赤条条地舞了一会，向四周机警地看看，又草草拉上。大棚内静静地坐了四五十人，清一色的男性。接下来的歌舞就非常业余了，最后是一个杂技节目，一个少年用粗粗的铁丝将身体、脖子紧紧箍住，在台上做倒立，那张小方桌不稳，让人十分担心，一个女子在麦克风上带着哭腔煽情："天哪，要是他是你的亲人、朋友，这多么痛苦，我简直看不下去了，天哪，啧啧啧……"接下来，这个少年要赤身睡在碎玻璃上，众人都喊，莫搞莫搞。节目已经结束了，四周的大棚被掀了下来，那个少年还在空地上，一圈一圈地骑着独轮车，表演从地上捡钱，见无人往空地上丢钱，一个面色枯黄的男人偷偷丢了一个硬币，意在让人模仿，不料，众人看小孩捡钱吃力，都规规矩矩地把钱放到盘子里。人群陆续散去，喇叭里播放出一段音乐《天若有情》。

皮影戏

周末，素春回来了。听说邻村有皮影戏，我披上外衣，带上板凳、手电，和素春一起上路。沿着田间的石板路，过梦溪上的孝义桥、土地庙、培元亭，田野间弥漫着烟尘，西边的天空还残留着一片赭红色，不久，发红的月亮从东边篱笆上升起，一座突兀而起的土包上，一个人不时地上下甩着头发，素春问，是不是癫子？我说，倒像是在练什么功。

走了好几里，终于听到远处发电机隐约的声音，隔着田野，看到黑暗中拉开的幕布。到了村子，在一家农户的屋场上，已经聚了二三十人，以老人、小孩居多，一个妇女端着一盘花生在分发，今天是主人过三十六岁生日。皮影师傅还在吃饭，已经吃完的，正在幕布后做准备，把挂在铁丝上的人物肢体整理一番。

铁铳响了，轰轰，孩子们捂着耳朵蹦跳。锣鼓一响，唢呐、头钹、二钹齐鸣，皮影开始了。幕布上出现了五颜六色的屋宇，三个戏装人物的脖子被几根细竹棍钩着，用灯泡投影到幕布上，起身、提袖、迈脚、下揖、踢打、翻转，一气呵成。每个角色都有人道白、配唱。唱的纯粹是土语，声音时高时低，嗓音忽真忽假，极高处用发沙的假声，初听似男人哭丧，细听又觉韵味淳厚。唱词插科打诨，尽是一些调情逗趣的男女野话，油滑而俚俗。一个唱问：“什么生来两弯弓，什么生来一点红，什么生在半中腰，什么生在暗蓬蓬。”一个答曰：“姐儿眉毛两弯弓，嘴上胭脂一点红，一对奶子半中腰，罗裙底下暗蓬蓬。”

一个围着旧围巾的老者是师傅，眼睛有点水肿，一边唱，一边指挥着鼓点；一个姑娘，穿着红外套，黄军鞋，唱时眉毛一扬一扬的，音域很宽；一个吹唢呐的，是个光头，显出一副满不在乎的神态，每隔一会就吹一阵，身体后仰，闭着眼，鼓着油光光的腮；还有一个戴着墨镜，像是瞎子，但抛过去的烟都接住了。

素春坐在那里，一张天使般的脸，就像古代的绝色女子。我买了两条甘蔗，我吃完很久了，她还一小口一小口地在啃，我大笑，嗨，我一条都吃完了，你才吃这么一点呀，她笑了，露出纤纤的、白白的牙齿。

幕布外，老人闭着眼睛在听，小孩则在人丛中捉迷藏。一帮歪戴着帽子的小青年站在素春的身后，看得很不专心，不断地将吸完的烟蒂往她的脚边丢，像抛彩球一般。有一束手电光照我的脸，说挖宝的挖宝的，被素春唬住，小青年说：“这是你哥哥？”另一个说：“人家是很有文学修养的人呢。”我也将手电对准他照，小青年把脸躲来躲去，彩虹悄悄把我拽住，说他们在骂人。几个妇女和小青年一起，正放肆地说笑。

“城里人没有人做媒，那哪么搞呢？”

“长得乖的，就到公园去跳舞，跳着跳着，肚子就大了，嘻嘻嘻。”

“人家大学生，你说话也不正经点。”

“大学生？他们专看嫖堂客的书咧。”

素春生气了，嘟起嘴，咕哝了一句，起身走了。这时，放烟花了，全场烟火弥漫。素春穿着长裙走向村外，头顶烟花纷飞，好像星星在她头顶不断地坠落……

离开村庄时，皮影戏还在继续，灯光照着稻田和发白的村道，烟雾堆在低地上，屋场只露出黑色的屋脊，在灯光下飘飘渺渺，就像漂泊在水中的船。

七月又是目连会，八月十五雁回乡，
九月重阳造美酒，十月霜打草头黄，
十一月修书来相请，十二月想请先锋娘，
主家有心来请我，奴家有心赴傩堂，
左脚离了桃源洞，右脚踏上宝山门，
……

赶集

白鹤镇恰逢赶集，我和素春沿着公路走向集市。通往集市的道路上走着肩挑背扛的村民，妇女们打着花伞，或背着小孩，小女孩穿着花衣，精心打扮过，公路两旁尘土弥漫，人流和被堵的车辆形成一条蜿蜒的长蛇。

几只小猪、七八颗鸡蛋、一碗小鱼、十几节甘蔗、一堆未成熟的桃子、几块自家做的干豆腐，都可摆成一个摊位。肉案子前，猪头被液化气喷得焦黄。男人们在木材摊前闷闷地吸着烟，气呼呼地还价，成交的很少。烟酒、皮鞋、铝锅、钟表多是假货；卖烟丝的老汉脸上没有肉，抽一口烟，一脸皱纹，问烟价，他反问，自己抽还是老家伙抽，自己抽的六元，老家伙抽的四元。梳子、指甲刀、香脂、小镜子、镀金项链摊前，挤着三五成群的女孩，不时整理着头发，她们专程为此而来，顺便给家里带几包“猪快长”。妇女多聚集在花布摊前。馒头、包子、肉丝米粉摊前，老翁、小孩居多。人人都很热情，但目光散漫，行动匆忙而没有规律，既亲切又有点捉摸不透。货物出奇的便宜，像是另一个世界的交易。小贩们拿到大票子，总要抬头对着天空看上半天。剃头者双腿间撂一个脸盆洗头。拔牙摊前，一个妇女张着大口。一个老者蹲在墙根下拉二胡，紧抿嘴角，盆子里有些角票。时运不济的人们正在算命看相，打探未来的消息。两个卖壮阳药、催情药的骗子被捉住了，被村民打得鼻青脸肿，一个青年说，你还敢来，你还认得我吗？青年买过他的催情药，放在女友的饮料里，喝过后，只犯了一会困，根本没有春心荡漾的意思，白白骗走了几十元。象棋摊前，聚着一群戴歪帽的人，一个小青年下了两步，看情势不对想溜，被棋主抓住，揍了几拳。一个老乞丐，被怀疑偷了东西，布袋里的东西被倒了出来，“当”的一声，是只破瓷碗。街边一个店铺内，烟雾缭绕，一堆脑袋中间，是一张桌子，上面压着一沓沓的钱，这是地下六合彩。一个妇女不到一分钟就输光了钱，一脸绝望。一家卡拉OK厅，有人在吼唱，中气很足。一家台球桌前，簇拥着三五成群的小青年，叼着烟，搭着肩。临街的录像厅传来厮杀声，海报上写着“全职妓”“搞女高手”之类的标题。还有几家棺材店，弥漫着木材的香脂味。

雨后的积水成了泥浆，印着碾过的车辙，嘈杂的街声如同一阕长调，集市的街景，也变成了一幅连绵不断的风俗画。

集市的尽头就是楚江码头，从这里可以看到鬼葬山一带黑漠漠的群山。码头上有一个卖船票的窗洞，一块很模糊的告示牌，是去孱陵、常德、岳阳的船讯。摆渡每人三块，摩托车、大物件加两块。雨后，棕黄色的浊流在两岸绿色之间涌动。

渡口旁有一家河鱼馆，门口放着几只大砂锅，装着熬好的高汤，吃火锅按人头算钱，品种有河鱼、土鸡、猪脚，外加豆腐和各种蔬菜，散酒用铝壶装着，可随意喝，不要钱，柜台上有五步蛇泡的好酒，两元钱一两。遇到熟人，吃火锅的就说，来来来，搞它一杯，来人就拿筷子，坐下来，店主再舀一勺加在锅中，这是当地人的消费方式。

餐馆的木板壁上贴着“关于白鹤镇老街保护的通知”，当我和素春进去时，店主看我背着照相机，便问：“这个古镇，什么时候可以开发？”我说：“快了。”

午饭后，我们下了河滩，河滩上泊着几条游船，为了打发长长的下午，我打算去游一次洞庭湖。

我问船老大：“老师傅，游一次多少钱？”

“一个小时四十块。”

“能不能少一点？”

“不能少了，油要烧掉几十元。”

“好吧。”

船老大朝岸上喊，一个女孩在窗口应答，是他的女儿，叫她送点柴油来。

游船顺江水而下，靠白鹤镇一侧的江堤上，有绿树和农舍，还有晒在绳子上的衣物。不久，河道进入洞庭湖，湖水涨得很高，湖边白茅似雪，远方有墨绿色的低矮群山。一栋孤零零的小屋，一个缩着头的看鸭人，两三头水牛，不时地用尾巴拍打背上的苍蝇。湖滩上，一群群水鸟不时地在湿地上飞来掠去。有小洲如浮在水上晃动，洲上有一堆堆小山似的芦苇，中间还有塑料布搭的草棚，有妇女在生火做饭。船老大说，这些都是外地来的小工，为老板割芦苇，卖给造纸厂，小工吃住在洲上，每天可得五十块，太辛苦，当地人都不愿意搞。

航道上漂着油污，还有一红一白的航标，有渔船迎面而来，船舱内安装着柴油发电机，两股电线沿长竿伸入水中，发出沙沙声，后面跟着十来只鸬鹚，时而叼来被电击晕的鱼。

船老大说：“电网是政府禁止的，但禁不住，所以鱼越来越少。”

小船驶入洞庭湖后，水面逐渐开阔，我和素春坐在甲板上，船上的马达发出单调的哒哒声，疾风从船顶吹过，烟波浩淼，把人的思绪引到很远。此刻，我在阳光下健康地生活，有丽人作伴，这是我一生中最美好的时光。

素春有点困，便回到船舱内睡了，船舱分前后间，前间有一张床，放着卧具；后间放着杂物，有煤气、灶具、提灯之类。船老大说，游客可以在船上食宿。到了湖心，船老大将机器停了，放舟水中，用一支桨，慢慢划行。几只越湖的白鹤，栖息在高高的桅杆上。

我对船老大说："我也想当渔民，一叶扁舟，雨天在船上看书，过遗世独立的生活。"

船老大吧嗒着旱烟，和我聊上了。

他说，他家原在施家村，村民以捕鱼为生，解放前大都患血吸虫病死去，后改名孙家村，改"施"为"孙（生）"。

他还说，从前船上供奉各种神灵，湘君、河伯、洞庭王爷、太上老君、杨四爷、丁都督等等，还有许多禁忌，说话要格外小心，尤其不能用"翻"字。

听说我是考古的，他又说，山上有一个湘山寺，外地人朝山的很多，就是最热的时候，山上也很凉快。寺庙重修时，在梁上发现了一本书，叫《湘山日记》，是凌峰和尚写的。前些年，挖沙船在七里湖挖到许多古董，还奖了几百块钱；凤形山下面有老坟，也挖出许多宝贝；这些都是考古队经历过的事情，没想到也变成了民间掌故。

湖心插着竹子长竿，围成渔网，一群群水鸟从竹竿上掠起。

我问："这是什么？"

船老大说："这是迷魂阵，竹竿插成螺旋状，拉上渔网，无论大鱼小鱼，一旦钻到阵中，没有逃脱的，连越冬的候鸟也逃不出，这是断子绝孙的搞法。"

不知什么时候起，天光开始泛红，逆光中，水面变得波光粼粼，不久，湖上的飞云演变为大块大块的积云，阴霾密布，湖风变凉，湖面有黑气如烟，无法看清水平线。我们的船开始返航，我把外衣披在素春身上。天空中呈现出黄昏奇异的色彩，洞庭之野天色变化给我带来的兴趣，总是大于我专业中的坛坛罐罐，我浪迹于自然与生活之中，真不知道要改变什么了。

回到白鹤镇，天已昏暗下来，上岸时，湖滩上都是明晃晃的积水，我将素春横抱着，趟过积水，她索性将头埋在我的脖子里，我感觉到她在笑。

素春洗澡后，悄悄推门进来，穿着睡衣睡裤，一袭淡淡的香皂味，乱蓬蓬的湿发掩着脸，竟比平常更美。她在床沿坐下，靠着床头和我一起看电视，看了一会，她睡着了。朦胧中，一股甜丝丝的馨香，从素春那边飘过来，耳边是武侠片的对白，一个低沉的男声和一个忧伤的女声。

……

你不怕我杀了你。

我知道你不会，难道你对谁都不放过，像我，你的朋友？

朋友？干我们这行的，朋友也杀。

你总是杀杀杀，不杀人就醉生梦死，除了杀人你还能干什么？

你对其他客人也这么啰嗦？

我对其他客人从来不说话。

……

我微微睁开眼睛，屏幕上，群山之巅，雪花飘飘……

我笼罩在一片天涯浪迹、侠骨柔情的氤氲中。

这时，素春醒了，她说："刚才我做梦了，梦见了你，我和你在一个木楼上，一个主持人要我们表演，我和你手牵手一起从楼上跳下来，我一点也不怕，我们俩就在天上飞呀，飞呀，下面是我小时候的山，山顶被削成平台，上面要修高速公路，气势很壮观……真是太美了，你有没有梦见过我？”

我说：“梦见过，有很多次。”

素春说：“小时候，大雁从山里飞来，一阵狂风将雁阵吹散了，一只小雁掉队，跌落到田里，被我爷爷捡到，我喂了它两天，取名苗苗，后来放飞了，一年又一年，每当看到雁群，我就会问爷爷，哪一只是苗苗呢……”

我听着，时而进入梦境的片断，一群欢快的孩童在野地奔跑，向雁阵高呼：雁儿，排一个“一”字，雁儿，排一个“一”字。我看见雁群向屋顶上方飞来，心里想，孩子的声音太轻了，雁儿怎么能够听到呢？但我惊奇地发现，雁群排成了“一”字，一排接着一排，雁子双翅上还亮着灯，如同夜行的飞机。原来，孩童的声音是通神灵的，虽然很轻，雁儿也听到了。

素春说：“我和褚老师真是有缘，那年我正在读中学，周末去看我爷爷，听人说考古学家来了，别人到山下就不爬了，只有我一个人爬上来，我以为是一个老头，没想到，你那么年轻，高高的，说着普通话，清爽，雅致，像是另一个世界的人，你身上好像有一个光环，我当时就觉得，我曾在梦里见到过你，你是我的老公，那时你很疲惫，你还记得吗？”

我一阵惊悸，这是在狮子岩上，那是一个黄昏，一个女孩远远地向我走来，瘦怯，背一个胀鼓鼓的书包，一个稚嫩的声音在我身边响起：你是考古学家吗？我不知道如何回答你。后来，你捡来一捧陶片让我看，蓝幽幽的目光，纤纤的手指，真美啊。我告诉你，这是几千年前祖先留下的东西。

“这些划着的线是什么意思呢？”你蹲在探方边，指着地层剖面发问。

“那是地层线，每薄薄的一层就代表几百年。”我解释说，“这地层就像一本书，下面的早，上面的晚”。

“这是什么朝代的呢？”

弋射图（东汉）

“比夏朝还要早。”

你仰头想了一会：“是父系氏族。”

我说：“这么多的地层，说明古人是反复离开，又回来定居。”

“为什么要离开呢？”

“原因很多，如水灾、瘟疫，过了很多年，又有一群人来了，在废墟上修房子，所以，遗址地层呈交替堆积状态。”

“古人好可怜啊！”

“古人生活真是不容易，吃了这顿没有下顿，能生存下来的很少，寿命也很短。”

我一时兴起，向你展示了刚发掘出来的石器、野兽的骨头、锋利的牙齿，还向你描绘了当时的生活情景，采集、狩猎、捕捞，我把知道的东西都掏出来了。你也变得认真起来：“你是什么大学毕业的？”

“厦门大学。”

你的脸上浮起梦一般向往的神情。

风雨欲来，乌云夹带着隐隐雷声，从西北方向压过来。

我说："要下雨了，你快走吧。"

"你们在这里还有多久？"

"快要结束了。"

"那你什么时候再来，一个月还是两个月？"

"明年，或者后年吧！"

"那我要读高中去了。"

我说："那我尽快来吧。"

那是一种情愫，在古老的遗址，我，一个刚毕业的大学生，你，一个美丽的少女，在此相遇。遗址四周峋岩峭拔，白花花一片，稻田的尽头是陈家屋场，这个情景早已铸入我的生命中，这些年来，我反复追忆的，也是这一刻的情景。

素春好像没有听清楚，在朦胧中惊讶地问："什么？什么？"她希望我一直讲下去，不要停，还不时地应和着，忽然，清晰地冒出一句："宝贝。"很纯正的普通话。

忽然听到有人哭嚎，初听像一个男孩，再听，是女孩的声音。一个男人在打她，打在脸上、头上，啪啪有声，女孩应声嚎叫，接着是男人厉声的吼骂声。

素春问："这是什么声音？"

我听了一会，听出是店老板的声音，好像在教训某个不听话的小姐，这里的土语我一句也听不懂。

起风了，到处是门窗的拍打声，廊道上好像有脚步声。

我问："刚才出门时，有没有把门关紧？"

她说："也不管了。"

我轻轻出门，发现她的房门是关好的。

她梦呓似地说："你把眼睛闭上，我来亲你，这样舒服吗？这里不能碰，这是底线。我好像在犯罪，让我同学知道了，一定会说我假正经。"

接着，雷声轰鸣，闪电掠过厚厚的窗帘。

楼顶的雨一会儿和缓，一会儿急骤，过了一会，又下到远处去了。

天亮了，打开窗户，空气中有油腻腻的炸早点的气味，马路上，有背书包上学的学生，一个值夜班的小姐揹着包，行色匆匆。走廊上，两个服务员正在谈论昨夜的雨。天亮以前，素春穿着袜子，拎着鞋，蹑手蹑脚地走了。房间里一片狼藉，当我抖动被子时，她的内衣滚落下来，黄绿相间，我把它放在鼻尖下，深深地吸了一口，一阵馨香，我真想再抱抱她。

捕鸟人

工地上来了两个捕鸟人，衣着邋遢，瘦肩上背着铁铳，手里提一只鸟笼，笼里放着媒子，用树叶遮着。捕鸟人说，媒子是将湖边捡回的野鸡蛋，用家鸡孵化而成的。公媒子放在有野鸡出没的地方，让它发出叫声，周围野鸡认为别的鸟侵入了它的领地，怒发冲冠，直冲媒子打斗，猎人这时就可以开枪了。母媒子只限春季使用，春季野公鸡性欲旺盛，到处寻找配偶，听到母媒子的叫声，野公鸡就会飞来，与它诉说衷肠，这时，猎人又可以开枪了。过去鸟多的时候，湖边设篝火捕捉，当篝火升起，数百上千只候鸟绕着火光鸣叫、扑腾，狩猎者便用网罩或树枝扑打，收获甚丰。现在鸟少了，除了打野鸡，老鼠、青蛙、蛇也抓，收入供两个儿子上大学。我对捕鸟人说，我们都是手艺人。捕鸟人连连摆手，不敢不敢。

挖蛇人

草丛中冒出一个挖蛇人。

挖蛇人说："狮子岩这一带老鼠少，就知道蛇多。"

我问："遇到蛇怎么办呢？"

"不踩到它，它不会咬你的。"

"我能不能跑，蛇会追吗？"

挖蛇人瞪大眼睛："见到蛇哪有跑的？上去卡（捉）呀，那是钱啊！"

"捉什么地方？"

"最好捉在七寸，但蛇跑时，什么地方都可以捉。"

"这样危险吗？"

"也有失手被蛇咬死的。"

挖蛇人还说："夜间走山路点火把，蛇会跟上来扑火，这里每年都要咬死几个人。"

挖蛇人的牙龈烂光了，可能是山里少蔬菜，营养不良之故。

养蜂人

春天，旷野和山岗之间，到处铺满了黄灿灿的油菜花，紫云英如雪花纷飞。一个高大的养蜂人，穿一件半新的军大衣，每年都会来村里放蜂。他是从湖北来的，带着十几只蜂筒，他说，花期只有十来天，花谢后又要走，去赶山西的槐花花期，冬天转到广西，长年追赶着花期而行。我问养蜂人，为什么到这里来？他说，这里除了油菜花，紫云英也是蜜蜂最爱吃的，此外，这里的人还是比较好打交道的。

道士

入夏以来，日头酷烈，太阳在迷蒙中，像喝醉了酒，忘了下雨的事。开裂的农田，如老农的皮肤，湖沼上飞来鸬鹚、凫一类的鸟，发出低沉而不祥的叫声，泥淖中有成群的老鼠，空气中弥漫着一股鼠臭味。午后的云，奇怪诡谲，道士看出了其中的深意，蹲踞在水神庙密室里，头像一具发了霉的骷髅，他取出碗一个、火草一小团、米一撮、羊肩胛骨一块，左手持骨，右手用火草团在骨的边缘来回磨擦，喃喃祷祝：

“我不知道的你知道，我听不见的你听见，阴天跟着雾，你听到雾的话，晴天跟着云，你听到云的话，清晨跟着星星，你听到星星的话，春来三个月，你在高山上，你听到山的话，冬来三个月，你在深谷中，你听到谷的话，今天，我来问你话，你不许哄我。”

接着，道士将骨头置于碗上，将米撒在羊骨上，落在碗中。将火团用唾液粘在骨的一面，然后引火点燃火草团，听到骨面发出烧裂声，急忙抹去火草余烬，在火塘蘸一点黑灰，抹在烧裂处，裂纹就清晰地显露出来了。

道士得到了神的旨意，从小门出来，他趴在桌子上，两边鼓钹密集地敲击起来，敲击约半个小时，巫师开始痉挛，浑身颤抖，口吐白沫，这是神灵附体的征兆，道士继续呓语着：

“长沙的城隍菩萨，常德的城隍菩萨，孱陵的岩门神，九里的祖神，新安的河神，陈家屋场的土地神。我，带着鸟喙的道士，已经点燃了香蜡，燃起了香火来传递，飞鸟带去这个消息，敬上米饼、公鸡、猪心和肺，我从各处呼唤你们。我带着镰刀，在深山修出一条路，我翻过八条山脊，采来了柏枝，让徒弟点燃，以熏香请你们快来这里。我一个人带着火枪，手握一只矛，用矛刺进野人，一下、两下、三下以后，他倒下。雄鹰有四只脚，脚上长着羽毛和爪子。雄鹰的尾巴像皇帝的扫帚，用它来清扫楼屋。我坐在楼里念经书，就像一个官员坐在椅子上，就像有学问的人坐在房子里……”

当道士结结巴巴地祝祷后，水神庙里的神像被抬了出来，众人将神像身上的衣袍脱光，曝晒在太阳下，神像在酷烈中受不了，才会去请玉帝下雨，神像已经晒开了许多裂缝。一头牺牛被牵出来了，众人轻轻让开一条道，牛站在水神庙前场坪的中央，不跑，四个男人用绳子套住四蹄，牛的眼圈红起来，睫毛湿了，泪水像珠子一样滚下来。四个男人往一个方向稍一用力，这头庞然大物就“扑通”一声倒在地上。道士操刀割

雄鹰图（战国）

下牛头，一股鲜血从牛颈喷向天空，道士将牛头放入木盘中，四个男人裤管里扎着草绳，迈着怪异的步伐，将木盘送上祭坛。祭坛上，放着三牲和酒，还有干鱼和飞禽的羽毛。鞭炮、冲天炮密集响起，浓烟弥漫，在田野间投下忽明忽暗的阴影，道士头戴鸟喙三尖神冠，手舞足蹈，众人也尽情地跳起了娱神的舞蹈。然后，道士开始朝狮子岩下的溶洞奔跑，他赤脚经过荆棘丛，满手是血，众人也跟着奔跑，成群结队的精灵充满了天空和水陆两界。山头上的雨云开始聚集，果然下雨了，大雨如注。这时，道士已经倒在地上，不省人事，有人给他脸上喷水，过了许久，道士又清醒过来，恢复了常态，但对刚刚发生过的事，已经毫无记忆。

小香港

秋红隔着窗户纸喊南南，说有客来了，南南连忙开了门，几个小姑娘正凑在一起做鞭炮，见了我都站起来了，南南给我搬凳子，拿一个空杯子跑来跑去找开水。一个老人坐在炉边，我说我快要走了，老人说，那个尚方宝剑还没有挖出来如何能走呢。又说，这些丫头们舍不得褚老师走呢，刚刚混熟就要分手了。我说，我明年又要来的。老人问我，明年几月份来？我说说不准。老人说，这次也没有东西送你，往年还有糍粑。我请他说说过去的事，唱唱民歌，老人来了兴致，说民歌分为两类，一类是修水利、打石头时用的，另一类是情歌，代表相亲相爱的意思。

南南在读初中，秋红将抽屉拉开，把书翻出来让我看，里面有冰心散文之类，我说想看看南南的作文，秋红翻了半天，翻出一个歌本来，小姑娘们争抢着要看。秋红在一边发急，说别看这些东西，你自己的作文呢？不是写得蛮有味的？总算找到了一本，作文中说，她的父亲死后，母亲又打工去了，家里只有她一人，有一次得了大病，是她的老师背她上医院。作文描写自己的老师“身体发肿”，路上淋得像个“落汤鸡”，又摔了个“嘴啃泥”，我念给大家听，大家都笑。这时，有几个小青年来，是守国和小木匠，说要打牌，姑娘们说打牌没意思，不如唱歌，我说年青人应该会唱歌，将来陪酒可以少喝些酒。守国说，他要喝酒，人生能有几回醉。老人拿出他的铜管来，小青年轮着吹，屋里响彻刺耳的声音，很不容易地吹成了一个“酒干倘卖无”。几个姑娘们开始低低地唱歌。

隐隐听到外面有嘈杂的人声，有人进来说，不好了，小香港喝农药死了。我大惊，立即跟秋红她们跑过去了，月色很好，许多人在田垅上奔跑。

穿过巷道，远远听见屋丛中一个男人干咳似的哭声。小香港家灯火通明，门前站着许多人，我挤过人丛，看到四五个小孩子跪在地上哭，喊着“满姨”“细姑”，小香港躺在桌子上，大大的眼睛，长长的头发垂下来，一片艳美。几个妇女正在收拾一堆衣服，原是她的陪嫁。最近县城扫黄，她是在电影院被抓的，听说被抓时裙子内没有穿内裤，她父亲从派出所将她领回，她戴着墨镜，已经不像一个姑娘了，母亲骂她，被兄弟阻止，昨天她姑妈来，又骂了她，她气不过，喝了农药。秋红说，也怪小香港自己不好，不能跟这么多男的。

半夜醒来，我又想起她失血的面容，空洞洞的凝视，脸孔太苍白，牙齿显得泛黄。我后悔当初为什么不和她做爱。

陈广东

陈广东后来因盗墓被判了刑，是胡所长带人来的，在钱粮湖劳改农场灌溉时，差一点被电打死，监狱开始一毛不拔，后来村干部去交涉，才赔了一千多块。出狱后，陈广东游手好闲，不是坐茶馆，就是赌钱，看黄色录相，还经常带小姐回家住。后来，他与一个比他大十多岁的女人在一起，他们是在牌桌上认识的，女人的丈夫翻车死了，得了二十多万赔偿款，他对付女人很有一套，他用刀片切腹，切得鲜血淋漓，向女人要钱，这是从牢里学来的，他腹部有许多密密的疤痕。后来，他被"借精子生子"的骗局骗走了钱，又被这个女人赶了出来。此后，陈广东买了几套军官服，办了假军官证，骗到好几个女人，事后，女的多悄悄离开。这次遇到的是邵阳女人，性格比较刚烈，扬言他脱不了干系，要索赔，他慌了神，怕她在社会上有人，就用榔头敲死了她，尸体焚了一半，气味太大，就用床单裹着，埋到凤形山一个墓洞里。不久，一条野狗从洞里叼出了女式皮包、皮鞋，才引起村民的警觉，案发后，陈广东服了罪。

安龙

一个面相猥琐的中年人，爬到狮子岩上，径直向我走来。

“你们在干什么？”

“考古。”

“有东西吗？”

“陶器。”

“多少年代？”

“两千多年。”

“有没有秘诀？”

“没有。”

“这里不能挖。”

“为什么？”

“群众反映，这里有金条，这个我们都知道的。”

中年人抓起一把锄头，好奇地乱挖起来，被我吼住。他看到队员将陶片装进袋子里，一把夺过去，看看，又丢进去。当我做记录时，中年人冷不防地从后面窜出来，一个箭步抢了我的笔记本，翻到了帛画神山图的摹本，怔怔地看着我，沉吟着："原来，你有藏宝图啊。" 在这种气氛中，发掘工作无法正常进行。

晚饭后，牙齿痛得半个脸都疼了，陈大爷带着我，到村医家里去打针。路过一座小庙，额题"李公庙"三个字，庙里点着烛火，主供两个官服人物，墙上贴着各种符箓、北斗七星、南天六星之类，地面上摆放着两个草蒲团。

我问陈大爷："李公是谁？"

陈大爷说："过去还有观音娘娘和四方爹爹，观音管社会太平，四方爹爹管六畜与生产，李公管人的身体疾病。李公庙原来很大，有专门守庙的半仙，族长每年要组织吃面条，每家每户出一点钱，一起吃面条，余下的作为庙里的供奉。过年过节，都有人烧香供奉，生病或失物，也要来求仙人帮助。破'四旧'时，庙毁了，近些年又集资重修。"

我问："现在有没有半仙？"

"不就是陈友生。"陈大爷说，"生产队时，他是大队书记，他要社员起早摸黑做工夫，我问他，挖河挖沟，摸黑地做，没有用。他讲，没有用，意义深。我实在搞不起了，就坐到地下骂，你这狗日的，旧社会你当抢犯，现在当书记整人，人都要被你整死的。陈友生解放前当过几天抢犯，只抢得几双草鞋。破'四旧'时，他是积极分子，杀地主最凶，后来眼睛瞎了，他杀鸡杀羊烧香，将庙里的磉磴送回去，眼睛又好了，从此开始信神，成为这里的半仙，在群众中威信很高"。

我打着手电，走了几里路，到一个老宅的门前，门楣上贴着符箓。陈大爷喊门："唐医生在不在，是挖宝师傅牙疼了。"一个头发枯黄的妇女开了门，灯光很暗，一个带眼屎的男人从床上起来，为我打了一针，又从木架上取了药瓶，包了四小包，药已经开裂了，共八元，我立即用矿泉水吞服。返回途中，我的牙痛明显地缓解下来。

夜间安静得让人不安，房东的狗在啼哭。睡梦中，我梦见很高的山，满眼发白的岩体，我在挖墓，密密的墓穴排到了床铺下，让我无处落脚，什么东西在往下滚，叮咚。这时我听到了急促的脚步声，风中隐约的口哨声，还有人喊门，喊的是房东的名字，房东没有答应，来人居然踢了门，几分钟后，脚步声又渐渐远去。我心里一阵慌乱，我已经卷入无端的是非之中了。

早晨，狂风冲撞着门窗，有点鲁莽，门外，几个老头凑在一起，指指点点，与我目光相触，都躲开了。不一会，两个老者进来，像是从群山中飘进来的，一个是陈友生，须发浓密、精神矍铄，另一个目光歪斜，面相阴沉，额头有大块血印，是拔火罐留下的。他们找到陈大爷谈了很久，还在争辩，陈大爷反复在说，“他们是搞研究的”“这些东西不值钱”，我这才知道，老人是来阻工的。

我走在狮子岩的山道上，天空中乱云飞渡，倒影在山下的水田中，恍若山在移动。山顶裸露的嶙岩，如同蛰伏的精灵，或匍匐，或昂首，此时在灰云的带动下，也蠢蠢欲动。上山后，民工们围坐在一起，恹恹的，一副落魄的样子。民工说，群众反映很大，你们在还好，你们一走，我们吃夹生饭，说我们这些人没有志气。

我问：“有些什么反映？”

民工说，说什么都有，如：狮子岩是后龙山，宝挖走了，陈家屋场就要遭殃；狮子岩有宝，夜里，山上的岩板会发光，飞机经过时，翅膀都斜了；他一个外地人怎么会到这里来，他有藏宝图；等等。

民工说，前些年，三个村民在山上挖出一条大蛇，把蛇的身子挖破了，结果招来血光之灾。一个养了个五趾猪，临杀时忽变人形，女儿喝了农药，自己得了一种怪病，阴茎不断收缩；一个是开狗狗车的，有一天出门，黄狗向他作了三个揖，当天被车撞死在树桩上；一个平时酒量很好，那天只喝了一杯，就倒在沟里死了。所以，山上是不能动土的，只怕你们考古队也不敢挖。民工还说，那个为头的叫陈友生，他在挨家挨户串连、煽动。

我劝慰民工："这些人鬼鬼祟祟，成不了大气，难道这里不是共产党的地盘？没事没事。"

下午，接近收工时，不知是谁在山坡上放了一把火，火光烟雾中，二三十个村民逶迤而至，我感觉身后有人站着，我没有回头。

"不要再挖了！"身后传来浑浊的声音。

一个气急败坏的中年人，直逼向我：

"喂，戴眼镜的，你他妈的给我停下来！"

"你是什么人？"

"你是什么人？是我问你呢，你到我们的地方乱挖。"他指着我的鼻子，吐沫横飞。"还有你们"，他指向这些民工，"为了点小钱，连祖宗都不要了"。

有人在一旁奚落："你们应该配一套衣服，或者剃一个光头，不然，不像考古队的。"

民工多老实的农民，心里也理亏似的，低着头生闷气，一个青年打落了一个民工的草帽。

一个矮矮的老者拄着竹杖，双目圆睁地看着我，言称这些古物都是陈家的，要是陈家朝中有人，你们谁敢挖？我打着手势向老人解释，老者举起竹杖低喝："你手再动，我一竹子打死你，不礼貌！"老者又教训道："这个地方，平时一般人站都不让站，你们竟要挖，你以为你是谁啊，叫你们别挖，还不听，都给我填好，把挖走的都搬回来，不然，你们走不脱。我们村几百号人还搞不赢你们几个外地人？哼！”

混乱中，一个妇女在翻陶片袋，拿两块陶片在敲，以为陶片中含有金子。我吼道：“别动，敲烂了我让你坐牢。”她起身走了，裤袋一侧下坠。

一个汉子说：“啊，他这么猖狂，把他轰下去。”

一个村民拿起我的背包，虚张声势地作出摔下山的样子。

我的四周站满了村民，他们的脖子，有炭黑的、皱缩的、枯槁的、筋管纠结的。陈友生，当年的杀人者，今天刮了脸，满口是“毛主席语录”，“从群众中来，到群众中去”等；一个妇女自称老子，做出夸张的动作，一改驯良的面目，像露出毒齿的蛇；一个妇女窜到我面前，说从来没有看到过这么大的水，都是因为你们；另一个妇女说，她家死了六只小猪，你们脱不了干系；一个汉子挥动着手，手指触到我的胸口，被克俭挡住；一个醉汉骂骂咧咧地靠近我，也被克俭拉开；驻村干部廖部长，与一个村民对骂起来了，廖部长对我说，这些人是没有良心的，他困难时，还接济他一二百块钱，现在翻脸不认人。突然有人喊，派出所来啦，几个汉子随手操起工地上的锄头、扁担，吆喝着，走啊。两个妇女在一旁哆嗦，不好啦，今天要出人命啦。

我感到脚心有点发虚，从来没有像今天这样丧失底气。

乡政法罗书记带着教导员等人上山，都没有穿制服，几个干部也都空着手，没有带枪械，也没有与村民发生冲突。罗书记说：“不要再闹了，都到村委开会。”于是，闹事的、看热闹的村民陆续开始下山。罗书记悄悄地对我说：“老百姓嘛，只能让他们日我们的娘，我们则不能，他们是孩子，再不听话，也不能把他打死，有什么办法呢。”

我走在队伍最后面，从山坡上望下去，村庄、稻田都在暮霭中。多年来，我一直寻找一种情愫，一种温暖我内心的意象，它是这样的单纯美好。现在，当我一步一步进入乡村的内核，逐渐触摸到宁静表层下生活的潜流，触动我心头的，是那些凶残的眼睛，种种无耻的挑衅，仇恨的众生相，我不知道我的那些朴素感情还能保存多久。今天，我像是在蛇群中，无数出露的舌头已经舔到我了，我感到非常无助，突然怀念起城市中的居民楼，那些平静安全的日子。

山坡下，一个牵牛人，红脸膛，正是带头闹事者之一；又有一个骑摩托车的青年，他是我的民工，我与他打招呼，不料他冷冷地问："什么时候发我们的工钱？"

渡过楚江后，我朝着陈家屋场的方向走，石板路通向旷野，新雨后漫天红云，水塘发绿，山林上空呈现油画般的色泽，我好像进入一个出奇纯美的地方，但此时，我对这些美景没有感知。

这时，我看到秋红挽着一个竹篮，站在道边，好像在等我。当我走近她时，听到一个亲切的声音："褚老师，我们这里的人好野蛮哦。"我说："我能理解，我们会慢慢做工作，你相信我们吗？""相信。"她使劲地点点头。偶尔触及最温柔的声音，我心里激起一种非常美好的情愫，她给了我安慰，让我相信，人世间美好的东西还是存在的。

在村委会，村组干部、老人共二十多人参会，我颓然地坐着，罗书记一味地说着好话，分烟、安抚、道歉。他说，他是当地人，是晚辈，工作没有做好，才闹出今天的事，在座的都是叔叔伯伯，要支持他的工作，只要提出来，一切都好商量。

一个老者开腔了："那是后龙山，动了风水怎么办。"

罗书记说："国家的事挡是挡不住的，共产党也不信迷信。"

老者说："我们村里出门打工的多，群众要靠它保平安的。"

罗书记说："那您提出来，想想办法。"

"安龙。"

"什么叫安龙？"

沉默。

"要多少钱？"

"三四千吧。"

"太多了，能不能少点？"

沉默。

一个村干部说："他们请了县干部吃饭，开了十多桌，想把东西搞走，这是有人亲眼看到的。"

罗书记说："没有这样的事，东西都在县里。"

村干部说："总得给村里留点什么吧。"

罗书记说："怕是没有这个名目。"

村干部则提出了手续费、森林恢复费、生活费之类的名目，反正多多少少总得给点吧！

罗书记说："考古队长期在这里，挖这些东西不是做生意。现在，县里正在考虑在这里修博物馆，开发旅游，这是好事，现在这样闹，只怕因小失大。"

罗书记又说："村里将建耕路改为水泥路的事，这么多年都没有解决，你们要利用修博物馆的机会，向县里争取。"

说到这里，村干部中有了积极的反响。

罗书记又顺势对老人说了些软话，说安龙的事，政策上说不过去，不要为难考古队了，他可以派人买点香，放点鞭炮，意思意思。褚老师一个科学家，长期住在我们乡下，给地方扬名，多不容易。

一个村干部说，我们不是反对考古，他们挖的也不是什么宝，但你们挖后龙山，要通过群众，群众理解了，反过来还要请你们吃饭。另一个说，这次还算是文明的，要是过去交提留啊，那更不得了。我们这里的人还不是最坏的，还是懂道理的，某某地方的人还要坏些。又有人说，过去也有把解放军误作国民党的。言语之中有道歉的意思。罗书记最后要村组干部一个个表态，结果大家都表示支持考古。散会后，罗书记对我表示歉意，说让我受惊了，告辞时，廖部长抱住我，要我去七里湖放松放松，一时间，我感受到兄弟般的情谊。

夜哭

夜里，我听到一个男人在骂，好像喝了酒，舌头有点硬，用的是丹田之气。

我问陈大爷："好像是克俭家里，是不是出啥事了？"

陈大爷说："他家刚刚领到拆迁款，没有分配好。"

"难道没有人调解一下？"

"村里调解过多次，没有结果。"

"为什么会这样？"

"这事有点麻烦。"

陈大爷说，事情的原委，要从几年前说起，克俭的女儿秋红早几年出门打工，给家里寄来不少钱，现在，她的女儿也出生了。克俭在宅基上修了一栋楼房，钱是秋红出的，十多万，准备让她回来后住。克俭的父亲生病后，为了让爷爷住得好些，秋红让他住进了新楼。这时得知，村里要修变压塔，这栋房子要拆迁，会有一笔很大的拆迁款。这时，克俭的父亲提起了宅基地、建材的事，克俭的弟媳也跟着搬了进去，扬言这是家族的共同财产。秋红认为，建房时，他们都没出过钱，这是勒索，她在电话里说，她要告他们私闯民宅。为了夺回女儿的房产，克俭媳妇的娘家人也来过，把克俭父亲和弟媳的东西从楼中丢出去，为女儿讨公道，为了这笔拆迁款，摔碗、绝食、捡石头砸人，都有过，村里调解了几回都没有用。

几天后的一个下午，我听到克俭家那边传来嘈杂的声音，捶胸顿足，啪啪有声，好像还有肢体冲突。我立即起身赶了过去，到了克俭家的门口，已经挤满了很多人。

我听到克俭父亲的声音："你这个害人的东西，自私得很。"

克俭："你们太欺侮人了。"

"你给我走！"

"我为什么要走，你算什么东西？"

接着，父子动手了，父亲起手打了儿子一个耳光，儿子也还他一个耳光，啪啪啪啪。我挤过人丛，赶紧将他们拦开了，克俭的父亲还挣扎着，要赶过来，被众人拖住。

克俭挤到门外，对着屋内大声说："你把拆迁款还给我，我与你以后没关系。"

克俭的父亲从屋里追出来："好，今天当着陈家屋场乡亲的面，当着考古同志的面，我没有你这个儿子。"

"好！作数！"

"好！作数！"

说着，克俭的父亲"啪"的一声跪在克俭面前，克俭扭头闪开，他又赶到儿子面前，"啪"的跪下，还合掌拜他。克俭恨恨地说："你就是跪死，也不关我烂事。"

此时，克俭的妻子跑过来，骂她公公，声音尖利：“他又不是你祖宗，你向他下跪。”

克俭的父亲说：“你是谁啊？你是我用钱买来的。这么多年，你给老倌子买过一包烟，吊过一瓶酒没有？”

克俭的妻子说：“有一次，我买了一只鸡，放在碗里捧着给你吃，我对你怎样？我对你不好，那个好的又对你怎样？”

这时，克俭的母亲也开始数落儿子：“你是长子，我一切都想着给你，你结婚时，你把屋里的东西都拿走了，连用了一半的牙膏也拿走了，你没有给我留半点。”

她又对克俭的妻子说：“我答应给你三件套，我借了千把块钱。你怀小孩，我一家一户买土鸡蛋给你吃，老倌子病了三年，你进去看过他吗？我乱讲就被汽车压死，就压在门口。”

克俭的妻子说：“去年老东西做寿，我们出了钱，送来礼金二千多块，都给了你们。”

克俭的母亲说：“这些钱都是我过去送出去的啊。”

克俭的妻子说：“家里的东西，洗衣粉，卫生纸，还有你身上穿的，哪一样不是我买的。”

克俭说：“如果要算账，你们算错了，这些年，你们生病买药住院，都是秋红出的钱。”

克俭的父亲说：“你不是什么好家伙，给我买的药，都是最便宜的假药。”

克俭的弟媳开腔了，话里句句是刀：“她哪有这么多钱啰，她是干什么的，有这么多钱。”

克俭的母亲说：“你们出了多少钱，退给你们，你们走，以后不要你们来看，就是我在路上摔倒了，也不要你们来扶。”

这时，村主任赶到了，招呼大家坐下。这时，克俭的妻子不见了，旋即出现在楼顶上。克俭的弟媳悄悄对村主任说：“她是在演戏，你们莫理她，不理没事，理她，她会跳下来的。”我预感到要出事，就拉克俭冲向楼梯间，这时，我听到一连串让人不安的响动，有人在奔跑，有惨叫声，到了楼顶，上面已空无一人，克俭的妻子已经跳下去了，她是朝一株泡桐树跳的，阴天的树上开满了白花，她跳下去卡在树杈中。众人蜂拥而上，把她从树上抬下来，有人跑去喊村医，伤者脸色惨白，身体多处骨折。克俭的父亲一脸的憎恶，克俭从牙缝里挤出这样的话：“这都是被你们逼的啊！请你们放过我们，给我们一条生路吧。”

夜间，我听到一个妇人夜哭，同一支老调反反复复，为一件事情纠缠不休；后来几天，克俭家的母鸡生下一只很小的蛋；克俭的父亲在山上，一只鸟飞过，粪便正好落在他的脸上；克俭梦见了自己的牙齿脱落；这些都是不祥的征兆。

梦游者

村子里响起了爆竹声，噼噼啪啪，天空中还有爆竹的闪光，不久就闻到风中的火药味。远远看到很多包着白布的人头，在黑瓦间晃动，几个人把棺材抬到太阳下晒。

陈克俭死了，他是在送医院的途中死的，人刚刚抬回，正在操办丧事。

下午，一队人头上拖着白带子，走向梦溪旁边。我问民工："这些人来来回回在做什么？"

民工说："在请水，这里的风俗，人死了以后，要到干净的溪水中取水，给死者洗澡入殓。"

晚上，我朝克俭家的方向走，神志有点恍惚。克俭是一个陈腐的乡村学究，读了许多书，在生活中却不实用，一生凄凉无比。今天，石板路旁放了一座冥桥，冥钱用小石子压着，土地庙里烛火通明，还放了几个簇新的塑料杯。在巷口，遇到一个小女孩，我喊她同行，她说要等人，这时，前方忽然响起了铁铳声，轰轰，声音如雷，火光四起，旋即半空中升起一朵朵蘑菇状的白烟，烟雾不时地从树丛、黑瓦中冒出，低低的弥漫在稻田和水塘上。

克俭家发出的灯光，照着了老屋的墙面、风火墙的檐角，脚下的巷道也被照得微微发白。一头猪在猪圈里嚎叫，像是受到了惊吓，狗被爆竹声震晕了，都缩着头，见了我，连吠都不吠，一条狗跟上我摆尾，是克俭家的黑狗。

灵堂前的空地上，扯起了一块塑料布，下面放着五六张桌子，我定睛再三，许多人有说有笑地在吃喝，有的在打纸牌，有的闭着眼睛在听道士的夜歌，孝服后面都拖着白布条，从头顶拖到地面，小孩嘻笑着在后面踩，捉住了，便赏两个丁公。人的脸上全无悲戚之色，倒像是传说中的鬼市。

一个老者用毛笔写着什么，我送上钱，老人高声喝道："嗬——挖宝师傅，一百元。"立即有两个戴孝的男人朝我半跪，旋即起身，拍拍掌中的尘土，塞给我一包烟。我取了香，在烛火中点燃，向克俭的灵位三鞠躬，一个男人说："克俭今天有你这样的领导来关心，也……"似乎咧嘴要哭，他的面目与克俭很像。克俭的妻子蜷缩在一旁抽泣，管事的不耐烦地说："别挡道，别挡道，到里面哭去。"克俭的妻子就退到杂屋的一角，独自哭泣。

灵堂挂满白纸联，门额书"当大事"三个大字，两侧对联："一炷宝香通信去，五方金童引魂来。""承斯妙力削除万重之罪愆，仗世良因脱离九泉之苦海。"棺材摆在堂屋中央，死者脚朝神龛，脸盖冥纸，手中放桃树枝以辟邪，脚后有一盏长明灯，不让死者的灵魂摸黑。神龛下，摆放着克俭的照片，还挂着一幅水陆神画，天兵祭幡，将军背领旗开道，刀枪横举；虎、牛、龙、狮、象诸兽相随；道士执仙桃、宝珠，杨法师手执利刃指天，旁有梅山金龟、虎将、苏州大王、洞河起水兵，追魂夺命。

堂屋里，纸幡飘飘，青烟弥漫，里面共有五个道士，一个击鼓，一个敲钹，两个吹唢呐，一个头戴五瓣花冠、身穿法衣、手执牛角的道士正在跳大神，在棺材前的狭窄空间里，时而跪拜，时而跳跃，喃喃祷祝不已，及至酣处，道士进入迷离忘我境界，口水、眼泪流淌，摇晃不能自控。

啊，啊，咳啊咳啊——
啊！我双手哎，奉上，香。
红漆的桌子哎，摆一啦，张。
黑漆的板凳哎，排两的啊，旁。
列位师父哎，那壶中有酒啊，尝。
那盘中有肉啊，尝。
请喝一杯起马酒，喝来，
骑了他的宝都海马哩，
风起云走……
啊，啊，咳啊咳啊——
大鹰哎，在天上么，旋。
蟒蛇哎，沿着河岸么，走。
我，乌喙的巫师哎，要渡么，河。
你们哎，把我么，渡。

念了以后，他将小鼓投入河中，自己踏在上面，像一阵旋风，瞬间便渡过了河。

接下来，绕棺开始了，道士摇着引魂幡，带着死者家眷亲属，开始围着棺木打圈，家眷手抱灵牌，时而鞠躬，时而跪拜，几个小儿也跟着跪拜、旋转，玩得兴高采烈，我拍照时，还对着镜头扮笑。有小青年把鞭炮丢到道士脚边，炸他们，火光四起，道士不受影响，越绕越快，一旁的妇女们纷纷赞叹道士的功夫，啧啧啧，一般人早就转晕了。

这时，一个小女孩跑来找道士，说刚才在巷口见到了死者，心里害怕，道士用毛笔在她手臂画了一道符，一边画一边口念，毛笔间或在空中虚画几下，小女孩摸摸心口，说舒服了。

一个敲钹的道士示意我坐到他身边，问我考古还要多长时间，尚方宝剑挖到了没有，又问，你们有没有探宝的仪器，不然怎么知道地下有宝。道士操着结结巴巴的普通话，不断地向我介绍他师傅的灵异：丢了东西，他会知道到哪里找；遇狗，只要念咒语，狗就跑了；他知道死人穿了几件衣服；有人病了，他拿着香在屋场上吆喝一阵，病就好了；他可以用手摸油锅；麻雀在谷仓里，他飞扑过去，一手可抓到一只；他可以远远地偷别人家的猪；两组人比赛插秧，他把草灰抛到水中，变成了鲫鱼，前一组人去抓鱼，被后一组人追上，鱼又变成了草灰；一双草鞋丢入空中，会互相碰撞，好像打架一般；也可以让两片树叶在空中对打；在坛上供一束麻绳，转眼就变成一条盘缠的活蛇……

突然，跳大神的道士变得粗暴，紧绷着脸，语言激烈，开始耍威风，怒斥邪魔离开，走到一千、二千、三千里外，再叫一声“去——”，众道士跟着喊“去——”。道士两目圆睁，龇牙咧嘴，执木剑在空中挥舞，突然破门而出，四个道士也各执木刀长矛，尾随其后。他们沿着石板路，在池塘、稻田间赶鬼，一路上呵斥不绝，后面跟着一队亲属，身穿孝服，每人手里执一炷香，形如一条蜿蜒的长蛇，最后一人拖着一条长长的蛇尾巴。

中夜，招魂仪式开始了。

一个道士爬上屋顶，取去数块瓦片，做成一孔，名曰“天门”，一匹两丈多长的白布从屋顶穿过天门，连到堂屋的棺材上。由于人死在外面，因此要把失散的灵魂收回来。一个道士扯着白布躲在棺材后面，克俭的母亲在门外喊，声音怪异："陈克俭唵，你回来呀——陈克俭唵，你回来呀——"

这时，屋顶上一个喊："陈克俭，你回家了吗？"

棺材后面答一声："回来了。"

"在哪里？"

"在堂屋前面。"

"你回来了就好，为什么还不进来。"

在静寂中，棺材后面传来一点动静，表示冥冥中的亡灵归来了。令我惊奇的是，刚才道士对答时，竟出现了陈克俭熟悉的声音。

收魂以后，道士开始唱《指路歌》：

"克俭，你是真死还是假死，我已经喊你三次了，你却一声不吭，你没死，就起来和我们喝酒，是真死，就好好躺着，不要到处乱跑。我要唱歌给你指路，你才能找到你的老家，见到你的爷爷奶奶。你骑在鸡背上，驮你上天去，狗儿给你引路，走到毛虫坡，穿起草鞋走，遇到虎和豹，用伞撑虎口，遇到三岔路，你往中间走……"

在民俗中，人死后有一段中阴过程，要经过许多道路、沼泽、关隘，需要有鸟、舟引导，一路欣赏途中景色，过了奈何桥，最后引入阴间。这首《指路歌》，就是亡者跨越生死界线，沿着祖先的脚步，回归故乡之旅。

在接下来几个小时里，只有道士单一的诵唱声，没有休止，极其单调，连绵不绝。其他道士乘这个机会打起了瞌睡，但每到了节点，击鼓的道士都极准确地打出鼓点来，呐呐的唱词互相对答，非常娴熟。

我已经很困了，拖动脚步回到住地，倒床就睡了。

我梦见了陈克俭，在他家的三间瓦屋前，放着一个小布袋，里面装着克俭的骨殖，布袋显得躁腾不已，在愤懑，在哭泣，好像随时要炸裂，这是克俭在与屋里的父亲争吵。我心生怜悯，将小布袋攥在手里，立即离开了那里。我将小布袋放在心口，一边走一边规劝，要孝敬啦，想开些啦，布袋不理我。

最后，我说了心里话。现实世界的一切，总不是那么纯粹，亲情也是伴随着阴影，它无法逃离“人性”这个大概念。生命中真正沉痛的东西，往往来自亲人之间，至亲之间的纤毫芥蒂，都会成为心中的刺，你无法躲开，只能赤裸裸地承受。所以《圣经》说：“你的仇敌就是自己家里的人。”又说，“我必远游，宿在旷野”。我最后说：“克俭，我知道你心里委屈，说出来吧，心里会好受些。”

小布袋平静而信任地“嗯”了一声，这是我熟悉的克俭的声音，眼前立刻晃过克俭的身影，上下一身黑，像一袭黑袍，映着他苍白的脸。

我并不是对他的家事特别好奇，只是想劝慰他，没想到，他又操着不标准的普通话，向我滔滔不绝地倾诉起来，我只好在路边坐下来，将小布袋放在一旁，耐心聆听他长长的絮语。

我打了父亲的脸，他跪在我面前，我心已经虚了，但我面子上不会示弱，从那天起，我这只手，这条手臂开始发抖，后来，我的心脏也开始隐隐作痛。那天，我下田插秧，水有点凉，过去根本不在乎，但这一次刺得我心肌绞痛，我承受不住，人痛得像蛇一样在地上扭动。村人见我脸色煞白，将我背回家中，都以为我得了什么怪病，我自己清楚，是我的“心”病了。

过去，说起家里的财产，谁也没有在意，现在，拆迁费的数字，远远超过了我一生的积蓄，这数字时时牵动着我，让我无法摆脱出来。因为这个，家人之间产生了膈膜，人人暗暗算着这笔账，互不信任、暗斗，甚至想到了法律。内心最珍贵的东西消失了，开怀大笑变成一件奢侈的事，连善良的母亲也突然变成心胸狭窄、舌头如刀的毒妇。

我开始失眠，每每朦胧入睡之际，有一条蛇从我脑际游出去，鳞片在门缝中蠕动，这条已经游出去的蛇，忽扭头盯住我看，这是我母亲的眼睛，我惊悸而醒。雷声把我惊醒，但只片刻，雷声又没了，房间黑了，不一会，房间又在白光中，我已经许多天没有睡觉了。我的病是自己身上的魔障，我没有办法治愈我的病，只好看着自己一天天枯萎下去。我感到自己的身体像一具无人认领的标本。时光长了，身体与思维开始分离，疼痛不那么锐利了，我身体的许多部分开始死亡，自己的灵魂也脱离了身体，慢慢地飘了起来，但依然可以感觉到身体上的呼吸和脉搏。

童年时，我是一个贫家馋嘴的孩子，在亲戚家做客，一时没了章法，一个亲戚看不过去，当众训斥了我：你一个人这样吃，别人吃什么？又有一次，我去一个同学家做客，这是我生平第一次交际活动，母亲拿出珍藏箱底的小棉袄给我穿，这是她结婚时穿的衣裳，精致，但我穿着，总觉得不对劲……我模糊地看到死去的熟人，一个个穿着黑色的衣裳，在梦境中飘忽。我看到众人抬着我上医院，医院在一个城乡结合部，山坡上人来人往，有推棺材的，或上坡，或下坡，气氛诡秘，又像是一个流动医院，在这里干的，是人的肢体、器官的交易生意，兼做假肢。有许多白衣白褂戴口罩的人，衣服上粘着土。一个死婴刚刚从墓中挖出来，因为被我撞见，医生有点不快，锁着眉头。我想，我无意中知道了他们的秘密，我会不安全。我镇定了一下，问：有人死啦？唔。一个医师让我平躺着，从我皮肉里拔出扎在里面的倒刺，足有半尺长。他用手按着我的心口，问我：有感觉吗？我感觉有一点凉，原来我的心脏已被掏出来了。我颈后长出四株苗，自己也不知道，他将它们一株株拔去，根部都带着血。有两具尸体倒挂在门上，脑袋从脖子上脱落下来，尸水流了一地。一群佝偻的人赤身裸体，他们身上的肉被割去烤了，痛得一脸扭曲。肉烤得红扑扑的，像精美的蛋糕，上面还有毛孔，一桌人开始勇敢地吃起来。在路旁，一堆垒成井字形的骨架，一些将死的老人，用稻草裹着，有的在呻吟，有的已烂成一具骷髅了，我不小心踩到它了。黑暗中，到处是躺着的、游走的狗，许多小狗来追我，我想起来了，有一年过春节，父亲把一条母狗杀了，肚子里有许多小狗崽，让我抛到水里喂鱼。我逃离了医院，在黑暗中疾走，发现后面有一群白色的熊摸过来，略一回神，已经到了广场上，我的三个孩子被冲散，叫声响成一片。让我放心不下的，还是我的三个孩子，都说秋红在浙江打工，其实我知道，她一直在七里湖当小姐。我的灵魂飘着飘着，被什么东西挡了一下，我听到妻子在哭我，此后，我感到一片轻盈，我死了。

我已经是孤魂野鬼，在黑暗中，我心无所归，我喊两声壮胆，但声音空空的，自己也吓了一跳，小时候听说过，鬼叫是没有回音的。茫然间，我听到母亲在野地呼喊，声音怪异："陈克俭唵，你回来呀。" 我知道了家的方向，我想喊一辆摩的，但找不到，我只好朝这个方向一直走去。

白鹤镇，不知为什么，我眼前的街道和商铺，还是我童年时代的模样，就像小时候养成的食性，我一生寻找的都是那个最初的味道：带有糖、烟、咸鱼、酱菜混合气味的杂货店，我碰上过一个买腐乳而吵架的男人，那人将腐乳泼到店主脸上；粮食收购站有整洁的白墙；街上的供销社，是我童年时代的圣地，我在那里买过文具、连环画、陆战棋。有一次，我在此遇到一个高年级的同学，他出乎意外的客气，送零食给我吃。后来才知道，他的钱是从村里代销店偷的，他被皮带抽得在地上爬，教训他的是村里的复员军人。此时，这些店铺都静静地伫立着，像一幅从不磨灭的木刻画。

楚江白茫茫，江堤外是平坦的农田，以前用龙骨车引水灌溉，江边还建过水碾坊、榨油坊，后来改用电力抽水。春夏之交大水后，江面上浮着发白的尸体，多是上游翻船的乘客，村民捞了尸体，用绳子套在脖子上，像鱼一样串着，等失主来认领，赚点钱。

我家的邻居，以前在广东挖墓穴，那边人死了几年后，要把骨头捡出来，洗干净又放在坛子里，再下葬，后来，他患肺痨躺在床上。他家子女很多，兄弟斗殴，常执着菜刀追逐村巷，打得地面也震动。挨饿时，才非常安静。这家长女十六岁，在外打零工，每天给家里交点钱，一次交的钱少了，她母亲打了她一嘴巴，她负气出走，几夜未归。那天，我和二毛在江边淘宝贝，那时，城里运来的垃圾中，经常能扒到医用瓶子之类的宝贝。突然看到许多人往江边跑，我们也跑去围观，水面上浮着一具尸体，身体雪白如蜡，正是邻居失踪的长女。这时，她的几个弟弟也远远赶来，围观的人说，尸体见了亲人会流鼻血，所以我一直注意她的鼻孔，几个不懂事的弟弟沿河哭泣而来，姐姐，姐姐，果不其然，她的鼻孔开始流出血来。据说，她离家时，还带走了一条雪白的毛巾。出殡前，发胀的尸体放在屋檐下，那段日子，连吃酸萝卜都觉得恶心。现在觉得，这个轻生的孩子，多像我啊。

我意外地发现一团红云，塞住山谷的上空，这种景象我从未见过，于是朝云团的方向走去，这是童年时回家的路。一个妇女在屋檐下逗婴儿，“两只老虎，两只老虎”。一个汉子，赶着一只种猪，在村口用牛角“咕，咕咕”吹着，前一声长，后两声短，然后停下来听一听，他是给母猪配种的，现在正是母猪发情的季节。

我沿着窄窄的地埂往前走，刚刚下秧的稻田散发着浓重的泥腥味，一个用电麻鱼的人，不时弯腰，捡着小鱼。一个妇女捡到了一个青皮的鸭蛋，在水沟里洗。一个十二三岁的孩子，赤脚走在稻田边，手里拿着鳝鱼钩，满腿是黄白色的脓疱。一条大蛇，黑质白章，沿水沟而下，在我身边游动，我躲避在沟的一侧，这时来了一个蛇客，捉住了它，将蛇装入黑色的袋子中，一边说，掉了鳞的蛇卖不起价，蛇的力气太大，袋子眼看要撑破了，蛇客口里叫苦不迭，乱舞一阵，没抓着七寸，蛇爬上了我的裤管，我一路狂奔。

孝义桥下有一段清澈的水塘，水底青荇漫舞，以前是村里的饮水塘。有一次，我和二毛到塘中抬水，丢了一个舀水的新脸盆，这是家里的宝贝，顿时感觉到大祸临头，傍晚，胆小如鼠的兄弟俩，挨家挨户地去问：

“伯伯，吃水河边一只脸盆看见过没有？”

“阿婶，一只脸盆看见过没有？”

直到现在，我还清晰地记得盆底的大鲫鱼图案。

梦溪畔有一狭长的高阜，是我家的一块自留地，小时候在这里施肥、浇水，总觉得这段水塘又宽又深，有一次见水中有一物，长一丈多，无头尾手足，自北岸游到南岸而没，这是水底潜藏的水鬼。一日，母亲在这里弄地，一个老妪挽着一个竹篮，在这里盘桓了老半天，母亲上前询问，老婆婆猛然惊醒，说是去亲戚家，刚才迷路了，走不出去，原来这里有老坟堆，她的竹篮里放着纸钱，因此被鬼缠住了。

我悲苦的童年像是一段无法抹去的赘疣，没有什么温暖的回忆。老树上长出来的甜味小籽籽，水沟里的小鱼和收摘后的瓜地，几角钱的压岁钱和生日时的两个鸡蛋，便是我童年时代的全部幸福。难以忘记的是，两个生日鸡蛋吃完后的沮丧。大年三十，终于可以吃到肉了，还得躲着父亲冷冰冰的目光，春节走亲戚，可以放开吃了，但长年缺少油水的肚子总是承受不了，总要在这个时候生病拉肚子。

梦溪旁边有座麻姑庵，庵墙下厝着一排草夹棺材，这是村里停尸的地方，缠在棺材上的稻草已经发黑，人走在下风处，常闻到腐尸味，因此，种地的人胸前挂着樟脑丸，嚼着槟榔，不慎吸入腐尸味就掏大粪，以粪气镇之。在黄昏的阴影里，胆小的我忐忑不安地从这里经过，有一个深夜，这个庵失火了，烈火熊熊，映红了半个天空，这是童年时代见过最壮丽的景色。

循着溪水向西，就进入了凤形山谷，这里是陈家的老坟场，一排排发白的墓碑上，都是陈姓，陈宗良、陈方文、陈方武……陈家的历代祖先都埋在这里，听老人说，过去走夜路的人，走得迷路了，就会擦一根火柴看看墓碑，如果看到“陈”字，就知道离家不远了。说起来，家家户户都有鬼，新鬼或老鬼，活着的与死去的，它们之间的距离，仅仅只有几步之遥，每个人都排着队，向着这里缓缓行进。

我的曾祖父原是一个挑着担子走村串户的小贩，几华里之内，他的叫卖声清清亮亮，这是母亲说的。曾祖父从来没有吃过一个完整的咸蛋，在外面做客，总将半个咸蛋留给孙子。曾祖父脚上从来没有穿过鞋子，山核桃用他的脚板搓几下，就开了。曾祖父这一辈曾是澧州府的大族，有堂兄弟数十人，因为家族中“礼”的开支太大，罄一年所入尚不能敷出，“礼”成了生活中沉重的负担，所以曾祖父卖掉了自己那份房产，以盐一担、伞一柄，举家来到陈家屋场，开头几年，族中还有人来看望，后因路远，加上财产问题伤了感情，就逐渐疏远。后来，有长辈去世，刻墓碑时，竟没有把曾祖父这个儿子的名字刻上，曾祖父为此郁结于心，大病一场，这根线就彻底断了。

有一年，日本人与游击队交火，曾祖父看到菜园躺着几具日本人的尸体，曾祖父想，日本人也是父母所生，便动了恻隐之心，在园子里挖坑埋尸，并植树为记。次年开春，日本人来寻尸体，找到这里，挖开一看，见尸体裹着草席，衣着武器未动，连连鞠躬，还给曾祖父留下了一双皮靴。公社化时，集体食堂，曾祖父每天要打两双草鞋才给饭吃，他得了水肿病，打不成草鞋，就活活饿死了。没有棺材，只好拆了楼板做棺材，人都饿得抬不起，草草埋后，他给家人托梦，说脚很冷，果然棺材的一角被水冲开了，连尸骨也露了出来。

我爷爷这一代，长年围湖垦地，爷爷外出回来，总要拾柴捡粪，自己拉的大便，也要用桐叶包好，丢到自家的田地里。他的双手粗短而厚，指节都不成形了，一个算命先生看了爷爷的手哭了，说看了一辈子的手相，还没有看到过这样苦的手。爷爷种水稻很有经验，冬季将稻根挖出来暴晒，以除虫卵，烧灰肥田，所以水稻常获丰收。爷爷还有一个习惯，就是上床前，必须打一双草鞋。

解放后，我们家分到了地主的房产，成为父亲、叔叔一代的家产，爷爷、奶奶仍居住在曾祖父留下的三间土屋里，家徒四壁，让爷爷自豪的，是预备好了两具薄棺。每到大年初一，土屋里也会热闹起来，全家都要到这里拜年，我们家，三个叔叔，还有从刘家坳来的姑姑。爷爷把插在墙缝中的煤油灯取出来，在树蔸上倒一点，生火做饭做菜。米酒的香味从土屋里飘出来，这种气味是我最熟悉的，这是爷爷一生中最美好的时光。他平日不舍得吃喝，最大心愿就是在大年初一，让全家人好好吃上一顿，这桌酒菜，是爷爷、奶奶在一年中积攒起来的，精雕细琢，简直不是食品，而是艺术品。他们喜欢看到儿孙满堂、其乐融融的样子，每年我都可以在这里放开肚子吃一次。

父亲一辈有兄弟四个，为了爷爷、奶奶的赡养问题，经常争吵、扭打，大队干部常来调解。爷爷要求“五保户”待遇，儿子们除了提供谷子，还要每月给5块钱生活费。奶奶对调解人说：“不是他们不好，是我们的命不好。”调解人要奶奶说一个数，以了结纠纷，奶奶对着众人，非常羞赧地说出了一个数字，这是两个老人反复商量好了的底线：全年800斤谷子，外加20元的生活费。但儿子们只答应800斤谷子，没有钱给，理由是爷爷已经存下了几百块钱了。爷爷要求我们孙子们常去看看他，让母亲把蚊帐补好，免得让别人看轻。他的最大心愿是为我存点钱，等我考上大学，给我买一个皮箱，奶奶常说，等我结婚办酒那天，她来帮忙烧火。我读小学时，忽然有一天，有人来告，你爷爷快要死了，一家人呆呆地围着他，爷爷说，我要死了，我要死了，趴在床上折腾。过了许久，他重重地打了一个屁，爷爷如释重负，说，好了，我不会死了，你们走吧，爷爷此后又活了十多年。有一年双抢，八九月份吧，爷爷在公路上守稻，早上喊他吃饭，没有人，他睡的地方有一堆血印子，是爷爷被车碾死了，那段日子，公路上运粮的卡车多，整夜都是轰隆隆的声音，一辆接一辆，地上什么都没有了。

奶奶临终的最大愿望，是在儿子们新修的屋里睡一夜，吃一顿干米饭。她说，她住在破屋内，就像住在桥洞里。这个愿望最终还是没有实现，在她最后的日子里，屎尿在床，儿女都躲得远远的，我听到过父亲与叔叔的对话，“时间还没有到”。后来母亲大病，梦到蛇，想到自己婆婆属蛇，担心是她索命来了，于是请了道士做法事。

父亲当过架线工人，在云南架线时从电杆上摔了下来，摔伤了腿。因夫妻不能团圆，在云南另找了配偶白金莲。母子三人无依无靠，只靠母亲伐薪换米度日。大年三十，别人家里喜气洋洋，我们家里冷冷清清，没有肉鱼，甚至连油盐都不全。奉母命，兄弟两人将家里的狗打死过年，半死的狗吊在梁上，竟还摆尾。在那样困难的年头，居然也吃出了恶心。白金莲只活了 31 岁。父亲归乡时，我和二毛带一条扁担在码头上等。乍见父亲，他就鄙夷地瞟了我们一眼，冷冰冰的目光犹如陌生人。从懂事起，父亲对儿子冷酷无情，一事不如意就要罚饿饭，后来我考入了孱陵一中，自带大米、酸黄瓜，早晚伐薪，假日给人挑砖，补贴家用。

坟堆中，一个老者远远地朝我笑，我没有迎接他的目光，但我已认出来了，是台湾爷爷。他缩着头，好像已经换了一个人。台湾爷爷早年抓壮丁离家，后来去了台湾，在船上当苦力，后来落户高雄。邓伯伯上台后，恢复了通讯联系，派他的长子来陈家屋场认亲，父亲梦见抓住了龙鳞，这是我家最隆重的一次接待活动。

那天，我家还杀了一头猪，屠夫黑脸膛，黑洞洞的嘴，剃一个盖帽头，破靴上扎着稻草。四个男人把猪抬到凳子上抵住，屠夫操起明晃晃的尖刀，毫不犹豫就是一刀，连拳头也一起捅进去了，乡间习俗，只准许一刀，二刀是不吉利的。猪血四处乱喷，然后接到木盆里，血流越来越纤细，猪不再动弹，没想到四个人一松手，猪腿乱踢，把木盆里的血洒了一地。

台湾爷爷经常寄来些狗罐头，在我们这里成了高档食物，后几年，台湾爷爷告老归乡，在村里修了房子，他常穿一条花裤衩，在田间散步，这在乡下是稀有的，也是身份的标志。有一次，我看到有人在奔跑，有惨叫声，我意识到出事了。原来台湾爷爷买了台电视机，安装天线时，触到了高压线，当即触电身亡，脚趾上的肉与骨像煮了一样，自然分离。

我在墓地踯躅，迎面走来一位老者，腰上束着草绳，一张老得难以辨认的脸，额头上还留着化疗的红线，一脸晦气。我们在黑暗中互相打了个照面，他一脸惊愕，我也一样，我认出来了，是六爹。每年夏天，六爹总是守生产队的瓜地，等偷瓜者弯腰时，躲在暗处的六爹不失时机地喊："搞不得啦，要罚款啦。"有一次，我和二毛偷了一个西瓜，他其实也看到了，但并没有喊，眼睁睁看着我们把西瓜抱走，他知道我们家的人胆小，怕吓着我们。后来六爹也出门打工，往来于云南与广州之间，任务是吃进一颗蜡丸子，到广州后用泻药排泄出来，六爹坐在火车上，不敢吃喝，一旦蜡丸拉出来，又要吞进去，后因排泄出了问题，上医院开刀，才泄露了秘密，蜡丸内藏着毒品。

迎面走来一个妇女，在对我说话，我没听清楚，就应了一句。她是一个轻生者，她的老公好吃懒做，会赌能嫖，把山歌唱得妇女心里发慌，老实的山里女人忍受不了，跳湖自尽。那一天，我走夜路，风中掠过黑影，又听到鬼叫声从湖的方向朝陈家大屋移动，此时正是她的娘家人来了。她老公后来半疯半傻，捡破烂、乞讨为生，在公众场合唱些宣传计划生育、劝赌一类歌谣，后被政府发现，成了什么遗产的传人。

灰朦朦的墓地中，游荡着一个个黑影，或坐着，或行走，或叉腰而立，一个光头闪了一下，几个蓬头垢面的少年，嘻笑着冲过来，假装来抢我的东西，有一个还扯着干尸的两腿吓唬我，都是我童年的发小，自成、有法、仁丹、广东。仁丹用弹弓误打到一个老头的太阳穴，老头死了，做丧事时，对方提出让他当孝子，让人提着他的腿绕棺爬三圈，他家同意了，仁丹爬了两圈，对母亲说，娘，我实在爬不动了，他娘说，阿宝，我们再忍忍，再一圈就好了，仁丹又爬了半圈，就趴在地上死了，他为老头陪了葬。

广东后来因盗墓被判了刑，在钱粮湖劳改农场灌溉时，“嘭”的一下，被电打了，一股鲜血流到水田里，他趴在地上，脸白得像一张纸。我们几个人赶过去看他，自成、有法也来了，在我梦中出现的，总是他们几个。

邓伯伯上台后，我也赶上了高考，发榜那天，我回学校看高考成绩，我没有考上，我顺道去看望我的老师，他正在午睡，哈欠连连，一时叫不出我的名字，我半天找不到合适的话题，屋内的时钟分外清晰，他问我，你有什么事吗？从他的目光中，我觉得自己举动悖时，深深自责。我走在石板路上，一个女教师远远地喊我乳名，是我小学的班主任，我一直是她的骄傲，我告诉她，高考差了十几分，她安慰我，争取让我到学校当个代课老师，我和班主任一前一后走着，隔着田野，远远看到陈家大屋晒谷场上扯起了白色的银幕，今晚有电影看，我心头呼地一热。我走在高高的地埂上，风掠过大片稻田吹来，有点凉，地埂两侧被村民削得陡直，背包绳断了，一个小物件坠落下去，我的腿有点打颤，我的班主任大声告诉插秧的妇女，他差一点就考上了，只差两分呢！

陈家大屋，带着圆弧形的山墙挡住了月光，这是我童年时代仰视的庞然大物。屋前石砌的池塘，称为“月塘”，记忆中黑咕隆咚的，很深。一块倾斜的岩板还在，岩板上爬满了嗉螺，有两只岩蛙，叫起来声音低沉，还有一条老黄鳝，黄鳝的头顶还有古老的纹路，闻到了蚯蚓的气味，便从石缝深处钻出来了，洞口大股大股冒水，我和二毛的血液也奔流起来，“咋”的一声，黄鳝咬住了钩子，然后旋转着往回钻，我双手捉住了它，用力抛到塘边，二毛紧紧按住了它，塞进竹篓里，这是童年时代最幸福的事。现在陈家大屋四周的稻田里，是春笋般拔地而起的水泥楼，池塘蜷缩在建筑丛中，两条黑狗在塘边交媾，原来干净的池塘快成臭水塘了，我童年时代的那些小鱼呢？

真难相信，我出生时的老屋，它会这么矮小，矮小得像座土地庙，举手就可摸到屋檐。黑瓦丛中冒出一条蛇头，在引颈看我，眼睛炯炯发光。屋子是有灵魂的，它太古老了，就像耳聋目盲的曾祖母，坐在太阳里打瞌睡。天井中，一个洗澡盆内，一个肉红色的小孩，像红皮老鼠，这是我出生时的模样。天井的四围是潮湿的阴沟，散发出鸡屎、籴水的臭味，劈开的毛竹筒接屋檐水，注入水缸里，木犁、耙等杂物都堆在墙根下。碗柜上的那个纸人还在，是我出生那天用红纸剪的，叫“邀儿婆婆”，是专门保护小孩的。出生时，为避生人直接进入产房，用木板隔出了一道板壁，我从板壁跨进里间，几件旧家具仍在，这是分得的地主家产，那时我父亲在大队当会计。家具用了精致的雕刻、镶嵌、抛光工艺，铜饰、合扣早已被我和二毛挖走换了钱，但此时又变得完好无损，灰白色繁缛的纹饰闪烁着沉着的微光。床上的棉絮不知是何年何月的，小时候照样睡得很香，躺在床上，可以看到风火墙的一角，有青绿的卷云图案。每天早晨，母亲在厨房做饭，不久，母亲开始轻轻低唤，我俩总是直挺挺地躺着，没有一丝反应，接下来，母亲开始吼叫着扯被子。

发白的木门脸上镶嵌着玻璃窗，板壁上糊着发黄的报纸，内容有周恩来会见西哈努克亲王等，瓦面上还有一块小明瓦，我对着天光，捱着没有兴奋点的漫长童年。抽屉里，还有我的一本簿子，写着“莫等闲，白了少年头”之类的格言；一张杂志封面上有女孩的玉照；一纸“补脑汁”的标签纸，是我高考时用过的；一张县城新华书店的罚款单，我不知道书店楼上、楼下是分开收费的，就拿着书下楼，被一个尾随的青年抓了，罚了款，我嘴巴上强硬了一下，问对方的名字，对方说叫“张军”，这是我少年时代头一次蒙受冤枉。

木柱多腐朽倾斜，板壁上趴着几条蜥蜴，我总担心它们的尾巴掉下来，钻进耳朵里去。秋冬干燥，可听到木板微微开裂或一条虫蛹在朽木中蠕动的声音。春季，天井里有悦耳的流水声、滴水声，一切都是潮湿的，青蛙成天在屋外聒噪。千疮百孔的地板被虫蛀朽，一踩就碎，地板下成团的蛇缠绕着，有时在木柜上，翘着小脑袋，有时在蚊帐上，有时在水缸缝间，牛粪似的一大堆，几条扁担长的蛇在交媾，分不清头尾，摊得满地都是。黑质白章的白花蛇，黄褐色圆头细尾的乌梢蛇，身侧有红斑的赤练蛇，头有红疣的鸡冠蛇，头扁如犁的腹蛇，躲都躲不开。母亲口里念着“进笼呵，进笼呵”，在她眼里，这些“家蛇”都是神物，母亲说，看到蛇交配不能说，对树讲，树就枯萎，对人讲，人要出事。

小时候还怕火焰鬼，传说它是一只吐火鸟，先要数屋子盖有多少片瓦、多少根柱子，数完了就向屋顶吐火，但听见鸡“卡壳”、“卡壳”的叫声，心思就会乱，又得重数，所以村里都喜欢喂鸡，就是为了避免火灾。

透过木壁的缝隙，可看到邻居家的陈设，一件未收的衣服，像一个发白的人影，小时候总是被吓得毛骨悚然。房子后来租赁给一对外地人，外地人鼾声很大，有一天半夜，鼾声停了，这个男人死于心肌梗塞，妇人在床头哀号，她的手腕上带着两块手表，一块是刚从死者手腕上抹下的。有一年，洞庭湖发大水，人都趴在门板上，这个妇女从门板上掉入水中，再也没有浮起来，她身上缠了太多的银元。

我踯躅在屋角与猪圈之间，小风穿梭，熟悉的气味，我闭着眼睛也知道我在哪里，这是我童年时代的领地。远远看到弟媳，她抱一蔸菜，猫着腰飞快地奔跑，她是到水塘边洗菜，可能知道我来了。鼎锅正煮着饭，一条凳子上放着两碗菜。阁楼的地板薄薄的，我将地板一一踩塌，以免伤人，弟媳大声说，楼板上尽是蛇，长期盘踞在那里，穿过瓦片上下，弄得到处都是孔，年年理瓦都不顶用，我在叹息，我们家怎么还住在这个破烂的地方。

我又看到了幼年时代的二毛，二毛眼睛里露出喜悦，这是童年时代的二毛，嘴巴开成一个洞，做出痛苦的样子，说饿了，还要我背他，我于是背起他，就像小时候一样，霎那间，久违的兄弟之情又涌上心头，纠结在心里的东西开始融化，心口很受用。

那一天，我家门前灯火通明，一个女童在巷口看到我，跑了，还不时地回头，在孩童眼中，我是来历不明的恐怖之物。一根燃红的树枝在地面上舞动，不知是谁。转过拐角，我看到了我家灵堂的灯光，有些刺眼，许多熟悉的面孔都在忙碌，黑暗中一个人影逼近我，我避不及，此人两眼是白色的，原来是一个道士，头顶挽着一个发髻。

我看到棺材盖翘如山尖，横头板呈球面突起，一个羸弱的人躺在棺材里，脸盖冥纸，两只干枯的脚上套着布鞋。我一时有点糊涂，他是我吗？我想跟那个人打个招呼，又怕吓着他，这让我难过。今天来了这么多客人，我真担心，这个躺在棺材中的人会诚惶诚恐地爬起来，忙不迭地招呼客人，但这人躺着不动，好像一切与他无关，他真的死了。那个人带着我的许多身体表征，牙齿、左手上的伤疤、落寞的脸，睡着时会发出尖细的鼾声，他是我吗？

屋场上放着一张桌子，周围放着八把椅子，椅子上各放着一个烛火和一杯清水，标着血湖地狱、血石地狱之类的名称。桌子上放着一只木盘，一个牌位上写着“陈家屋场土地之神位”，还有我的生辰八字：陈克俭，陈家屋场人，还有出生、死亡的年月时辰。旁边案几上放着一块生肉、两只鸡蛋、五个饭碗和一炷香，应该摆八个杯子的，只放了三个，桌子下面放着我的一双破鞋。灵堂上放着一张旧照片，穿着当年流行的中山装，一脸苦相。我确认，他就是我。

我躺着，一只老鼠从一根电线上爬过来，掉进棺材里，开始啃我的脚，很快，我的小腿被啃了一个窟窿。棺材下方，一只小猫偎着一条老狗睡着了，我看小猫时，它的眼睛显出阴影，假装睡眠，见我盯着它看，小猫干脆调整了睡姿，不让我看到它的眼睛。

我听着道士的《指路歌》，做着一个个极愉快的梦，我从来没有做过这样瑰丽的梦。

我妻子家在深山里，这是一个风景奇美的地方，每年四五月间，山里各种各样的花开了，到处溪水在流。这是革命老区，某个将军的塑像，孤零零地立在野地里。我走在相亲的山道上，媒人舅娘带着一把伞，走在最前面，我父亲、叔叔一人都是一担箩筐，礼物很多，烟酒、鱼肉、糍粑、衣物等，女方所有的长辈，人人都有一份，给我岳父的猪腿上带着猪尾巴，暗示年内要求结婚。我妻子搬一个小板凳，坐在山坡上望风，远远地看到了我们。我刚刚剃过头，快到岳父家时，才换上笔挺的中山装，进村后，舅娘高声招呼着，说一些吉祥的话，进门时，对方放了很短的一节鞭炮，这是风俗，一是欢迎，二是告诉邻居，女儿有主了。我们被迎入堂屋内说话，双方的父亲坐在正位，我僵坐在一旁，不用说话，经济方面，对方提出要给新媳妇买三件套，就是金耳环、金项链、金手镯。女方准备了几套裤子，男方要准备几套衣服。我离开堂屋，正好在后门撞见她，她在偷听呢，见了我，吓得往河埠头方向跑了两步。她迟疑地停住了脚步，猪圈前，正放着一堆切碎的菜叶，她将双肘放在竹篱上。篱笆下有一株带籽的植物，葡萄似的成串，我蹲下来抚弄。

她说：“这个可以抹指甲，不能吃。”她说话时，嘴里冒着白气。

我的脸涨得通红：“我晓得。”

“陈家屋场那个地方是怎样的？”

“我们那里是湖区。”

“听说女人被湖风一吹，很快就老了，没有山里好。”

“山里有什么好，一辈子只看到几张脸。”

“我们这里就要通建耕路了。”

她黑溜溜的眼珠斜看着我，有点吓人，她小时候得过脑膜炎，头脑烧坏了，人不是很聪明，可她是“我的女人”啊，我头一次掠过异样的感觉。许多年过去了，我一直记着这些细节，一个眼神，一个体贴入微的动作，让我模糊地想起曾经温暖过我的爱，慰藉那个叫做“青春”的东西。

我梦见七个人坐在一只小船中，像端午节划的龙舟，外婆带着佣人阿仙坐在船尾，我坐船头，溯江前行，青年时代的母亲坐在中间，又听到她们的声音，我很幸福。船没有舵，我在前面掌握方向，与别的船挨近了，就伸手推一把，一只白鸟在前方引导。

我看到江岸上有三株高高的白杨树，阳光下发出耀眼的光，爷爷、奶奶三间颓圮的泥屋，已经十分危险，土墙千疮百孔，露出墙心的稻草，泥墙上贴着褪成白色的对联：“革命家风世代不忘，勤劳本质儿孙永记。”横批：“江山如此多娇。”一只猪的耳朵上穿着一根绳子，绑在树干上晒太阳。土屋的一半已经坍塌了，另一半用木柱支着，屋里四处是光柱，被子太薄，床上还盖着蓑衣。

几块土块垒成火塘，也没有挂腊肉腊鱼之类。我又见到了苦守度日的爷爷、奶奶，爷爷远远地徒手站立，好像在笑，我伸出双手，他眼眶里有泪光。奶奶穿着青布细花衣裳，从屋角出来，喊着我的乳名，走近来抱我。

此时，《指路歌》正唱道：

站在远处看，
不是你爷奶，
近处来看你，
是你堂爷奶，
走近来抱你，
才是亲爷奶，
……

已经是下午了，楚江上气象万千，未霁的雨丝，暗红色的云，多彩的风筝。时有水雾，两条巨鱼如伞，在戏水，或上或下。江面上传来阿花的声音，她坐在一只大船上，带着女儿，胸口挂着一条金项链，她是我中学时代暗恋的女生，不出所料，她已经变成了面容平常的妇女，脸上还有了雀斑，没有那时漂亮了，她在船上大声说："听说你死了。"

奈何桥到了，我先把外婆扶上岸，大家接着上船，我是最后一个，付船钱时有了点争执，我多给了两块钱，气氛变得皆大欢喜，这也许是心境转好的缘故。这时，灵堂外边传来花鼓戏的声音，纯粹是土语，听起来油滑而俚俗。

男：

小小船只江中游，

偶然得会美风流，

望你低头对我笑，

为何做个假含羞，

你是人间窈窕女，

岂有君子不好逑。

女：

奴家虽在江湖游，

重生一世不风流，

艄手何必对奴笑，

哪有男女不顾羞，

奴家非是烟花女，

不是君子莫好逑。

男：

南窗攻书北窗连，

偶遇嫦娥夜不眠，

怎奈等到五更天，

娘呀娘，

我前世和你有姻缘。

女：

艄手何必苦留连，

何不安心划渡船，

卧马休贪墙头草，

游鱼空戏水中莲，

……

夜间，鼓钹的声音很祥和，这是安慰死者的音乐，夹杂着道士梦呓般的诵唱，含糊不清的尾音和哄笑似的人声，每隔一个时辰，就有一阵鞭炮声，把我惊醒，然后又睡了过去，我的梦境好像碎成几块，又串连起来了。

丧事共做了三天，最后一晚，请了一个乐队，有五六个人，节目除了花鼓戏，还有些流行歌，《真的好想你》、《你究竟有几个好妹妹》、《今天是个好日子》之类。这一晚，陈家屋场的村民都去了，主人分了三次烟，谁在灵堂上磕头，就给一包，乐队的一个男子跪着哭丧，捶胸顿足，涕泪俱下，得到50元的红包。

丧事的大致开销：道士2000元；歌舞1000元；酒饭4000元；鞭炮500元；抬棺2000元（包括每人一条烟、一双解放鞋、一条毛巾）；纸香烛500元；帮忙人红包1000元；冰块500元；棺材1000元；共计一万多。亲戚客人那里收回五六千，普通人家做到这样，也算是体面的了。

出殡的那个清晨，我梦见鬼葬山崖墓中的棺材坍塌了，棺内露出石铲和一些宝物，我决定将它们垒在一起烧掉，当我做出这个决定时，听到群鬼嗷嗷的哀号，原来是克俭家传来的恸哭声。这时，我被巨大的铁铳声惊醒，我抓起照相机出门，赶到克俭家，棺材已经盖上了，众人在拆灵堂。道士用法器把碗和蛋一同砸碎，一只小狗被捉到棺材前撞死。道士吆喝：吉时起棺，子孙满堂。十几个男子将棺材抬起，走向墓地。出殡队伍像一条长蛇，随着地势的起伏，无声地盘旋在稻田之间，向青霭色的老坟场逶迤。

克俭的两个儿子，守国、安国，脑袋后拖着一条长长的孝布，众目之下有点不自在，做出握拳转动的武术动作，女儿秋红在外地打工，没有回来。

棺材上放着一只纸扎的大白鹤，几个穿着孝服的族人，边走边撒纸钱，有人叼着烟，不时把鞭炮丢在路上，空气中青雾弥漫，东方渐白，凤形山重叠的轮廓线越来越清晰。

在道士的引导下，棺材被放入墓坑中。道士在棺上撒米，亲属跪在地上喊了三声，道士问："要富还是要贵？"亲属们抢着答："都要。"接着填土砌坟。砌成后，道士将一只公鸡抓在手上，对着公鸡脖子咬了一口，把鸡血洒在坟堆四周。道士又喝一口酒，喷在坟堆上，说："克俭，你是爱喝酒的，今天你多喝些。"说完，把剩下的酒都洒到坟堆上。道士又在坟头插上一把黑伞，伞什么时候坏，死者就在什么时候投胎。最后，众人焚烧了祭品、纸钱、孝服、仪式用具，鞭炮在雾谷中炸开，青烟被风吹到稻田里。唢呐声再次响起，粗冽的乐声中包含着浓烈的感情，世世代代，生生死死，大喜大悲。当乐声静下来，葬仪已全部结束，天地恢复了平静，我又听到了村子那边的公鸡长鸣，还有公路上汽车的喇叭声。

中卷　白浪

山之音

创作手记

“飘摇的形象，你们又渐渐走近，从前曾经在我模糊的眼前现形，这回我可是要将你们牢牢握紧。”这是歌德创作《浮士德》时的心境，当年他48岁。普鲁斯特在这个年龄，他的华章已成，正在修改、出版和赢得名声，再过几年，在他51岁时，就去世了。

到了我现在这个年龄，令我激动的东西已经不多了，我写作的兴趣，就局限在这样一个狭窄的地方，我有限经历中的一些片断，我要紧紧抓住感觉的裙裾，让它走向极致。

我已经开始了《洞庭之时光》的写作。我越来越认识到，我真正能够书写的资源，其实只有一个，即我个人的生活史、精神史。主人翁也只有一个，我。我要写的东西，早已在过去的岁月中完成了，留下的只是技术，书写、修改、雕琢而已。年轻时，写作是件搜刮枯肠的痛苦事，到了这个年纪，一个人的“调腔”业已形成，语言自然涌现，这倒是让人欣慰的事。时光的流逝，不光意味着我在变老，也意味着我在变得完美。就像一只虫蛹，只有在时间中才会慢慢演变成蝴蝶。在这部作品中，我不是追求“思想”的深度，而是“直觉”的深度，文字的力量，要像从坟里伸出的枯臂，把人的灵魂紧紧攥住。

幽暗的窗帘下，我听着斯美塔那的《我的祖国》，这是一个聋子花五年时间写成的作品，声音不是来自听觉，而是内心。每一个细节，都是无与伦比的精美。在这个间隙里，我听到屋外的滴水声、汽车声，还有店铺开张的鞭炮声，这些声音竟和谐得天衣无缝，多好啊，我由此联想到《洞庭之时光》的结构。

天地间大寂静，我居室的大窗帘中央，一道天光照着我的眼睛，我想到在许多屋檐下，世界各地的屋檐下，有像我这样的白日梦者。大地上行走着匆忙的劳动者和小商小贩，天空中是飞来飞去的干部、商人、旅游者。四体不勤的我，就这样躲在世纪的一角，一步一步地思索，一字一字地寻找、斟酌。我能够感觉到，自己的力量正朝着一个方向凝结，隐隐指向遥远的洞庭湖畔，一个叫做“陈家屋场”的村庄，一个曾经热闹而今又空荡荡的小村。

午睡时，我觉得巨大的白浪从头顶拍来，接着听到门外湖水拍岸的声音，这是一个幻觉，此时，我正在书写《洞庭仙山》的相关情节。

拉赫玛尼落夫《第二交响曲》是在他的家乡写的，在这堆声音中，既有我留恋的金子，也有很多词不达意的堆砌。我想，艺术就是这样一种通向神境的努力，是人迹，不是神迹。

勃拉姆斯说：“浪漫主义的大师们以抒情精神继续写奏鸣曲式曲子，这是和奏鸣曲内在的戏剧性质相违背的。舒曼本人就表现出了这种矛盾。”交响思维与浪漫音乐是两种不同的东西，有着本质上的不可和合性，同样，传统小说和现代小说的关系，也有着类似的性质。传统小说以人物情节为基础，注重过渡、发展、高潮，彼此连结成一个有机整体；现代小说更多显示直觉和意象，组合方式来源于诗，具有一种不可言传的、隐秘的结构力量。

我在林荫下的巷道口修鞋子，鞋子上胶后，我坐在矮凳上等着，鞋匠也是个沉默的人，有一会，我打起了瞌睡，朦胧中，眼前有很多脚，或匆匆，或缓慢，的士的发动声，三轮车的吆喝声，行驶中的交警车，我真切地感到时间在路面上滚滚流动着，一点也不焦灼，倒希望能多待一会。树上知了在叫，恍惚间，我回到了童年时代的某个瞬间，等我意识过来，幻觉就再也回不去了，这是我对于“时间”的一次珍贵体验。

寂静中，时钟滴滴答答，我已经进入了写作的冲刺阶段，就像“伏卵”、“蜕化”、“蒸馒头”的关键时刻，我感到极度的幸福，同时，也极度的孤独，一步一步，每一个细节，都靠一个人的努力，没有人能帮助我，我倾听来自身体深处的某个“词”，我热爱此时此刻的分分秒秒，但愿没有人来打扰我。

在漫长的中世纪，“人”还没有苏醒，但另一种东西是苏醒的，即“神性”。那时的音乐不是娱乐，有一种不能与尘世沟通的性质。听巴赫《创意钢琴曲》，平淡、不动声色，具有上帝创造一切的庄严。朦胧中，琴键的每一次敲击，都幻化成一块补天的石头，镶嵌得像数字一样的精确，太大、太小、太厚、太薄、太轻、太重都会掉下来。

苍老的鲁宾斯坦坐在钢琴前，出手弹了三个音，极度的精准！这就够了，这就是大师。

米莱油画《晚钟》中，空气中能感觉到回旋的声音。

柏辽兹《幻想交响曲》，将真实生活与创作融合在一起，真是太前卫了。

马勒《第八交响曲》中“神秘之群合唱”，声音隐隐约约，从远方传来，借此表达天国的声音。

米芾的《潇湘奇观图卷》，米友仁的《潇湘图》、《云山图》，自称“墨戏”，的确是没有章法的“戏”，但在他艰难表达的背后，有醉迷于自然烟云的灵性呈现，没有章法，但创造了新的章法。

黄宾虹的水墨笔触，一笔之内有树干、有枝叶、有花朵。

贝聿铭设计的音乐厅，随着人的走动，弧线也随之流动，让人沉浸在一个流动的世界中。

喜多郎创造出风沙漫漫的音乐。

金庸将个人情愫转换成如此美妙的小说。

一种技艺到了极致，就达到了“道”的境界，它的意义是自己可以仲裁的，这些东西，总是让我激赏不已。

寒潮带着黑漠漠的云头，从北向南掠过街衢，我在想，如果我的文学事业结束了，这些景物还会这样让我留意，引起我的愉快吗？想到《洞庭之时光》远远未臻完美，反而有一种安慰，好像找到了一段幸福生活的理由。

我做许多事情，都讲究一个快字。唯有这部作品，我不计工本，铢积寸累，就像陈酿，味道全在时间。感谢这个富庶的商业时代，一个生活成本不高的时代，可以让人沉静下来，创作真正的艺术品。我就这样离群索居，做着自己的手艺活，我就像黑塞小说中那个雕刻手杖的人，也像从前一个学习射箭的人，天天盯着窗子上的虱子，一直将虱子看得轮子一样的大。好的作品是在岁月沧桑中提炼而成，一个人许多年、十几年、几十年钟情于此，方有精神的东西凝聚，就像核爆一样，当它在零点零零分之一秒内发力，自有它力量的显现。我有时想，我为这本书花费的心思太多了，如果我的目标选对了，最终自有所获，如果选错了，也就虚耗了我一生中最珍贵的精力与年华。

洞庭湖

洞庭湖为沅湘等九水之委，奔腾浩渺，摇荡乾坤者，八九百里，日月出没其中。从战国时代开始，史籍上广泛出现了“洞庭”一词。

《山海经》：“洞庭之山……帝之二女居之，是常游于江渊，澧沅之风，交潇湘之渊，是在九江之间，出入必以飘风暴雨。”

《庄子·天运篇》：“黄帝张《咸池》之乐于洞庭之野。”

《九歌》：“帝子降兮北渚，目渺渺兮愁予。袅袅兮秋风，洞庭波兮木叶下。”

帝二女（《山海经》图）

战国时代，关于仙人、仙境及求仙、登仙的传说，已经流行于大江南北。天地是一大寓庐，同在逆旅中，适者自适。所谓“洞天福地”，就是把全国各地的山岛岩洞杂糅在一起，把它们看成一个有机体，名山之间有地脉相通，山中有洞，洞中有天，由此建构了一个悬隔世俗的神仙世界。

东晋郭璞注《山海经》曰：“洞庭，地穴也……穴道潜行水底，云无所不通，号为地脉。”洞庭湖畔的洞天福地有长沙鹅羊山、岳麓山，常德德山、绿萝山、桃源山，津市彰龙山，岳阳君山。湖池因处于“洞府之庭”，故称为“洞庭湖”。

《拾遗记》记录了天下八座仙山，昆仑、蓬莱、方丈、瀛洲、员峤、岱舆、昆吾、洞庭。其中，五座在海上，昆仑、昆吾在西北，只有洞庭在九州之中，这是文明的丹田。

1943年，长沙子弹库楚墓出土的帛书《四时》记载“伏羲在梦梦墨墨”，其中“梦”即“云梦”。周景王六年，楚子与郑伯“田江南之梦”。

相传尧帝经过洞庭湖畔，打听贤人善卷的下落，要把天下让给善卷，善卷不受，回应说：“余立于宇宙之中，冬日衣皮毛，夏日衣葛絺，春耕种形足以劳动，秋收敛身足以休息，日出而作，日入而息，逍遥于天地之间而心意自得，吾何以天下为哉？”

舜帝南巡，葬于苍梧之野，二妃奔丧，追至洞庭之畔，湘君和湘夫人遂成洞庭湖中的一对夫妻神。湘君是乘龙舟的，“驾飞龙兮北征，邅吾道兮洞庭，薜荔柏兮蕙绸，荪桡兮兰旌”，驾着装饰成飞龙的舟船，在洞庭湖惊涛骇浪中上下飘荡。

屈原本是祭司的后裔，自称“帝高阳之苗裔”，高阳，即颛顼，是大巫。在屈原笔下，楚国拥有创世以来的完整世系，炎帝、祝融、颛顼、三苗、九黎、蚩尤、驩兜、梼杌，彰显出故乡楚国的神圣历史。在《楚辞》中，尧舜禹这些早期历史人物，都好像是楚国的历史人物。几十年来，从江汉平原到洞庭湖畔，陆续发现了几十座古城，有学者因此认为，它们所形成的联邦古国，很可能就是古代传说中的“夏”文明。

《诗·商颂》：“挞彼殷武，奋伐荆楚，深入其阻，裒荆之旅，有截其所，汤孙之绪。”诗中颂扬武丁灭楚之事，是殷宗最大的战功，大约也在这个时候，先楚的一部分残余，抬着沉重的青铜彝器，来到长沙、宁乡这方蒸热的草莽中。《逸周书·王会解》有“长沙鳖”一词，说明西周时，长沙地区已有邦国存在，并以洞庭湖盛产的鳖进贡周王室了，后人诗云：“长沙鳖甲贡京城，周代成王作菜羹。”

在宁乡盆地、湘资河谷的山坡上，发现过四羊方尊、人面纹方鼎、大铜铙这些举世瞩目的青铜礼器，它们主要用于祭祀名山大川，祭祀后就地掩藏，洞庭之野许多无名的山顶上，还有许多未被发现的青铜宝藏，我们秀美的湖湘大地，也因此更添灵光。

屈原的《离骚》《九歌》《招魂》，驰骋想象，糅合神话、人物、景物，编织出扑朔迷离的幻想世界。在《九歌》中，湘夫人久盼湘君不归，于是出现了这样的诗句：

鸟何萃兮苹中，
罾何为兮木上。
麋何食兮庭中，
蛟何为兮水裔。

鸟本来是聚集在树上的，为何停在苹草中？罾本来是在水中的，为何挂在树上？麋本应在郊野的，却在庭中吃草？蛟龙本应在深渊的，为何会在岸边？这种诗情画意的语言，表明它的使用者必是一个与上帝相通的人，他用这种事理颠倒的景象，表现出湘夫人因愁怨而产生的种种幻觉和精神上的恍惚不定，也呼唤出这块土地上最古老的爱情。

洞庭湖西岸有楚王庙，荒庙壁画中，有天象、地理、山脉、河流、三皇五帝、尧舜禹汤和天神鬼怪、民间传说等内容。屈原流放至此，悲愤满腔，向天发问，是为《天问》，包罗了天地开辟、日月风雨及其他自然现象、万物起源、民族英雄、幽冥神祇等普遍性知识。

还有那个穷乡僻野的落魄文人宋玉，他的墓也在洞庭湖畔的草莽中。宋玉得意时，做过楚顷襄王的文学侍从，随顷襄王出游，即兴作赋添乐。李白评价宋玉是：“宋玉事楚王，立身本高洁，巫山赋彩云，郢路歌《白雪》。”杜甫言及宋玉：“摇落深知宋玉悲，风流儒雅亦吾师。”宋玉恢复了人与时光、

君山图（清代）

人与季节时令的关系，每当我走过山隈，经过他的墓丘，就会听到他的心声，找到穿越时光的心灵冥契。

公元前219年，秦始皇羁留在洞庭湖边，大风，不得渡，得知湘君为尧女，葬于此，大怒，赭其山。《史记》：（始皇）"浮江，至湘山祠，逢大风，几不得渡。"湘山即今君山。

接着，洞庭湖畔又陷入一片沉寂中，偶尔有一点点声音，渔人以桡拨水的声音，西晋人在《湘中记》中写道：

> 汉武时，有田父牵一赤牛，告渔人求渡，渔人曰：舟小，岂能胜牛？田父曰：但相容，不重君船。于是登舟，及半，牛粪于船，田父曰：以此相赠。既渡，渔人怒其污，以桡拨弃水，欲尽，方觉是金。讶其异，蹑之，见人牛俱入岭，遂掘之不可得。

西汉后期土地兼并，两极分化，百姓失去土地，沦为豪强地主的附庸，城市衰落，地方自然经济发展，考古出土大量的模型明器，有坞壁、谷仓、鸡埘、猪圈等，即是庄园经济的显著标志。

东汉，洞庭湖畔掠过马伏波的帆影。《洞庭湖志》引《后汉书》："二十五年，伏波将军马援征武陵五溪蛮，军次下隽。"

魏晋六朝时期的文化层很薄，是淤泥层，陈家屋场一带很可能是荒凉的湖岸。这一时代，洞庭湖幽邈绝尘，成为道家养生吐纳之渊薮。安乡黄山头西晋镇南将军刘弘墓，砖砌穹窿墓顶，随葬品有金玉瓷珍，流云飞龙、羽仙飞翔的浅浮雕，反映着六朝时代学道修仙的风尚。

"海上春云杂，无际晚帆孤。离舟对零雨，别渚望飞凫。"（六朝阴铿）

"洞庭张乐地，潇湘帝子游。云去苍梧野，水还江汉流。停骖我惆怅，

辍棹子夷犹。广平听方籍，茂林将见求。心事俱已矣，江上徒离忧。”（六朝谢朓）

唐宋时期，随着经济重心的南移，湖湘大地走出蛮荒，成为人文荟萃之地，外来文士，或游宦，或放逐，才情怨愤与湘水楚山摩挲激荡，产生许多千古流传的篇章。

“洞庭西望楚江分，水尽南天不见云，日落长沙秋色远，不知何处吊湘君。”（李白《游洞庭湖》）

李白25岁仗剑出川，曾漫游到过洞庭湖，晚年又过洞庭，在鼎州古驿，写下了被推为“百代词曲之祖”的《菩萨蛮》：

“平林漠漠烟如织，寒山一带伤心碧，暝色入高楼，有人楼上愁。玉阶空伫立，宿鸟归飞急，何处是归程，长亭更短亭。”

杜甫的晚年，漂泊在湖南，贫病交加，埋骨于洞庭湖畔，湖湘文化在巫鬼浪漫之外，更添上了忧郁悲凉的底色。

“昔闻洞庭水，今上岳阳楼，吴楚东南坼，乾坤日夜浮。亲朋无一字，老病有孤舟，戎马关山北，凭轩涕泗流。”（杜甫《登岳阳楼》）

“朝游北海暮苍梧，袖里青蛇胆气粗，三醉岳阳人不识，朗吟飞过洞庭湖。”（吕洞宾《过洞庭湖》）

“昨梦汲洞庭，君山青入瓶。倒之煮团月，还以浴繁星。一鹤从受戒，群龙来听经。何人忽吹笛，呼我松间醒。”（清代寄禅《梦洞庭》）

“洞庭波涌连天雪，长岛人歌动地诗。我欲因之梦寥廓，芙蓉国里尽朝晖。”（毛泽东《七律·答友人》）

洞庭湖畔从娥皇、女英开始，就有一条绵长的文脉、一股感性的潜流，从历代文士的生命中流过，一直流到现在。

洞庭仙山

从孱陵县城到陈家屋场有30多华里，一条高速公路即将开工，按《文物法》的规定，由公路方面承担沿线抢救性考古发掘的经费。我与县文管所胡所长一起，找公路部门，接洽此事。指挥部设在城郊的一栋旧楼里，是租用的民房，旁边有坍塌的猪圈，墙角刷着“春天来了，严禁在此小便”的告示。在一间光线幽暗的屋子里，方头白脸的干部们正在开会，说明来意后，工作人员把我领到副指挥长的办公室，副指挥长正瘫坐在椅子上，见有人找，忙把脚放下，我出示介绍信，副指挥长看了一会，脸上露出极度厌恶的表情，哈欠连连，说：“好啊，文物到处都有，你们看见了挖就是了。”说着又把脚放回桌子上。我说：“我想跟您介绍一下《文物法》。”他说：“我又不是一般老百姓，谁不认得几个字，我现在没有空。”我说：“那文物的事情找谁谈呢？”他说：“我们没有什么可谈的，你们要找，就去找王县长，他是指挥长。”接着，我们寻到一家饭店门口，一群喝得举止失态的人正勾肩搭背，握手不止，数十步外，糟风扑鼻。老胡怕县长，不敢出面，只悄悄给我指点，那个就是王县长。我只得独自上前找他，王县长满脸通红，直到襟部，也许是酒的原因，态度倒十分和蔼，但跟他说到经费的事，他便连连推却，夺路而走。我一筹莫展，只好给单位领导打电话，领导要求我先沿路基踏勘一遍，了解文物点的具体分布和工程的进展情况，再与公路部门联系。

第二天早上，我在招待所等老胡，半天不见他来，便上他家找，只见门上贴了张便条，说单位有事，不能陪我同往，要我自己找文化局长，另外派人陪同。我想，反正这一带比较熟悉，没有陪同也无妨，便穿上防雨外套，背起背包走了。

山里到处都是草，似乎要把公路、村庄都盖住似的。虽然公路部门举行过开工典礼，但沿线并没有什么动静，便道未开，房屋未拆，坟墓未迁，春季草盛，根本无法勘察。

丘冈连绵，天上的云层又开始模糊，雨无声地落在山林中。我冒雨前行，到了黑沟垭，山路越走越艰难，密林中，有三间黄泥屋，屋场上放着一辆童车，屋里有电视声，门缝中，看到一个小女孩。我敲门，问她，这里叫什么地方。小女孩有点怕，说，不晓得，一边向田野间喊：妈，妈！草莽中出现一个灰头土脸的妇女，衣服已经汗透了。我问她七里湖怎么走，她指指树丛，“就在大路下面”，我走了很久，又稀里糊涂转了回来，又看见那个浑身泥泞的妇人，她大声说“你走错了”，这一次，她说得很细。

我朝树丛间亮光处走去，低头穿过一片密林，约摸三十几米，一个浩渺的大湖，已经静静地展现在我眼前，正是地图上标着的七里湖。

七里湖原来是洞庭湖的一部分，因为垦地才分隔开。湖中有个湖心岛，枯水季节，水边经常露出青铜器，我的老同学曾经组织过一次考古发掘，轰动一时，因为种种原因，工作没有继续做下去。

我走在草皮覆径的湖堤上，蓝背的飞禽不时从茶园上掠过。湖面映着四周山林的颜色，绿得让人生疑。一些自然老死的枯树发白，缠绕着藤萝，俨然白描勾勒的古画。山脚下有一处坟地，坟堆上挂满了红色的纸幡。远处有一处水泥建筑，屋顶上晾着许多的床单，像是一个路边客栈。

远远看到一条发白的公路，一个骑自行车的姑娘，从公路尽头驶过来，丛草遮住了车轮。我远远地向她打招呼，她在路边停下来，侧着耳朵，听风中传过去的话语。

“这里距白鹤镇远吗？”

“白鹤镇不走这里。”

“山路可走吗？”

“山上炸石头，过不去的。”

“附近有地方住吗？”

她手指前方，“前面有个休闲山庄”。

“可以住人吗？”

“可以。”

我走近她，二十多岁的样子。

“你是哪里来的？”

“长沙。”

“长沙有个搞工程的，在这里住了二十多天”，她的声音婉转曼妙。

隔着山岭，我听到火车铁轨轰轰的声音，什么地方在开山炸石，还有公路上汽车行驶的声音。

这时又下雨了，稠密的雨脚，背景在路边的松林间，休闲山庄前挂着“停车吃饭”的牌子。我冒雨疾行，径直走向前台，这时，刚才这位姑娘也跑了进来，她正是前台的服务员，她站在柜台后，照着镜子在弄淋湿的头发，柜台上放着一本卷了角的琼瑶小说。

“雨太大，今天就住在这里啦。”

“非常欢迎。”

服务员将登记本递上，让我自己填写，我意外地翻到老同学的名字。

我请服务员为我煮饭，结果，忘了放高压阀，饭煮生了。她又煮了面条，放了鸡蛋、西红柿、青菜。服务员告诉我，她在长沙读过师专，是会计专业的。

客房在楼上，房间的床上放两个枕头，两双拖鞋，一些卫生纸。床头放着粉红色的电话，提示牌上写着“24小时休闲按摩”的电话号码。雨天的缘故，被褥摸起来有点湿。服务员一边收拾房间，一边哼着歌，她说，黄金周快要来了，每个房间都要收拾。我问她，客人到这里玩些什么？她说，钓鱼、吃饭、洗脚、按摩，什么都做，都是同一个老板搞的。

打开窗户，雨后的七里湖烟波浩淼，白花花的芦苇如雪花一般，使人想到“洞庭风软荻花秋”的意境。地平线卧伏得很低，所以天空显得特别辽阔，雨后的积云一堆堆、一簇簇堆在天幕中，大开大合，云层有的厚有的薄，有的明亮有的阴晦，呈现出丰富的层次。白色的水鸟在湖上顶风而飞，它们呻吟似的叫声低沉而响亮，在房间内都能听见。这些水鸟，《逸周书》中称之为“菌鹤”，《离骚》中有“泛泛若水中凫”，这种鸟性通风雨，有风雨则鸣而上山，否则鸣而下湖，它们似乎一直飞翔在幽暗的历史通道上，我一直想弄明白，它们究竟是在什么时候进入人类隐喻的。

下午，我睡得很香，一个连着一个的好梦。后来听到鸟鸣不止，原来服务员在屋边烧杂物，惊动了大树上的鸟儿，故而啼叫不止。

晚饭后，天空悄悄引退，湖心岛沿岸的红灯笼都亮起来了，湖面上灯光荡漾，从那里传来很好听的歌声。我想起陈克俭的女儿秋红，还有她的堂妹南南，都在那里当小姐，这个时候，我很想去看看她们。

我披上外套出门，经过门厅时，服务员房内传出天气预报的声音，我急忙跑过去，服务员穿着宽松的T恤，正坐在床上涂指甲油，见了我，拍拍床，让我坐到她的旁边。离开时，她说："十点钟有湖南台的天气预报，你再来哦。"她的眼神大胆而暧昧，让我一时有些迷离。

停车场上已经泊满了小车，长长的浮桥上人影晃动，浮桥尽头，挤着一堆渡船，我高声问，去湖心岛多少钱，黑暗中有人回应，"三张兵"，我答应了。

一只小船向我靠过来，我在船中坐稳后，船夫操着木桨，开始在湖面上掀水疾行。

薄暮中，湖中的礁石皎然白色，月亮时而在湖中，时而在礁石背后，神出鬼没，浑然不觉上下。

《孱陵县志》中有诗描写这个情景："秋到七里湖，月华夜信明，高深同皎洁，上下共晶莹，倒影千层澈，含光万顷清，倚栏歌水调，不尽洄溯情。"

《孱陵县志》还记载："七里湖中有神龟，八足六眼，背负七星日月八方之图，腹有五岳四渎之像，时出湖上，望之煌煌如列星矣。"

仙人过海铜镜（宋代）

船夫说，从前，有一个风雨之夜，浪涛像白雪，渔人听到了波涛中有仙笛声，不久，一个长髯的仙翁，一半身体没入水中，纱帽蓝衣，气度闲雅，跨鲸而来。到了湖边，问渔人：有鱼否？应曰：无鱼，有诗。仙翁说：愿闻。渔者吟曰：

八十沧浪一老翁，
芦花江上水连空，
世间多少乘除事，
良夜明月收钓筒。

吟罢，渔人捧出酒坛相迎，仙翁饮至半醉，拿出铁笛，刚吹两声，树上的夜鸟就聒噪起来，吹了五六声，湖面上鱼鳖就跳出水面，再吹，有大鲸出没在波浪间，渔人甚惶恐，仙翁遂跨鲸而去。事后才知，这个仙翁就是吕洞宾。

船夫说，这一定是老一辈人骗人的鬼话，哪里会有这种事呢。不过，他爷爷年轻时，湖潮退去后，看到一条江豚搁在湖滩上，有十余丈长，渔民取走油脂作灯油，鱼腹中还破出一只小木船，还有头发、钗钏之属，一定是吞吃了水上的人，这倒是千真万确的事。

湖面上水光点点，有渡船的灯影，从旁边经过，一点，二点，来来回回，一条鱼忽然蹿起，又咕咚一声落到湖中。

我向船夫打听，这个湖心岛，老一辈人有什么说法。

船夫说，很久以前，洞庭湖上风暴大作，白浪涛天，一只货船屡下铁锚弗能镇，帆不得下桅，船上人呼天求救，不久，茫茫湖上出现一座岛礁，船上人终于露宿岛上，夜间伐木烤火，没想到树上砍出血来，小岛也慢慢蠕动起来，众人惊骇破胆，合掌祈祷洞庭君，半晌，

柳毅传书铜镜（宋代）

小岛又不动了，这就是这个小岛的来历，所以老一辈人说，这个岛是一条巨鳌变的，会随水上涨，像舟船一般，是不会遭水淹的，自从岛上修了高压塔，钉住了巨鳌的身体，活鳌变成了死鳌，涨水时就屡屡淹堤泛滥。

船夫说，小时候的印象中，岛民穿着奇异，出行都是坐船，岛民都想住到陆地上去，有的媳妇寂寞得哭。过去，岛上是土匪窝，剿匪时，土匪就藏匿到芦苇中。土匪来村里劫掠，村民就躲在桌子下面，四周蒙着被子防弹。岛上过去有一口井，叫柳毅井，唐朝时候，江南书生柳毅赴长安赶考，落第归乡，遇见一女子在荒山牧羊，询问得知，该女为洞庭龙王之小女，下嫁泾阳君，受其残暴虐待。柳毅返回洞庭，替龙女传书，洞庭龙王勃然大怒，命三弟钱塘龙君带领水卒直杀泾河，柳毅回家后，两位夫人已经去世，后与一渔家女成婚，此女即为托书的龙女。

船夫还说，前些年，岛上搞过考古发掘，报纸也登了，说它是“洞庭仙山”，楚怀王建造的水下宫殿，因此开辟为旅游点。现在承包给个人了，成为娱乐场所，吃喝玩乐一条龙服务，什么都有。十几岁妹子，一二百块，二十大几的，三五十、七八十不等，要看长相，可以还价，这跟做买卖一样。岛上有岩洞，里面有一个石狮子，不孕妇女只要摸摸石狮的生殖器，就可以受孕，有妇女梦见被石狮强暴，受惊流了产，丈夫负气，炸掉了石狮的生殖器，因为是古董，被判了几年刑，石狮子也失去了灵通。

我想起来了，当年，我的老同学，上次考古发掘的队长，曾经告诉我，这个遗址就是《楚辞》中的“涔阳极浦”，战国时期的古码头。当时，七里湖还没有成为内湖，与洞庭湖广袤水域是连在一起的，楚人占领洞庭之野后，在此修筑了一个驿站，作为传递公文、换船、休息之地，并保护楚国商旅的安全。这里也成为兵弁、商贩、剑客、流官、羁旅书生的歇脚处，各种职业的人聚集在一起，谈论王宫秘闻和战事消息。在这些过路人中，还有一位“带长铗之陆离兮，冠切云之崔嵬，被明月兮佩宝璐”的流放诗人，他是从洞庭湖东岸到达这里的，行至浪山与沧山之间，遇见水边的渔父，进行了一次坦率的交谈，渔父以“沧浪之水清兮，可以濯吾缨；沧浪之水浊兮，可以濯吾足”来启发他，要他顺从自然，与世沉浮，不要执迷不悟。之后，他又溯沅水上行，时在楚顷襄王元年。

人物御龙帛画（战国）

当时，湘资沅澧的航道已经开辟了，时有外乡人来到这里。鄂君启，即楚怀王之子子皙，曾带着一支五十只船的庞大商船队，从江陵经过此地，他持有特别通行证“金节”，沿途不征税收，还要加以优待，给予上好的食物。洞庭湖上雾水茫茫，湖水轻轻拍着湖岸，子皙泛舟于新波之上，伴着一个美丽的越女，舟子拥楫而歌：“今夕何夕兮，搴舟中流？今日何日兮，得与王子同舟？蒙羞被好兮，不訾诟耻。心几烦而不绝兮，知得王子。山有木兮木有枝，心悦君兮君不知。”

湖水浩渺，我远远地观察这个湖心岛，小岛浮在水上晃动，岛的边缘有许多尖尖的木桩，扎入湖沼中，还有带枪眼的碉堡。船夫说，这是几百年前湖匪修的工事。发白的考古遗址伸入碧绿的湖水中，环形道路、大门遗迹都淹没在水中。我一阵感动，这不正是楚怀王建造的水下宫殿，传说中的“洞庭仙山”吗？一处名副其实的古代文化遗产。

据《拾遗记》记载：洞庭山浮于水中，如水上架楼，及雾明歇，有玉女歌婉转，此洞庭之仙山也。人间秽浊，上真厌恶，此山滨于洞庭，从万里雪涛中，峙此烟云世界，宜为仙人之所栖，号为神仙窟宅。山中有“金堂数百间，玉女居之，四时闻金石丝竹之声，彻于山顶”。“金堂”就是悬置编钟、编磬等金石乐器的游乐离宫，每逢四时八节，楚怀王渡湖而来，绕山游眺，赋诗水湄，时称“潇湘洞庭之乐”。

船夫把我送至码头，一条长长的浮桥通向岛岸，林荫掩映着一栋亭阁式的建筑，闪烁着“伊甸园休闲城”的醒目招牌。

山岩脚下有一个入口，两个穿旗袍的女子垂手恭立，如迎大宾。岩门仄逼，初入仅能容身，前进数十步，岩穴渐渐变得宽敞，突然，五彩灯光和巨大的音响向我砸来，两个戴着墨镜的保安在我身上摸了一下，是检查刀具。大厅内灯光隐约，几个穿三点式的舞女站在圆柱形台子上，机械地重复着一个类似洗澡的动作，音响的节奏感极强，夹杂着女子小兽般的呻吟，一群女孩长时间上下甩着头发。我刚刚坐下，就有两个露着肚脐身材很高的姑娘凑上来，她们合着音乐不时地抖动着身体，邀我跳舞，手腕上被烟蒂烫成一个个疤洞。领班过来了，满脸堆笑，真诚得要把心掏出来似的，他也是合着音乐过来的，脖子按节奏前后扭动，两只手像鸭子戏水，身体像一条扭动的蛇，完全一副陶醉的模样。他不动声色地把姑娘的手与我的手粘住，又将姑娘的腰向我的腰挤一挤，贴住，这些动作都是合着节奏做的。一个姑娘从牛仔裤后袋掏出打火机点烟，大杯大杯地喝着我的红酒，瓶子很快见底了，还想喝，我说，算了吧。两个姑娘很知趣，抱住我亲了一下，然后走了。

我向领班打听：“陈秋红在哪里？”领班问：“她是做什么的？”“是小姐。”领班就向大厅深处指了指。

我按领班指的方向往里走，有个洞窟好像还没有开放，灯光有点暗，我悄悄潜入，沿着石阶一步一步踩过去，石阶埋在淤泥里，已变成黑黝黝的了，洞窟内的佛堂尚在，洞壁上有泥塑菩萨像，背光上有水渍，数百年了，一种庄严震撼着我。地面上有散落的石佛头，我用手指抹去泥土，佛头呈现出如玉一般的质地，我想，这样好的东西，应该放在博物馆里。女菩萨脸色愠怒，好像是活人。一个石狮子，生殖器部位炸坏了，好事者绘了一个红色的记号，黑暗中，一个女子将下身贴在这个记号上，好像在做某种仪轨。洞内还有些新的泥塑，刻着“涔阳极浦”“北京时间”的字样，这是为开发旅游新做的，这是个假古董风行的时代。我在计划，建议老同学立即与工程部门谈判，进行抢救性文物保护。

这时，一个穿旗袍的女子走过来，将我带离了这个地方。我说：“这个地方真是古老。”她说：“听说很早搞的，他妈的，与我一样大。”我向她询问关于古迹的情况，她无论如何都说不清。她带我到另一个服务区，暖红色灯箱上写着“按摩保健”的字样，在幽暗的灯光下，一排袒胸露背的女孩并排坐着，像用保鲜膜包着的食物，一片肉感。旗袍女子像报菜单一样，露骨地推荐服务的项目和价格，我问旗袍女子，陈秋红在不在，她反问，你们是熟客？我说，是熟人，来看看她。旗袍女子看了一下单子，说，她现在有客人，你要等，要不，我帮你另外喊一个美女，不满意可以换。

我问：“陈秋红的妹妹在吗？她叫南南。”

“她在。”

旗袍女子把我引到一排小房间，每个小房间的门楣上题着“洞庭宫”“惊梦宫”“蝉园宫”之类的名字。

南南看到我，兴奋地迎了上来。

我摸摸她的头发：“头发弄了一下？”

“是啊，怎么样？”

“漂亮多了。”

她的眼神中涌出幸福。

旗袍女子在门框探头：“要不要空调？”

南南说不要。

我觉得空气有点闷，还是需要开点空调，南南便到服务台取遥控器，空调是要另外付费的，她在为我省钱。

南南问我，要什么服务。我说，就洗个脚吧。南南推荐，再做个保健按摩，很舒服的，我说好的。

南南让我躺在一张沙发椅上，又端来一杯热茶，放在茶几上。不久，南南搬着热气腾腾的木桶进来了，热水中泡入中药，脱去我的鞋袜，把我的双脚泡入热水中，木桶底部铺着小颗的卵石，一股暖流从脚心而起，我的身心大大地松弛下来。

南南说：“褚老师，你工资上万吧，你的袜子是名牌，裤子也是名牌。”

我说：“我一个考古的，哪有这么高的工资。”

南南说：“我小时候，你们在村里挖墓，有一个做饭的，叫德哥，好有味，最喜欢逗我们玩了，他还在吗？”

“还在。”

“那时，你下雪天跑步，打着赤膊，学校同学都说，遇到了癫子，秋红姐就跟他们吵架，说他不是癫子，他是大学生。有一年，姐姐知道你要来了，就没去上学，在家等你。”

我问南南：“家里还有谁住？”

“已经没人住了。”

“爷爷呢？”

“也去世了。”

南南说：“我们那个地方，都不喜欢生女孩，奶奶不喜欢我，她死时我没有掉眼泪。爷爷对我好，把好吃的留给我和姐姐。他死时，别人喊他都不应，我喊，他应了。”

南南说：“小时候，我心脏有孔，经常感冒，家里没有钱治，我妈要把我送人。姐姐放学后，到镇政府大门前找到我，我站在墙角，嘴角、鼻孔都是血，看到姐姐，我哭成了泪人，她把我抱起来，我指指代销店，说买，买。姐姐没有钱，一个好心人给了一点钱，给我买了吃的。”

“姐姐悄悄给我爸打了电话，他在广东打工，几个春节没有回家了，这次，我爸第二天就到了，衣服干干净净的，脸色有点苍白，他将我抱在怀里，亲我。我妈说，你回来干吗？我爸说，孩子不能送，砸锅卖铁也要养。我妈说，没钱做手术，还不如送给有钱人，在家里也是死，你要养，医药费呢？我爸剥开带来的香蕉给我妈，被打掉在地上，我爸捡起来自己吃了。我突然唱歌给我爸听，他问我，你要妈妈吗？不要。以前要吗？要。为什么呢？以前小，不懂事。我爸把口袋里的几百块钱留给我妈，又走了。后来，我爸在建筑工地摔了下来，老板赔了几万块钱，我爸就回来了，但再也不能做重活了。”

“我爸在我和姐姐面前哭过，说没有让我吃好穿好，也没有让你读好书，对不起你。生活很苦，但也有欢乐的时候，春节时，他会做很多好吃的，让我好好吃一顿。我爸建了三间平房，本来准备建两层楼房，钱没有了，只修了一层，旁边有一株好大的杨梅树，是某个祖婆婆出嫁时的陪嫁，有几百年了，每年，我爸都会拿着竹竿爬到树上，将杨梅打下来，我和姐姐在树下捡。”

木桶里的水温开始凉下来，南南用一条洁净的毛巾把我的双脚包好，搁在小凳子上，然后将木桶端了出去。

我记得那三间平房，在村口的建耕路边，楼顶只修了一半，也没有粉墙，那时，秋红和南南，常趴在椅子上做作业，光线已经很暗了。两个小女孩都极害羞，怕见生人。屋旁有棵杨梅树，荆棘牵衣，掉到地上是半红的，南南捡起来就放到嘴里，对我说，可以吃。

南南回来后，在小凳子上坐下，抱起我的双脚，放在她的膝盖上，开始做脚部按摩，她的手很有劲，食指上有刀伤，小时候割猪草留下的。

南南说："我妈没有给我什么，就是给了我一个好的长相，她是村里的美人，大眼睛，高鼻梁，19岁就嫁给了我爸。但她嫌我爸赚钱不多，早就出轨了，那个男的就是邻居，叫陈广东，他家里有一辆拖拉机，我家修屋时，帮着运过砖头，我妈就是那时与他搞在一起的。我妈和我爸分床睡，嫌他鼾声重，她睡的那间，墙上有一个洞，这个墙洞似乎与她出轨有关。小时候，我妈站在门口，眼睛总是往邻居那里瞄。有一年我爸打工回来，到赌场找我妈，正好看到她趴在那个男人的肩上。那个男人也经常来我家，递一根烟给我爸，我爸不吸，他就说，你是男人么？我爸就把烟接了。有一次，我爸回家捉奸，从门缝中，听到两人在说，要是几年前认识就好了，后来熄灯了，我爸敲了半天门，那个男人已经从后门跑了，把爷爷种的辣椒也踩死了。我爷爷经常和我妈吵架，你不把我儿子当男人，到处偷人。我妈说，那又怎么样，你的儿子太差劲，他不是男人。你有什么证据？我妈拉开我爸的拉链，剥去他的衣服，当着邻居的面，把自己的衣服也脱了，说，就在这里证明给你们看，他是不是男人，邻居们都怔住了。自从我爸在工地摔伤后，丧失了性能力，经常半夜被我妈骂醒，我爸委屈地说，我浑身没有力气。我妈在宾馆当过服务员，看惯了有钱的男人，我爸回来后，她每天打牌，穿时髦衣服，戴耳环、项链，说要找回自己的青春。

我妈说，她只要一个电话，老板就和她玩，你太窝囊，在我眼中像只蚂蚁，母亲说着，还作出捻死蚂蚁的动作。我爸说，你生下来就是来害我的，你太毒了。我爸说，我妈嫁进来不久，就去了医院，不让我爸去，我爸还是跟去了，给她挂了妇科，后来发现，我妈悄悄换成了产科，这事引起我爸的怀疑，但为了娶我妈，家里的钱都用光了，所以没有追究。小时候，我爸常常一个人喃喃自语，她在外面有人。我也问过我妈，我到底是不是我爸生的？她说，我的记性没有这么好。”

“我家的木梁上挂一条白带子，是上吊用的绳。我常常睡不安稳，有一点响动，就惊醒，起来看看我爸，还用手摸摸他的脸。那个晚上，我爸接到一个陌生人的电话，与我妈吵了一架，就出门了，我很怕，感觉要出事了，那天刚过端午节，我和我妈在山里找了一夜，整夜是青蛙的叫声，天快亮时，才找到我爸，他在一株大树上吊死啦，这棵树，村里人都叫田心树，树枝上挂满了死猫、蛇壳。这个该死的电话要了我爸的命。自从我爸死后，爷爷和我妈天天吵架，说她是社会渣滓，赌钱鬼混样样都来，我爸就是被她害死的，要将结婚时送她的‘三件套’收回。有一次，我妈床上被爷爷泼了大粪，那几年，我妈在家实在呆不下去，就出门打工去了，家里只剩下我，我经常趴在我爸的坟头哭，爸，我们家怎么办啊，你托个梦给我吧。坟上有一只蜜蜂，不肯飞走，走时还跟着我，这一定是我爸的魂。我自己做饭吃，上学只迟到过两次，后来看到别人打工回家，衣服穿得这么漂亮，就只想打工，唉，现在后悔了。我怕住在家里，一听到青蛙的叫声，就会想起我爸死的那个晚上，人就会崩溃。”

我问南南：“后来你是怎样出来的？”

南南说：“十六岁以前，姐姐不让我出门，我什么也不懂。后来，村里一个鸡头把我带出来，听说洗头按摩可以赚钱，就拼命学，我经常看到一些老头来，两个小姐就去陪，关在房子里很久，问她们在做什么，说是按摩，但总觉得不对头。我想逃，但不知道怎样逃，汽车站都找不到。后来，老板准备让我接客，一个小姐对我说，如果要做，就要把钱拿到手。一个温州人，你这样的年纪，把我带到一个宾馆，要与我睡，那个鸡头就守在门外，我就向温州人要钱，他说已经出了三千了，你还要钱？我说，你不给钱我就去告你，温州人很生气，走了。我逃了出来，叫了一辆三轮车，拉到汽车站，那个鸡头也跟来了，上了同一辆汽车，这时上来三个醉醺醺的人，盯着我看，一个就坐到我的身边，把手放在我的腿上，我假装瞌睡，不敢反抗。鸡头对他们说，这个女孩我要了，你们不要动她。鸡头把我送回白鹤，我又走了几里路，回到了家。我妈见到我，一脸沮丧，没等我开口，就恨恨地说，打不响的哑炮，别人赚了十万八万，你连自己都养不活。我不再跟她说什么，天不亮就离开了家。后来，我又去找那个鸡头，他要搞我，我怕疼，不让搞，他没有强迫我，我觉得他是尊重我的，后来我有点喜欢他了，就让他睡了。他是社会上的人，比我大十多岁，性格有点变态，心还是蛮好的，他救了好几个女孩。他喝多了酒，就要暴打我一场，一次在车站，他当众剥我的衣服，后来就分手了。有一次，我在车站看到他，他在摆西瓜摊，手里拿一瓶啤酒，他没有看到我，他不会找我麻烦吧？”

“到这个休闲城，开始只是陪客人吃饭，被客人摸，没有搞那个，客人高兴了，会多买些酒水，后来，豁出去了，索性做了那个。有一个客人，他很喜欢我，把前妻的戒指给了我，我做了他半年的玩伴，我怀了孕，发短信告诉他，他就开始躲我，我找到他的单位，他说，我问你，你除了按摩，还在干什么？你当我是傻子吧。我一下子泄了气，他从钱包中掏出两千块钱，丢在地上。你再啰嗦，一分钱都得不到，快滚。我拿了钱就走了，也只能这样了。我做错了一步，又做错两步，现在已经没有办法了。”

“我 20 岁生日那天，没有人给我打电话，没有蛋糕，我对客人说，今天是我生日，他以为我是索要小费，就吻吻我的脸，说这是他给我的生日礼物。我好可怜，好可怜，我下辈子不做人了，做狗做猫都可以，我不做人了。”

我说：“一个人总会遇到沟沟坎坎的，总是会过去的，千万不要这样说。”

走廊里有男人在争吵，声音压得低低的，伴着推推揉揉的声音，还有零乱的脚步声，我拉开窗帘，几个男人扭打在一起，一个瘦男人被按倒在地，被几个男人猛踢，这个瘦男人挣扎着爬起来，灰尘还来不及拍打，就冲向那个领头的，双手敬上一根烟，又被打翻，又起来，又冲上去敬烟，对方才不耐烦地接了。

南南说：“这个男的五十来岁，以前玩过几次，动了感情，给小姐送过几次东西，就老是来纠缠，现在老板在教训他。”

南南调整了沙发椅，让我平趴在上面，她开始为我做背部按摩，她赤脚站在地毯上，她的脚很漂亮，我的心情也变得柔和起来。

我说：“这件衣服挺漂亮的。”

南南说：“这是制服，是不是太露了。”

我说：“这样才显身材。”

南南问我：“轻重怎么样？”

“正好，你的手法很专业的。”

我问南南：“这里收入怎样？”

“淡季两千多一点，旺季可以做到五千。”

“现在工作不好找，还是娱乐业最红火。”

她笑起来：“这算什么行业，有本事的都学计算机，在农村，做这个的大把大把，要不是有这么多人做，我也不会做的。”

我说："再做几年，存上一笔钱，再找个平常的事做，找个老公过日子。"

她叹了一口气："谁会看上我们。"

我说："你要有自信，有些女孩，工作虽比你体面，但没有你漂亮，毕竟又漂亮又有好工作的太少了。不要自暴自弃，出门多与喜欢的男孩说话，男孩其实胆子很小，你大胆些，就可以收获爱情。"

"是啊，这个我怎么没有想到呀。"

她一下子开朗起来，整个人也生动了。

她说："有一件事很好笑，最初，我在客房部当小姐，来的多是过路司机，有一个司机，老婆是车上卖票的，还在楼下吃饭，司机上楼就做了一个。嘻嘻。还有一个男的，长得也蛮帅，结婚那晚，点我做保健，他站在床边，也不脱衣服，从后面搞我，把我的腰也搞扭了，从七点多做到九点，做了两次才走。"

"你怎么知道他是新郎？"

"她们都这么说，他西服上的花都在。"

我想，可能在这个时候，新娘才告诉他不是处女，他气不过，才会有这种情况，这一层她没有想到。

"你有多高，一米七一算不算高，我男友在广东打工的，过几天回来，我告诉他我在卖衣服。我们是汽车上认识的，他坐在我前面，老是回头看我，下车后，他说，让我帮你提一下东西吧，还要了我的电话，他经常打电话给我，不过我不怎么喜欢他。"

我说："有些男的，开始不一定喜欢，久了才会喜欢，关键要看他有没有上进心，有没有不良嗜好。"

"哦。"

"我买了件新衣服，你看看，好不好看。"

南南当着我的面换了起来，是一条黑丝花边的吊带裙，她说："裙子不能配短袜，要配丝袜，要么就光着脚丫。"

我说："袒露太多，只能在这里穿，男友来了，要穿得朴素些。"

"这个我知道。"

"头发太长了点，可以剪短些。"

"我也想剪，可老板不让，说客人喜欢长头发的。"

南南说："当初最想与姐姐开一个店，可以跳舞，可以喝茶，可以看风景，四面都是玻璃窗。你喝不喝茶，我原来有好茶。"

我问："现在还想开吗？"

"现在嘛，只想当妈妈，这里的小姐都是生了小孩后才来的，我还没有生过孩子。"

"那就尽快生一个吧。"

"是不是要三个月才知道？"

"不是，看看下次月经来不来就知道了。"

"姐姐没有告诉我。"

南南问我："长沙的工作好找吗？"

"要到宾馆去找。"

"还做这个吗？"

"唔。"

"姐姐说，长沙男人不戴套子，会得病。"

南南又说："姐姐送过我一个鳄鱼皮包，一双皮鞋，太小了，走路脚疼。姐姐还告诉我，人不能老实，老实要吃亏。"

床头的电话铃突然响起来，南南接了，又匆匆放下，口气有些不耐烦。

“谁的电话。”

“领班。”

“什么事。”

“叫我声音不要太大。”

我不太明白她的意思：“哪有什么声音呀？”

她羞赧地一笑：“要我叫床时，不要叫得太响，怕人听到。”

“这里也不安全吗？”

“最近公安查得紧，经常有便衣混进来，东看看西看看，领班也搞不清是公安还是客人。上个月，有两个便衣过来，一脚把门踹开，一个小姐正在做胸推，没有穿衣服，两个都抓了，还被拍了照。这次是扫黄，他们说要三个月，老板出钱也没有用，拘留了十天，要单位、家里取人。我们给姐妹去送吃的，里面只有白饭和萝卜。我这个人运气还是比较好的，那天我正缠着客人要做胸推，他不肯做，正说着，公安就来了，我没有脱衣服，就没事。”

我说：“那你们怎么还敢做？”

“很快做完，把衣服穿好，把东西丢掉，只要你死咬不承认，他们也没有办法”，南南还一本正经地告诫我：“你以后不管遇到什么，都不能签字，签字说明你服罪了。以前，我爸与出租车司机打架，逃到山里，一个多月才回来，他签了字，服了罪。我伯伯跟拆迁的人吵闹，后来也签了字，这就没有办法了……”

我躺着，像睡了一般，南南低垂着眼帘，尽心地做着按摩，反反复复，用了她的全部热情。有时，我进入恍惚的瞌睡中，耳边仍听到她纤细的、耳语般的絮语，略带童稚的声音，情窦初开的热情，让我心痛。离开时，我告诉她我的电话号码，“如果你和秋红去了长沙，可以打电话找我”。南南说：“我们会留着这个号码，但不会打的，怕你老婆误会，我们不会破坏你的家庭，我们没有这样坏。”我给她留点钱，她没有推辞，眼神中掠过无助的悲凉，让我内心微微战栗。

我到前台付钱，领班问：“她做得怎样？”我说：“她做得不错，相当的好。”领班说：“下次可以再点她。”一个着装整齐的管理人员，向我发了一份卷子，对各个环节的满意程度打分，其中有“她吹时有没有带套”这样的细节。

此时大雨，南南跟在我后面，说再坐一会，躲躲雨，我说好吧。南南把我带到服务区，几个女孩有说有笑，互相比试抛媚眼，问我，南南是不是很骚，她是闷骚，南南过去拧她们的嘴。灯光下，南南面容光鲜，刚才灰暗的神情不再，这让我感到欣慰。我在长椅上坐了一会，南南被领班喊走了，一个女孩躺在长椅上，用脚踢我。干嘛？你很帅啊。是吗？是的，我会迷上你的。那我太荣幸了。你总得安慰我一下吧？怎样安慰？让我给你做个按摩。

雨一直不停，我坐了一会，还是走了。我走出岩窟，一头没入大雨中，刚走了两步，就有一阵强风，轰的一声朝我扑来，像一条疯狗。湖畔的植物匍匐在地面上，无法抬起头来，路边的树冠，在狂风中滚动，像一群披头散发的泼妇，扭打着冲向湖边。湖水越来越高，白色的浪涛向这个方向涌过来了，浮桥的木板已经冲断，小木房的板壁像白纸片一般飞飘，很快，湖水从石阶下面漫上来了，这是怎么啦？

南南和秋红在狂风中惊呼着，拿着伞在喊我，但在狂风中，伞根本无法撑开。湖水冒着白沫，摔打在休闲城一侧光洁的大石上，冲向空中，飞溅起一片水珠，整个湖面笼罩在乌云黑雾之中，一条条黑色的风柱，如一条条黑龙升降。

据老同学提供的考古资料，战国末年，云堆如列阵，预示着天下兵起，这是撕心裂肺的往事片断。秦楚两军夹水而阵，士兵争渡，水花满膝，士兵纷纷攀着船舷，砍断的手指落到水里可以成捧。两军的车轴交错在一起，短兵相接，旌旗遮蔽了日光，铺天盖地的敌军如乌云滚滚而来，他们高踞在战车上，手挥鼓槌，击鼓呐喊，主将身陷重围，左右骖乘一死一伤，车轮陷入泥淖，进退不得，激战后，尸横遍野，原野上一片死寂。

《战国策》："十五年，秦伐楚，大破之，取洞庭五渚。"

老同学曾在几口古井中发现了几件秦式风格的双耳水罐，这是秦人曾经到过洞庭湖畔的证据。前些年，挖沙船在七里湖挖到过许多青铜兵器，为战国时代的戟、矛、戈、剑等，其中也有秦式兵器，都与这次战事有关。

湖边，考古工地的脚手架一排排横列着，一处湖岸跨坍了，露出十几米笔直的木桴，临水一面的桴板已坏，各种各样的青铜器压在腐木下，满眼皆绿。我涉水而下，脚被腐木夹住，拔不出来……湖畔有四五株树，树冠在剧风中狂舞乱扭，恍惚之间，变成了几个舞蹈者，将湖水的神韵融入舞蹈中，因此舞得极其传神。

风暴终于过去了，上涨的湖水也开始退了下去，我听到几声轻微的鸟叫，一小群一小群的麻雀在低飞，奋力地扇动着翅膀，可能是被雨水淋湿的缘故。湖水漫堤后，垸内到处泛滥着黄色浊水，鱼塘的鱼也到处流窜，黑暗中，到处是捕鱼的人，一个老者背着巨大的板罾，从村子里走出来。不久，渡口一带开始人影晃动，渡船上的灯光映红了那一角的湖面。

我坐小船返回湖边，湖面已经完全平静下来，我走向客店，远远看到服务员正坐在服务台后面，含笑看着我。我淋得一身狼狈，急冲冲地上了楼梯。洗澡后，我倒床大睡，雨声哗哗，重重摔在楼顶的预制板上，一会儿和缓，一会儿急骤，晚上的天气预报很准，是大到暴雨，下吧下吧。我与其说是睡，不如说是昏死，少有的深睡眠。

我梦见在洞庭湖里捞到一枚贝壳，一个涉世不深的、命运悲惨的贝壳姑娘，她温存得有点下贱，我因此爱上了她。我捞到它时，发现贝肉已经掉下来了，我又潜水去摸，终于摸到了，我双手捧着，把贝肉放回壳内，一时闪过荒唐的念头，我要成为她最亲密的人，保护她。在梦中，我雪白的眼泪掉下来，滴在贝肉上，像一角白瓷片，贝壳姑娘开始有了知觉，感谢我为她做的这些。她说，我知道你现在是爱我的。你怎么知道？我有直觉。我就要和贝壳姑娘结婚了，她写了许多喜字，悄悄贴在床头。

一觉醒来，不知身在何处，发生过的事像岛屿淹没在湖水中。雨还在下，雨点打在屋顶上、树林中、某处一块尼龙布上，声音是不同的，都可以分辨出来。

客房的床摆得不是地方，起来脖子有点酸，探窗一看，楮树上大朵大朵的花落了一地，落到路上的，被早行的车轮碾碎在污泥中，一些尚未碾到的花骨，溅着泥水，随时被人踩踏。山脚下的坟地，几经雨水，红色的纸幡淋得落汤鸡一般，在绿色中，如红花朵朵。

《述异记》云："楚中有宫人草，状如金葵而甚氛氲，花色红翠。俗说楚灵王时，宫人数千，皆多愁旷，有囚死于宫中者，葬之后墓上悉生此花。"

山鬼（汉晋时代）

湘山寺

1

去湘山寺的车只有一趟，到了发车时间，车还没开，我问司机："怎么还不走？"司机说："至少要有十几人才走。"我便坐在空车上等，等了将近一个小时。车上的人倒并不焦急，还互相拉起了家常。

途中尽是碧色，溪谷的风是凉的，夹着湿湿的东西，涧水发白，溪沟里尽是被水冲成的圆石，风景越来越奇异。

在《陈氏族谱》中，那位"善乎山水"的文韬公，曾留下《湘山传钟》一诗：

古庙钟声偏寂寂，
荒村树色自凄凄，
竹树如麻暮雨昏，
翻风啸雨插云根。

据《陈氏族谱》记载，唐代天宝年间，一僧人云游至此，望湘山上古树凝烟，浓阴蔽日，山涧清泉竹影，山头白云舒卷，便驻足忘返。恰逢陈氏添富公上山，遇僧人，相与交谈，添富公许下建寺造佛之愿，于是僧人盖一草茅暂且安身，添富公在族中募捐，历数年，佛殿竣工，从此晨钟暮鼓，香烟缭绕不绝。陈氏族人在山上置佛田三十余亩，供养僧侣用度。每年农历十月初二佛祖寿旦，陈氏长者坐轿上山祝寿，会受到寺院最高礼遇，八份素斋、八份果品和茶水，免费抽签许愿，尊为上宾。

在《孱陵县志》中，有一幅标有湘山寺位置的地图，还有一些文人游历湘山寺留下的诗：

“梵呗凌风起，钟声送雁回，梧桐秋雨后，天为洗尘埃。”

“绝顶高僧未易逢，禅床长被白云封。残钟已罢寥天远，杖锡时过紫盖峰。”

汽车上山时，太阳距山头尚有距离，途中，太阳没入大山中，转过山坳，又在山顶出露。时已黄昏，夕阳横贯在寺庙前的小盆地上，归巢的晚鸦结成一个圆阵，没入暝色中。一道亮光从晚云中透出，照在黄灿灿的墙体上，绯色的沉云也承受了金黄色的反光，这情景恍恍惚惚，好像在梦境中见过。

湘山寺的游人很少，几个老妪在山门外收门票，一边跟着袖珍播放器唱着梵呗，“南无阿弥陀佛”，声音干吭。

我买了票，进门时，一个老妪对我说：“三株树是祖师爷种的，既然来了，就拜拜佛。”

我穿过山门，经前坪、过殿，西厢房前，一个僧人正在拣土豆，光头上有疤痕，见了我，整一整袈裟。厢房内电视机开着，是靓女俊男的韩剧，旁边像是厨房，有人在忙碌，有打水的声音，还闻到一股炊味。我向僧人自我介绍，说我是文物部门的。僧人很客气，倒了开水，还拿出橘子招待。我随口问僧人，寺庙有多少年了，僧人说，按说是盘古开天地时候，具体也说不上。我说了来意，前不久，孱陵县文管所接到建筑队打来的电话，说湘山寺在扩建时，挖出古建筑的墙基，前些年寺中还发现过一本古书，我是专程为此事而来。僧人便去通报住持。这会儿，我一个人走到正殿前，正殿两侧对联：佛殿有灯凭月照；山门无锁待云掩。栏额对联：尺镜含众像，辉圆融无碍；一月印千江，水妙应群机。横批：临济正脉。

月台上有几个石柱础，是供游人坐的，廊庑下还堆放着几块浮雕石像，我还没有看清细部，只在眼前一晃，就已经被深深地吸引住了。这是一件观音站立像，红砂岩，观音两侧簇拥着十余个菩萨，还有胡人、伎乐、双狮、大象等，造型丰腴。我一眼就认出，这是唐代遗物，与石柱础的时代一致。这时，夕阳已经收起了最后的余晖，浮雕上出现了大块大块的阴影，一只老鼠正从观音的脚下窜过，观音低眉，连眼皮也不动。夜幕中，我内心被一只手重重地抚摸了一下，我不知道，这是古物的力量，还是佛的力量。

廊庑下还有几块断碣残碑，应是庙址上发掘出来的，我粗略地辨认出几行文字："羿屠巴蛇于洞庭，积骨为陵……洞庭之山，帝之二女居之，出入必有飘风暴雨……有湘山寺，昔人有云，神灵所在惟人钦祀而诣人……"

这时僧人回来了，引我去见住持。

我跟着僧人经过廊庑，穿过斋堂，到了住持起居的方丈室。僧人说，十几天前，住持在椅子上落座，坐空了，伤了尾椎骨，现在正躺在床上。

我轻轻地走近住持，合掌致意。

住持低声念一句"阿弥陀佛"，示意我坐下。

我说，我是省文物局派来考察寺庙的，还随口说了几个局领导的名字，住持没有反应，想到出家人不在名利场中，我有点惭愧。

我询问寺庙的历史沿革，住持说："寺庙属于佛门五宗之临济宗，始建于唐代，皇帝御笔写过寺名，其他情况，当年老和尚死得突然，也没有告诉我。"

我问："前些年寺庙重修时，在梁上发现一卷古书，是否有这件事？"

"有。"

僧人从内屋拿来一个尼龙袋，里面是一本旧书，我真是大喜过望。

我说："这本书非常重要，我先看几天，需要拍摄和保护。"

"可以。"

我说："寺庙是文物古迹，这次我来考察，有些地方还要做点考古发掘，费用都由我们承担，希望寺庙提供方便。"

住持谦和地问："为什么要考古呢？"

我解释说："寺庙历史悠久，兴废无常，地下可能会有不同年代的地面、墙基、遗物，只有通过发掘，才能在准确的故址上重建。"

"为什么一定要从故址上重建呢？"

我说："这是文物古迹修复的要求，从宗教角度也是一样，寺庙属于圣迹，一砖一瓦都关乎寺庙的血脉，在故址上重建比异地新建更有价值。"

这时，住持默然不语，一旁的僧人向我说起湘山寺开发的事，还说："把湘山寺划给文物部门，我们死也不会答应。"我这才知道，这几年，县里的宗教部门和文物部门为争地盘，曾打过官司，现在的修复工程，也涉及到这些事情。

我说："文物部门有保护古迹的责任，宗教部门有日常维护的责任，最后的目标是一致的，我会向上级反映你们的意见。"

这时，一个商人模样的人进来了，一来就扑通跪地，向住持磕了几个响头，我便起身向住持告辞了。

2

我在观音殿一侧的客堂投宿，这里曾做过建筑维修队的生活用房。墙上有毛笔写的警句"一切有为法，如梦幻泡影""生活中最沉重的负担是无聊""梦里走过许多路，睡醒还是在床上”之类，隔墙是一间娱乐室，有人在打乒乓球。晚餐在斋堂，与僧人一起用素餐，土豆片、腌豆角、酸辣椒，油足味佳。

饭后，我一个人散步至寺外，四周都是高低出没的峰峦，寺边有数十亩农田，一个农人在挖田，橐橐的声音很大。农人说，这是几十年前才开的地，过去尽是几人合抱的古树。寺边的孤峰，称为啸峰，相传为凌峰和尚月下长啸之处。农人说，这是附近两省十余个县的朝拜之地，天气好时，在山顶上还能看到孱陵、常德。

从寺外返回客堂，墙根、柱子、地面已没入昏暗，月亮隐没在深潭般的黑云中，佛堂方向传来隐约的木鱼声。我小心地打开尼龙袋，袋子里有一些烟丝，旧书皱皱的，首页是一段弁言性质的文字：

> 丁未春，凌峰祖师于重病中，耳患重听，目不能视，语音艰涩，诸弟子虑有变，伺师稍清醒时，环请追述生平事迹，录于纸上，名曰《凌峰祖师自述》。恐寺有变，密藏于梁间，备后人汇编年谱寺志之用。

落款时间是“大唐大顺二年”，即891年，推算起来，这本旧书已有一千多年的历史了。

我曾在县档案馆查询湘山寺的相关资料，提到过一份已经佚失的《凌峰祖师传》，看来正是此书。书上的文字，都是用毛笔书写的，从墨色、字体看，是不同的人在不同时间陆续写成的，言语风格也不统一，有些古雅，有些浅白，有的手录者文化水平不高，很简单的字都写错了，此外，由于虫蛀破裂，文字残缺也不少。我一边阅读，一边摘抄，这是那个时代的珍贵史料。

起风了，小风在廊道中穿梭，竹子与树叶发出窸窣声，观音殿的一个风铃在响，丁当，丁当，祖师的话语、湮没的史事，开始从字里行间涌现。现在，我要借着它，向着这个遥远的世界进发了。

《凌峰祖师自述》摘抄：

和尚家住陈家屋场，世代务农，祖父每年捐谷一担，碾成米后，雇脚力挑送湘山寺。母亲自幼笃信佛教，中秋省亲，见一老人饿倒路旁，便拿出竹篮中的粽子，与老人充饥。老人道，娘子如此慈悲，定有善报。言迄，指塘中莲花，此即娘子之贵子，母亲因感而有孕，十八个月才生下和尚。此夜祥光满室，瑞气腾空，有月起柏树间，初如盘，渐大若箕，室宇通明如昼中，邻居惊骇。

时湖寇犯郡，全家在湘山寺避难，某夜，山腰老树栖鸦群飞，匪寇丑类□□执火而来，寇首入庙，以绳拽神颈不动，且见金像汗珠如雨下，寇首愕然，不敢毁之。和尚母子躲避金像后，贼列面前，仰视而不见，此是佛祖庇护，使贼迷茫失明之故。相隔数十年，每追忆不禁心悸。

和尚自幼百花不折，蝼蚁不踩，比入小学，读《孟子》“我四十不动心”忽有所得。及长，此句长萦心目，便浮沤世缘。廿岁，和尚决意出家，体究大事。禀父曰，选官不如选佛。父窥其有出尘志，不许，和尚自念居家难以摆脱俗事纠缠，毅然引刀剃发，血流满脸，大哭不已。父亲惊急，即刻为和尚成亲，和尚到岳父家，说明要出家的决心，岳父要求开一次荤方可答应。岳父煮了一只全鸡，煮好后，内弟争吃了一个鸡腿，和尚食后告辞上路，女子含泪送到江边，和尚曰：吾与汝情义到此已极，有女不愁嫁，汝将来可另觅佳偶，发千丁。说完接过雨伞，在江边洗濯，此地忽冒出水井，至今犹在，又忽地呕吐出一个鸡来，依旧活着，但少了一条腿。

和尚先到村外的茅草庵修行，嫌非清静之地，便径自投往湘山寺。抵达寺院，觉远山含翠，近岭凝青，景物幽绝，一角梵宇，朱黄剥落，走近一看，匾额上有“湘山寺”三字，气势甚雄。忽想到梦中冥契：千山万山，遇山即止。便欣然道：大事姻缘，就在此地。于是进谒长老，长老曰：老僧隐迹在此，你少年书生，为何来到此地？和尚答：此山紫气成盖，必有道人栖托，因此，特来做你门下弟子。长老见和尚骨气不凡，说话□□，便应允为他剃度，取名凌峰。

一日和尚听长老讲唯识，一听了了，疑与佛顶宗旨矛盾。长老云：性相二宗，不许和会。和尚甚怪之，佛法岂有二歧邪。一日问长老：“中阴入胎，念起受生，纵令速觉，如何得脱？”长老微笑，云：“汝谓只今此身，果从受胎时得来者邪？”和尚汗流浃背，不能分晓，群疑塞胸，如填巨石，便径往鬼葬山坐禅。

鬼葬山有自然石窟如屋，老干槎丫，绿叶浓阴，鸣禽上下，龙蛇大龟宅其内，向月吞吐，曰龟蛇服气。相传仙人蜕骨在此，为神仙窟宅。洞窟内有许多僵尸，奇形怪状，相貌狰狞，面如白纸，手触其衣，如纸灰状。

一日，昏暗中，一条枯树蠕动起来，鼻息咻咻，腥味触鼻，一直蜿蜒到壑边，原是一条巨蛇。和尚自念我本僧人，为自利利人，遁迹蛇虎交横之地，自善何济，一任汝吃，便身心安静，离诸怖畏，诸兽皆若有灵，相安俱散。

窟顶有岩泉，终年不断，飘在空中即成细瀑，旧称梅花雨。雨季，瀑布似玉龙，从壁缝倒挂而下，摔向深谷，耳根泉响不绝，冬天，细泉凝成一条冰凌，悬在石壁上。

和尚孑然一身，杂猿猱之间，喝涧水、食橡栗苦菜充饥，微接气息，一次次沉入梦境中，又一次次被山风吹醒，不知时间之长短，身心轻利，如乘云气，内忘身心，外遗世界，坐一日如弹指顷，身边的橡栗总是长出长长的莓。

一日冥然入定，和尚梦见岩下一道人绘佛像粉本，和尚问：绘什么佛？道人答：汝心中的那个。一日，雷电暴作，岩腹忽现一佛像，两手俯垂，面作梨花色，隐见衣表纹折宛然，正是梦中所见之佛，和尚于是作偈云：

五百年来寻旧碣，
字青石赤认难真，
一声霹雳顶门开，
唤起从前自家底。

平常心是禅，舂米担水是禅，举手投足是禅，然此乃开悟后方现之境界。在此之前，必有一段渐悟功夫，譬如夜间燃灯观画，要灯明亮无风吹动，方能明见诸像，若灯不明，或有风动，必不能明见诸色。僧人心境散乱，如风中烛火不稳，难生智慧光明，故当闭关双修。正如古德所云：若非一番寒彻骨，怎得梅花扑鼻香。

和尚在此数载，苦节晦潜，死活数番，经历许多悟境，方知从前见解，皆现量影子事耳。本体非宇宙万有之总和，乃宇宙万有之法性，犹一滴水乃大海之显现。又如一一长短等绳，相虽万殊，实体皆即是

> 麻，故于绳见麻，即离分殊而得浑全，一味平等。因知此身，缘起性空，当处出生，随处随尽，坚固妄想所现之影，刹那刹那，念念不住，确非从父母生也。至此，思维急速旋转，躯壳一会儿分离，一会儿重合，和尚担心大脑过度亢奋而受损，忽闻脚步声，和尚依旧被梦魇压着，动弹不得。来人踢倒身边的垒石，大叫：“看！看！”原来是长老，缺着牙，咧嘴朝和尚大笑，和尚觉得一阵温馨，抱住长老：“何故将学人活埋如许时？”长老云：“翻身句作么生？”和尚推翻长老倒地，长老笑曰：“切莫辜负老僧。”长老将和尚从入定中接引出来，和尚感到身心大安。是夕，满天流星如雨一般，落到洞庭湖中，身心世界忽皆消殒，性相二宗，一齐透彻，知其本无矛盾。一切经论，一切公案，无不现前。至此，心体了悟，控制自如，如人饮水，冷暖自知，机锋神捷，如□□闪电，然非为圣证，不肯吐露向人，是年和尚廿七岁。

一觉醒来，不知身在何处，《孟子》提到的“平旦之气”，朱子解释为“未与物接之时清明之气”，如同山林中萌蘖，是夜之所息，至微，湛然虚明。我打开窗户，窗外山影重叠，绿色的小盆地中，有发白的小路、石桥、行人，前人有诗曰“岚光叠杳冥，晓翠泾窗明”，正与我眼前之境相合。

3

黑色的云块遮盖了整个山谷，天际有一道明亮的天光。僧人带我去看山中的老庙，一座将要维修的唐代建筑。空气澄碧，红色袈裟背景在绿色的山林中，一个意象扑面而来：他引着我走向唐代。好吧，就让我随着僧人的衣袂，走向唐代，去领略那个时代的丰神华彩。

又开始下雨了，狭窄的山谷里，大股雾气不时涌起，继而被风吹散，溪谷的卵石发亮，桃花烂在绿草中。一座破败的老庙在雨中摇摇欲坠，还有十几个巨大的石柱础，湮没在四周的杂草丛中，柱础上隐见雕刻的莲瓣纹，焚经台、塔茔皆在雨中发光。

我沿着杂草封径的石阶，进入佛殿的廊庑，雨水从瓦檐上泻下，形成水帘，檐下是黄白斑剥的残墙，柱壁间有墨书文字，记录阳雀、布谷鸣之早晚，旱涝、雨雪之期，皆农家语。从廊庑进入殿内，颓败发朽的梁柱、椽子随时要坍下来，藤蔓从殿顶垂下，天光从密密的破洞中漏入，目光逡巡中，我看见墙砖上一处刻字，“片月孤云窥色相，清池皓月照禅心”，不知是何年、何人所刻。这情景既熟悉又陌生，恍若旧游，我想，自己的前世也许就是这个老僧吧。我撑着伞，一个人待着，空气中弥漫着建筑腐朽的气味，雨声时断时续，一直没有停下，漏雨有节奏地滴着，啪嗒，啪嗒，非常从容，保持着几百年来自己的节奏。

《凌峰祖师自述》摘抄：

> 廿八岁，和尚梦见礼拜曹溪大师，哭恨缘悭，相见太晚，大师云，此是苦果，应知苦因，语未竟，拟再问，触声而醒。
>
> 大师住曹溪，不能远从，一夕掩卷，不觉寐梦，再次梦见曹溪大师，与大师同乘一龟，游泳深池之内。醒来思之，灵龟者，智也，池者，性海也，和尚与大师同乘灵智游性海矣，于是发愿诣韶州曹溪。
>
> 是年冬天，和尚羁于途中，积雪盈尺，饥寒交逼，和尚自忖大限将至，夜宿破庙，空无一物，只有一杇棺，遂宿于盖上。夜半，棺中大动数次，有声曰，我要出来。你是人是鬼？是人。原来里面躺着这个破庙的僧人。僧人自往小解后，还卧棺内。次

日，和尚风寒、湿热一齐发作，僧人生火炊爨，以粥喂和尚，采草药，日夕饮以米汤，一连数日，和尚方得死里重生。因述夙缘，□□□□如逢宿契，相与体究道要，并契秘旨。

此僧法号如峰，七岁失父母，零丁孤苦，极厥惨伤，一日见篱间白桃花为风雨摧败，不觉失声大哭，遂投寺出家，专司苦役五载，屡向寺中长老请益，秘不说，长跪痛哭，长者悯之，谓曰："无上妙道，非积勤苦不能得，汝且澄神寂照，收其放心，再为说。"如峰如获至宝，日夕深究，忽于定中闻竹破声有省，叹曰："觅心尚不可得，宁有收放乎？"心意快然，若释重负，因悟佛法广大如太虚，岂枯坐能了，此后，一瓢一笠，四方行脚，遍参□□，遍寻知识，朝游城市，暮宿冢间，以死为归，终不放舍。

和尚羁留月余，天气转晴，病亦初愈，临别之际，如峰竭力挽留，曰："本寺原甚丰富，近年稍歉，加之匪寇猖獗，僧人离散，寺中尚存少许种粮、农具，此场大雪，明年必定丰收，上座可留在此寺歇脚，避世养道过生。"和尚婉言谢绝，继续向韶州行脚。

如峰送和尚至石桥旁，作偈曰：学道修行力未充，莫将此身险中行，自从过得石桥后，即此浮生是再生。

和尚偈曰：学道修行力未充，须将此身险中行，从此过得石桥后，即此浮生不再生。

如峰偈曰：三十年来寻剑客，叶落几回再抽枝，自从一见桃花后，直至如今更不疑。

和尚偈曰：三十年来只如常，叶落几回放毫光，自从一去云霄外，□□体性应法王。

一日，和尚至于曹溪，礼上座。

上座：甚处来。

和尚答：洞庭来。

上座：不遥千里，出来作甚么？

和尚答：礼祖师塔，寻找尊宿。

上座：尊宿过去了也。

和尚：如何是佛法旨趣？

上座：何不问自家旨趣，问他旨趣作什么？

和尚：向上更有转处也无？

上座：长空不碍白云飞。

上座一言，直透到底，自性应无所住，机境无限开阔，既机缘契合，和尚遂留曹溪挂锡，默会六祖要旨。

一夕，夜放晚香时，和尚见光明如同白昼，内外洞澈，屋外竹树种种，悉皆了见，还见隔墙上座往圃中小解，翌日，询问上座，果然，上座并不以为异。和尚日夕精进不辍，然韬晦不炫。

一日，和尚侍立久，上座曰：更深何不去。

和尚答：外面黑。

上座点纸烛递与和尚，和尚伸手去接，师复吹灭。

和尚当下大悟。

4

我住在客堂内，读着《凌峰祖师自述》，分分秒秒皆融入遐想的流光中。窗外一株脱叶的苦楝树，干枝虬曲，背景在水墨晕染似的灰云中，偶尔听到村子方向的犬吠和鸡鸣声，或者从施工队那里传来的拉大锯声音。我释卷漫步，廊庑的地面上有廊柱微妙的淡影重叠，廊庑一侧是观音殿，天光来自狭窄的上方，这些淡影，看上去沉静不动，事实上，每一瞬间都处在移动中。据大乘空宗的义理，世间万物都处在刹那生灭之中，没有哪个瞬间是静止的，因此，万物的自性是"空"。此时，呈现在我眼前的光影，不正是正法眼藏的幻景吗？

《凌峰祖师自述》摘抄：

和尚从曹溪归来，正值举国崇佛，行至白鹤，嚣然有市气，至湘山寺，寺已坍毁，草深一丈，巢鸟飞翔，久乃定。殿址上支一草庐，聚三四僧人缚茅以居，惊讶而出，询及长老，圆寂久矣。和尚径往塔所，杂草葱茏，砖上已长出莓苔，见塔如见长老。

据僧人说，长老临终前，看到一干官差模样的人来，领头的骑着马，到山门也不下马，径直骑至佛堂，称佛法是外道邪教，扰乱圣教，皇上已降旨灭佛。余党遂焚烧庙殿，寺僧皆惊，长老即散众，告以裹首自晦，□□民间。长老圆寂在破庙中，黑夜、寒风，交织着唧唧蛰虫声，临终口念弥陀，悲叹没有看到佛光、莲花，四面都是黑洞洞的。

塔基有些干裂，潮湿处有点发绿，和尚离开之时，闻长老艾怨、诚恳的声音，你留下来。其时，和尚在丛林声望渐起，地方乡绅寻善知识，皆来挽留，言辞恳切。和尚静思，吾生寄世若萍蓬，常行而不住，又何效其飘转耶，自此便留住下来，振兴丛林，普度众生。地方乡绅募捐筹集，重修大殿及寮房，请画师为释迦、弥勒、无量寿及诸菩萨加涂丹垩，绘事告竣，胥极庄严，雕虫篆画，炫彩呈奇。和尚自此开堂说法，房门大小事，皆听和尚决之。

自从和尚得如法三昧后，一任青山举足，白日移轮，说心说性，谈道谈禅。佛法经教是筏，终非立足之地，佛法不在生活之外，切莫错过生活细事中的宝藏。故曰：贪看天上月，忘却室中灯。未悟时，触处皆妄，既得悟，触处皆真。从此，风霜雨雪，四季流转，时时触发和尚心底，和尚皆作偈记之。

一夜风雨，户庭一地落叶，桃花尽脱，换成一副憔悴模样，花瓣洒落，馨香渗入内心。

作偈：夜来风起满庭香，吹落桃花三五树。

立秋，难耐的酷暑捱过去了，夜间盖上薄薄的袈裟，早晨扫落叶于户庭，山轩风豁，水阁天开。

作偈：数朝钟送新秋雨，一叶风惊碧井梧。

解衣就枕，方眼合，见寺前两座山峰相争相打，兴起云雾，山神请和尚判曲直，和尚曰："伊等我见不泯，各自争高，俱与道背，当罚作两条泥牛，□□□□洞庭湖中，以息争端。"时洞庭神君曰："吾已滔滔不了，岂能更添波浪，和尚耳朵太软。"和尚遂将两峰一齐踏平，自谓可高枕无忧了，及至醒来，两峰依然高出重云，俯临洞庭。

作偈：梦里明明有六趣，觉后空空无大千。

月色入户，和尚从僧舍至野地，山风吹树林作涛声，藏经殿前灵田上，萤虫聚舞，照见大殿的轮廓，恍如佛灯，内明外明融成一片。

作偈：菩提慧日朝朝照，般若凉风夜夜吹。

天气骤冷，湖风把雾气荡涤一空，景物皆在洁净中，野地被寒气所凝。

作偈：远峒散寒云，幽窗度残月。

大风天，黑色的云块，自北向南掠过野地，不时洒下寒雨，树冠、竹梢皆在剧风中摇动，树叶飘飏满室，浮世万象皆在摆动中。

作偈：雾锁长空，风生大野，百草树木，作狮子吼。

和尚病未愈，神志蒙着积尘，脚下松软，身体畏寒，见红日出山，阳光满室，心口、背脊微微发暖。

作偈：朔风绽腊梅，红日照青山。

夜半下雪，天亮时，积雪盈尺，群玉际天，草垛堆起白雪，佛殿偶露瓦脊，祖师塔没入瑶海中。

作偈：雪覆孤峰峰不白，雨滋石笋笋须生。

自长老圆寂后，寺中泉涸井废，丁亥冬，和尚率徒众绕井礼拜，泉忽涌出，足供寺饮，历伏暑不干，亦异事矣。

寺中有鸟，久闻念佛名号，一日，被鹰搏去，飞在空中，只闻佛声。

某年，有行脚僧过山下，土人告之：此地有肉身菩萨出世，何不上山礼拜。

此僧直入法堂，当面叉手而立：闻说此地有肉身菩萨，只是无光。

和尚未作理会。

次日，此僧担铁锹子上法堂，未参礼便入佛堂内，骑圣像而坐，

□□□□大众惊愕。

僧问：拨乱乾坤的人来，和尚接否。

和尚：老僧住持事繁。

此僧担铁锹子在法堂行走，从东到西，又从西向东。

和尚：作么？

僧答：觅祖师灵骨。

和尚：洪波浩渺，白浪滔滔，觅甚祖师灵骨。

僧曰：正好着力担锹子。

和尚：老僧不动步，你向什么处寻？

此僧猛然一喝，掀翻禅案，香灰溅到和尚脸上。

此僧气岸惊人，机锋甚利，前后数度扣击，问难对答如流，然和尚深知其为浮学，未达根本，和尚唯用更猛锐的机锋回击。

明日普请，和尚命人掘一坑，令侍者请昨日僧至，和尚曰：老僧在此二十余年，骗佛吃饭，作无义语，今日请上座打杀老僧，埋向坑里。便请！便请！若不打杀老僧，上座自着打杀，埋在坑中始得。

此僧归堂，束装潜去。

中夜，我释卷走出客堂，风中飘来缕缕薰香，放生池里的睡莲收敛了，花圃里有植物在夜间开花。厢房前，僧人还未睡，与我月下闲话。僧人说，他们每月有 150 元生活费，是佛协给的，这个寺院，长沙派来过几拨人，都只住了半年，他住了三年，觉得还住得下来。我问他以后有何打算，他说随缘。僧人每天早晚是自己修习、念经，念的经书是《金刚经》《华严经》《心咒》等，平时劳动，修行主要靠自己参悟，关键是看各人的根器，根器不一样，收获也不一样。他说，在家出家其实是一样的，寺庙也不是世外桃源，也要与世俗打交道，要用世间法。譬如，这里的小孩子爬墙，大人也不管；乡干部陪人进来不买门票，阻止他还打人；还有村民到寺庙里偷木材，这些事都让他操心。不同的是，修行以后，能把自己看得很低，把别人看得很高，不会争名争利，这样一来，就容易想得开。过去在家时，身体不行，出家后，什么事情都能看开一些，身体也好了。我给他介绍《凌峰祖师自述》中的故事，他不时地发出"啊啊"的惊叹声。

我推开吱吱作响的木门，走向寺外，稻田中泛着蓝幽幽的萤光，田埂、沟渠、篱笆皆清晰可辨。这本《凌峰祖师自述》密封在阳光不到的梁柱间，就像历史角落的萤光，沉寂了千余年，现在，我看到了它的光芒，那些隐秘的思想，此时落在我的心房上，怦然而动。我就这样在田间踯躅，感受着禅宗的馨香。

我拾级登上啸峰顶，透过北面的豁口，看到白鹤镇一带灯光点点，泛着微光的楚江，迤逦隐入青山中。夜空中，云絮不断地从月亮身上掠过，就像僧人在世间行脚。我想到，在这朴素的山林间，湮没了多少思想的盛筵。此时，夜幕掩去了生活的种种印迹，只留下永恒之物，山风猎猎，沉沉大山以一个巨大的生命体与我相对，我觉得自己立即被它吞噬了。

我们的祖先都是质朴的人，只关心人间世事，从《吕氏春秋》《太平经》到马王堆帛书，都透露着"贵生"的思想。生命只有一次，人死而灭，尽成灰土，这是我们祖先的传统观念。所以，当佛教"灵亡神在，随行转生"思想传入时，这个民族就被这崭新的图景所震撼，于是有了"立雪断臂"那样卓绝的情形。从此，佛教成为华夏大地几个世纪的精神主流。那些让人折服的僧人，抛却红尘求法，志大气刚，悲深行苦，他们都是特立独行的思想家。有唐一代，湖湘大地成为南禅的滥觞之地，禅宗在此“一花开五叶”，成为中国文化史关键性变革的策源地，佛子们颠覆了深奥的经书术语，注入了愉悦、温暖、率性，让生命左右逢源。经过几个世纪艰苦卓绝的砥炼，湖南人周敦颐，糅合道佛，各取所长，改造了遭到破坏的儒学，开启了低回沉郁的理学之门，从此以后，湖湘文化开始大放异彩。这是我们民族精神史上一段不能割舍的年华，也是我透过寺庙遗址所要打捞的。

5

我在寺庙旧基上布了六个探方进行发掘，地表是渣土层，为晚清到民国时期的生活垃圾。这层堆积下，大面积的铺地砖开始显露，还有石质的方柱、柱础、砖瓦、陶瓷碎片。青砖上有精美的花纹，还有“县丞……司吏砖”一类的铭文。一些青砖下面，压有铜钱，具有辟邪、镇宅、祈福之意。陶瓷器有钵、缸、盏、杯、灯等，以钵最多。从瓦当上的图案、石柱础上的莲瓣纹、钱币和青瓷器，都证明建筑的始建年代为唐代。通过发掘，大殿的结构也确认下来，为原地重建提供了依据，出土的遗物都是唐代寺庙的珍贵文物。参加这次发掘的业务人员，除了我，还有县文管所向兴旺、白鹤镇文化辅导员小唐，雇用当地民工八人。

考古发掘结束后，我搭上了返回县城的长途汽车。

山路到处坑坑洼洼，惹得司机怨声不断：“这个鬼地方太穷，连路也修不好。”公路旁的村落多是木板房，板壁上刷着“关爱女孩，爱护女孩，她们是未来的母亲”的标语，见我侧头细看，司机便戏谑地说：“这里的娘子军都出去了，从事无烟工业去了。”

司机说，地方太穷，青年人读不起书，普通话也说不好，无法与外界竞争，要发财，男的靠偷、抢、杀，女的靠身体，只要不吸毒，男人三十岁以后，成家种田，或者做点小生意。

司机还说，这里是三不管地区，从前，山里人以采药、采木耳、打猎为副业，吃的是苞谷，吃米要到山下去背，得走一天山路。前些年，县里搞招商引资，这里辟为药材基地，结果人家在这里搞冰毒，在福建败露了，这是家丑。这条公路是八十年代修的，主要为开发山里的木材，孱陵县城做过棺材加工生意，远销外地，许多人因此发了财。近些年修建铁路、高速公路，指挥部、建筑队纷纷进驻，县城新开张的饭店、酒楼有二十多家，都有小姐，还来过俄罗斯小姐，只穿胸罩拉客，公安有人入股，他们也靠这些赚点钱，否则喝西北风啊。

司机很健谈，一直说个不停。

中途遇到赶场回家的山民，上车后总是要讨价还价一番，一次，司机竟让一匹母猪搭上车，引得车上一阵谩骂。司机说没事没事，又冲着嚎叫的猪说，别叫。看着满满的一车人畜，司机得意地窃笑。

下山后，汽车行驶在洞庭湖畔的山间盆地之间，低阜平岗，默默不语的河流，一个接着一个的村寨。稻田中老树婆娑，草色绿得像梦。在我的睡眼中，一个老妪，挽一个竹篮，走在狭窄的田埂上；一个汉子捉到一条半斤多重的鳝鱼，用草索提着走来；一条石板路伸到稻田中间，突然断了；旱地里有两个白衣人，细看之下，一个是老人，另一个是稻草人；小孩在玩水，一身光裸，水面有一圈一圈的波纹；几栋水泥楼房，墙面贴着瓷砖，玻璃窗反射着阳光……这些都是我频年吃苦流汗的地方，风景很熟悉，每次看到它，心里总是被无形的东西拨动，往事借着它模模糊糊地连成一片。在这里，我认识过许多人，或擦肩而过，或有交叉，时间长了，令我回忆的东西也多了起来，而且常常交织在一起。我一个一个地回忆着点缀过我青春时代的女孩们，你们还记得我吗？

接近孱陵县城时，公路弥漫在一片鞭炮的青雾中，十多辆出殡的大卡车载着花圈，像一条蜿蜒的长蛇，车上的人叼着烟，不时把鞭炮丢到路上。

司机说，几天前，派出所所长的车从公路经过，压断了养路工的工具，双方发生口角，所长不耐烦，说再说就开车压死你，养路工以为恫吓，不料所长真的开车，养路工当即碾死在车轮下。法院提出赔偿三千块了结此事，众养路工不服，开东风车载尸堵在大桥上，交通堵塞，今天是给养路工出殡。

到了汽车站，旅客纷纷涌向厕所，一个个背着行李，艰难地挤入，人太多，憋不住的，干脆拉在门口；到处是中巴车的喊客声，因为抢客，车主发生斗殴，一个售票员被挨了两脚，一脚踢到嘴上，流了血，还谦恭地求情，王哥王哥，那个叫王哥的留着平头，一脸凶悍。

在我的记忆中，从车站到城区，沿途有许多农田和江滩，但现在的景象让我全然陌生，到处是施工棚，江滩上的芦苇已经割去了，几台推土机在同时作业，裸露的地面正在痉挛地、神经质地扩张，绿色面积愈来愈少。水泥楼丛中，不断传来新店开业的鞭炮声，扰得一群群鸟儿惊恐地飞来飞去。

孱陵县文化馆前，喇叭声震耳欲聋，里面正在开一个纺织品交易会，到处写着“血本无归，赚个路费，乱卖回家”一类的字样，场面狼藉。文管所胡所长远远看见了我，却不理会，仍歪着头抄一份东西，近了，忙作惊讶状，说稀客稀客，伸手与我握了，又叫人去请文化局长。老胡京剧老生转行，说话很有板眼，脸部肌肉十分丰富，借着这张嘴，他打开了全县文物工作的新局面，现在，全县都知道，建房造屋需要老胡的一颗章子。老胡说，他并不靠《文物法》压人，他靠的是人们的心理，叫人心服口服。在城市，他宣传建筑下面有坟，不久就会倒塌；在农村，则是宣传坟场上建屋不吉利；向领导则宣传哪里挖出了金银财宝，应由博物馆保管，不然会到个人口袋。因此，这些年财源不断，借着建博物馆的机会，全馆都住进了新宿舍楼。老胡绕口令似的说个不停，久了，我觉得脑袋嗡嗡的一片。

晚餐时分，局长们一个个到了餐馆，和我握手不止，说褚老师路途遥远，风尘仆仆啊，说领导对这里工作重视啊，说招待不周包涵包涵啊。我照例说，孱陵是个好地方啊，我给你们添麻烦啊。说过之后，方敢坐下来喝茶。局长还习惯性地问了几句：有大溪没得？有屈家岭没得？我通报了这次湘山寺发掘的收获，局长们听得认真，似懂非懂地点头不止。上菜还早，局长们就坐下来打麻将，每间包厢都摆着麻将桌，男女杂坐打着麻将。我乘机下楼溜达，江边修了许多怪模怪样的建筑，多是餐馆，厨房下水直接通到江里，江面上浮着鱼内脏、肥膘肉，看着有点恶心，再上去时，牌桌上已经有了几百元的输赢。

席间，大家尽量找些话来扯。某某副局长得了梅毒；某某在长沙小巷的发廊被抓；一个我相熟的工作人员，因倒卖库房玉器，在理发时说漏了嘴，坐了几天班房，现在剃个光头，不好意思出来见我。又说现在的社会，各条战线都是巧立名目，唯利是图。另一个局长反驳，你怎么能说现在比过去还不如呢，这不是倒退了几世纪吗？说者自知失言，忙说这是个别现象，个别现象。对方似乎还不肯罢休，说者道，要是五七年，你非要把我打成右派不可了，左倾思想还这么严重，我说的也没有错啊。于是，又说些县里干部的桃色事情，谁也不愿为国家做事，混一天算一天，有权的就搞腐败，没权的赚钱，许多干部一天到晚没有什么事，饱逸则思淫，玩女人已经是明目张胆，难怪现在的乌龟甲鱼这么贵，全是壮阳的，就像过去皇帝喝鹿血玩宫女。局长们轮番向我劝酒，说考古工作是真正的革命工作，辛苦辛苦，干！一位副县长也过来向我敬酒，因为这是他私人开的餐馆，菜做得不好，价钱却出奇昂贵，照顾生意的都是下级的官员，大家互相认识，心照不宣。

县长说，近来小餐馆的生意比较火爆，原来进饭店包厢的人也到小餐馆吃，原因是艾滋病进了孱陵城。一个嫖客发现女子有性病，不给钱，女子就喊了哥们教训了他，他气不过，报了警。女子被抓时，正好深圳那边发来传真抓她，据她交待，在这里已与十多个带大哥大的人发生了关系。因此，大饭店生意萧条，小餐馆却兴隆起来。

老胡还请了两个小姐作陪，露着大腿与肚脐，一副赤膊上阵的架势，说些奶牛、水多之类的挑逗话，见我只是礼貌地笑笑，也不好意思放开。散席后，老胡站着不走，是专门陪我打牌的，见我不打，便真诚地说：褚老师，去做个按摩吧，有健康的与丑文化（“楚文化”谐音）两种，保证做到位。见我不太积极，便自嘲说，他的观念转变得比较快。

6

从餐馆出来，已经是华灯初上，满街都是店铺，衣服、化妆品、钟点房等等，还有“E 族”“动感地带”之类的时尚招牌。飞动的车轮，忙碌的人，背货的、电焊的、装修的、沿街叫卖的，穿短裙的姑娘露着大腿，在招出租车，一股热气腾腾的生活之流迎面而来。我突然觉得，我好像从几个世纪前走了出来，回到了浮象世界。

雨后乍寒，季节时序的变化进入我的感知，并激起我淡淡的惆怅。我朝着素春家的方向走去，无意中，又重返过去的生活场景里，曾经有许多次，在绵绵细雨中，我打着伞，寻找一双眼睛。此时，隔着多年的时光，你又一次走向我的心田，还有风中连衣裙的倩影，纷至沓来。

振兴路原是一条旧街，两侧有些商铺，一个机关大院内，几株大槐树在楼间疯长，一地的栀子花时而飘来奇香。你的窗户用绿色的窗帘遮着，阳台上晾着你的衣物。而今，这一带成了巨大的拆迁区，到处都是“嘭嘭嘭”的声音，电焊的光，吊车、废墟、旧沙发、垃圾、孤零零的几栋建筑，一个天主教堂，是省保单位，几株孤树，居然还有鸟群。迎面走来一对金童玉女，男的阳光，抱一只大尼龙袋，装着被褥；女的皎好，手提衣架之类的杂物，一脸娇态，说着傻话。当初，你也是这样，一样的傻话，我也是。一个汉子在屋里唱卡拉OK，底气十足；两个妇女为了什么东西推推搡搡客气着；一个小女孩从一个男人手里拿到了钱，兴冲冲地跑向小卖部。

转过街角，这一带我很熟悉，那个宾馆已经陈旧不堪，墙上挂着不多的空调，但招牌没变；德阳餐馆的格局有些变化，老板娘容貌依旧，清瘦的店老板脖子上只剩下皮包骨头；再往前，狭窄的巷道两边都是小摊贩，一个老妪在街角卖花生、茶叶蛋；一爿小店，卖些食品、文具，还摆着几种文学名著，从几块到20块一本；一个绿色的邮筒，那几年，我们通了很多信……每个人都有自己最切身的历史，街景在变迁，这些变迁本与我无关，但是，因为你生活在这里，这里有你的脚印，这一切才对我有了意义。我就这样漫无目标地走着，并不断留意身材高挑的女孩子。有一次，你在楼上，我在楼下，我等了你整整一个下午。我记得你几件时髦的衣裳，黑西装，米色格子连衣裙，贴身的红色衬衫，长发有时盘起来，有时又放下来。真是不可思议，过去的往事，带着当初的鲜活，一齐向我涌来。在某个瞬间，四周新开发的住宅楼，匆匆而过的行人，都悄悄退出了我的视线，我像是街巷之间的梦游者，正走在自己的时间中，我不想打破这脆弱的、轻纱一般柔和的东西。

出了街口，几个女孩子围着一个烧烤摊，我上前问：“美女，请指一下，文庙怎样走？”一个女孩说：“指一下要钱。”另一个大叫：“要一百五十块。”

然后大笑，露出漂亮的牙齿。我懂她的意思，一百五十块是当地小姐的服务标价。

看到街面上有建筑施工，我又问一句："路通不通呢？"

"通。"

我按女孩指点的方向，从第二个路口左拐，进入一条新修的仿古街，走过一座石桥，便看到一段庞大的城墙和城门楼，这是近年为开发旅游而修复的，显得过于生硬。墙根下嵌着文物保护的标志牌，上面写着：

"孱陵是一个有着两千多年历史的古县名。楚平王伐濮后，楚国在此建立军事城堡，以后历代在此建置。始为土城，唐代加固为石城，周长1323米，共六门。明洪武年间，此地设过千户守御所，城内的官署、文庙、武庙等建筑一直保存至今。"

明清时期，孱陵县城还是一个繁荣的商埠，舟筏商旅，傍津设市，舳舻蚁集，商铺栉比。入夜时，河面上桨声灯影，欢歌笑语，酒馆茶楼，烟花柳巷，号称"小汉口"。民国以后，连年混战，古城从此衰落。原来有航班通常德、岳阳、长沙，一些采购站、转运站设在此处，后来因修了铁路，地理上的优势丧失，古城就走向萧条。

凭着模糊的记忆，我转进一条曲曲折折的巷子，一下子被眼前的景象攫住了：庞大的楼宇像一条巨蛇蜿蜒起伏，几个窗洞中还透出灯光，歪斜破旧的窗户、曲折狭长的石板路，显示出老巷的自然肌理，一缕微弱的天光，来自街心的上方，在地面上、树梢间形成柔和的反光；街灯稀疏，建筑阴暗、潮湿，店铺内的灯光全被杂物和黯淡的墙壁吸尽，一些祖宗牌位上，写着"高阳世第""汾阳世第""颍川世第"之类，都是北方兵家的后裔；一些老宅有石砌的门洞，黑洞洞的天井内，隐约有积水的反光；木板壁上还有"有房出租""炒菜"之类涂鸦文字；几家餐馆挂着猪心、肚片之类，水槽中有活鱼，一个男人在砧板上剁，发出清脆的骨头碎裂声；一个厨娘卷起袖子在洗碗，随手把污水泼到店前的街面上；有一家在请客，人在屋子里打麻将，用脸盆装着的鱼肉已经摆上了桌子；有一家在炒辣椒，附近的人都在咳嗽；一处电视机的音量极大，在为球队呐喊；另一个门洞传出地方戏曲声，睡在凉椅上的老人随声和唱；一家家美容美发店，灯光暧昧，一个老者从一间红灯屋中走出来，被两个小姐扶着下石级，他嘴里还说着什么，被小姐拜拜了，叫他脚下走稳些；一个小姐咬着头发，扮出媚态，向我勾动食指……灯光越来越稀少，方向也有点模糊，我回忆《孱陵县志》中的地图，古城好像是圆形的。路灯下有个人影过来，我向他问路，那人发出嘶嘶的声音，脸部表情吃力，是个哑巴。一个妇女对着我低咕，"你这个人啊，就是什么也不听，我发起脾气来了"，是一个精神病人。

经过一处石牌坊，我看到一座古老的大殿静穆地坐落在黑暗中，两侧的杂草丛中，到处是黑压压的石碑，正好，月亮从瓦上升起来了，照着廊庑上灰白色的雕刻细部，我顿时感到有一种能量入身。

就在这时，我看到一个苗条的身影，从石牌坊那端走过来，暗的背景与白色的衣裙形成强烈的对比，在我心中激起的，竟是小小的震动，瞬息之间，就产生了一种难以抑制的爱欲，连自己都感到吃惊。我一直不明白，一个靓女出现在这个背景中，竟有如此绝美的感觉。

我禁不住驻足凝视，她也大胆地盯着我，交臂而过的瞬间，她脸上掠过一丝不易觉察的笑意，我一时语噎。白衣女子走后，我仍感受到她的气息，一种柔美的氤氲，逗留了好一会。那双媚惑的眼睛，时而与身后的牌坊、廊庑重叠，在这个时刻，我不知两者孰重孰轻。我突然感到生命中的缺憾，一种孤独感向我袭来。

这时，我已经走入另一条巷子，白衣女子好像犹豫了一会，也拐入这条巷子上来了，我听到鞋跟“喀喀”的声音，好像有意让我听到似的。我放慢脚步，假装在看墙面上的小广告，想证实自己的判断，果然，她赶上了我，侧脸给我一个会心的浅笑。我没有迟疑，鬼使神差地开始尾随她，此时，我的身体变得支离破碎，完全丧失了抗拒她的力量，这是危险的信号，但明知如此，也停不下来，我潜意识中寻找的，也许正是与某个姑娘的邂逅。在这种狂飙似的亢奋中，活色生香的身体变得令人销魂，此时，我觉得自己好像蒙了一张脸，三只眼，半人半魔，在街头游逛着。这时才体会到，过去看到过许多“半人半魔”的怪异形象，乃是人性的真实寓意。

我跟着她走了几条巷子，她时而没入黑暗中，时而出现在路灯下，每到拐转的巷口，总是略微停顿一下，回头看看我，黑暗中，她的脸是白色的。

一座横跨江面的大桥出现在前方，女子穿过马路，毫不犹豫地走上了大桥。江上有风，浪涛寂寞地拍打着码头，铁皮哐哐作响。我走在人行道的另一侧，目光一直停驻在她的身上，到了江心，风很大，吹起她裙子的下摆，露出小腿，江风与她的长发嬉戏着，她停下脚步，面对敞开的江面，风中的倩影越来越美。她不像在赶路，倒像等我过去，我却流连不前，这样胶着了好久，一阵慌乱之后，我的脚步还是朝着前方走，并不时回头看她，走到桥脚下，才镇定下来。我决定从另一侧返回，在桥上和她搭话，没有料到，她已经朝这个方向过来了。我在桥脚下站定，等待她的靠近，果然，脚步声到了我的身边，她站定，顺着我的目光看着江水。她的举动鼓励了我，借着路灯，我略略打量她，面容光洁，睫毛精心化妆过，这么年轻，粉底有点多了，因为我站立的地面略高，还看到深深的乳沟。

她迎住我的目光，眸子里包含着责备。

她问：“为什么跟着我？”

“被你迷住了。”

“你是不是变态。”

“唔，有点不正常。”

两人都笑起来。

我问：“你住在哪里？”

她举起手，纤指指向黑沉沉的街区。

“你呢？”

“我还没有住下呢。”

“那怎么办，这么晚了？”

“住到你那儿去呗？”

“那好，反正我一个人住”，她看着我的眼睛，又认真地补充一句：“我一直是一个人住。”

她掮一个包，长长的美腿结实而有形，丰满的臀部搭着细腰，像个卡通人物。我跟在她身后，她边走边撸撸头发，身姿有点不自在。她身上散发出良家女孩甜甜的体味，这是青春时代身体分泌的奇妙香味，随着时光的流逝，会慢慢丧失的。因此，香气的散发，也就是生命的呈现，将女人比喻为一朵花，非常合适。她的发型、腿形都是一种生命的能量，此时，我感受到了。

无论在青年时代，还是步入中年，我始终觉得，世界上最美丽的，莫过于人。古人徜徉在山林之间，搜尽奇峰，师传统，师造化，都不过是自然崇拜者眼中的美，事实上，真正的美就在我们身上，神迹就是生命的本身，所以我更愿意把美女的眉眼、腰肢、笑靨当作花朵。

日本摄影家荒木经惟，青年时代拍摄他与妻子阳子的私生活、性爱，功成名就的晚年，漫步东京街头的他，依然在拍美女，一颦一笑，或者一条美腿。他在作品中写道：“只要继续前进，就会有邂逅，就能与他人的人生交错，而从那瞬间的交会之间，又将萌生爱，所以走在街道上，就是走在人心上，多么令人期待啊。”他说出了美的真相。

街头吹着湿风，楼群之间的天空，满是雨后的云絮，城外山影浓重，山坡上有一簇簇灯光。路灯下，到处是积水的反光。我默默跟着，没有说太多，但我仍能感受到她的表情，一种无声的交流，就像花房向着阳光展开，或者两枝嫩芽缠绕着上升。经过一处公寓楼，一个屋里传出麻将声，另一个传出小女孩读课文的声音，楼丛里的树叶脱尽，因此可以看到很多灯光，白色的，橘红的，高高低低，或明或暗，如黑夜中的眼睛，此刻涌向我心田的，都是幸福。在这个迷人的夜晚，我即将进入一个陌生人的生活，尽管我并不知道她是谁、叫什么，但是在本质上，我们是同一类人，所以彼此没有什么可以提防的。在一家小超市，她购买了一些女性用品，一瓶果酒，一袋枇杷，我付了钱。当我提着酒穿过马路时，心里掠过愧疚，为自己的浪荡，但我又想，就像一朵春天的花，尽量让它开得美丽些，然后凋谢，保存在心中的，仍是美的形象。

我跟着她顺着梯子上楼，她在黑暗中掏出钥匙开了门。

卧室里面有点暗，墙上隐约有些男欢女爱的图片，架子上放着各种纸巾、药水，房主人像是做医疗护理工作的。

她打开电视，又在洗漱间洗了枇杷，放在果盘中，和我一道吃了起来。

她说：“在广州时经常吃。”

“你去过广州？”

“读书。”

“读什么？”

“音乐，我是学钢琴的。”

“了不起啊。”

“后来不学了。”

“为什么？”

“我没有这个天分，是家里逼着我学的，我和家里闹翻了，半年后才给他们打电话，他们哭着问我，人在哪里。”

我说：“培养一个音乐的孩子，家长要付出多大代价，你怎么这么不争气。”

她取纸巾擦了手指，说：“不吃了，做正经事，先说好，要带套哦。”

她利索地把门栓、保险链都拉上了，又将半开的窗帘拉严实。

在洗澡间，她将背对着我，“喂，帮我拉一下”，我拉开了她背后的拉链，看到她背上细细的汗毛，一股甜腻腻的气息扑面而来。

她把我的手放在她的乳峰上，说：“我这个东西太大了，你有没有药？”

我说：“大有什么不好。”

她说：“就是走起来晃得厉害。”

洗澡间的墙上有一面镜子，映着她绰约的身姿，我很长时间没照镜子了，让我吃惊的是，我的面容出奇的健康，我的精力在奇异地闪烁。

她的手臂上刺一个字，“恨”。

“一定是一段动人的故事吧。”

“是伤心的故事。”

我信口开河地说：“你恨的那个人，恰恰又是你一生忘不了的。”

她说：“是啊，他现在变好了。”

“你的皮肤怎么这么黑？”

她说：“我经常晒日光浴，还打高尔夫球呢。”

我发现她乳房的肤色也是一样的，又问：“这里也一块晒？”

她生气了："你这人可是很讨厌哦。"

洗澡后，她用浴巾裹着，抱腿蜷缩在床上，一条三角内裤，带着蕾丝的花边，她平削的小腹上纹着一只小猫，小腿一侧纹着花。

我看了她的手指，说："小指太短，弹钢琴不会有太大出息，改行是正确的。"

"别这样打击我嘛。"

这时，电视里正好出现一个熟悉的旋律，是钢琴曲。

我问："这是什么曲子？"

她似乎并不懂。

我问："你吸烟？"

"是不是有烟味？"她把嘴送上来让我闻。

"嘴上倒没有，头发上好像有一点点。"

"刚才，我在网吧。"

"哦。"

"我一天抽一包，小时候，偷我父亲的烟吸。"

"现在多大了？"

"二十一岁。"

"你父亲真是很失败。"

"我也很失败。"

"你不失败，失败的是你父亲。"

她咯咯地笑起来，露出不太整齐的牙齿。

"下辈子投胎，一定不做女人了，做个男人，风流倜傥。"

"那要看做什么样的男人，窝窝囊囊的男人也没啥做头。"

她又大笑，邻家女孩一般健康的面容。

她说："你可以搞我了，但要小费哦。"

"好说。"

"那就进来吧。"

电视中，正在播放医学心脏移植手术，一只搏动的心脏，生命，真是件美妙的事情。

我真诚地说："今天遇到你，我很幸福，谢谢你。"

她说："我也是。"

这时，我感到她在不断收缩。

她说："第一印象好了，怎么做都舒服，你把我的高潮也带出来了。"

忽然一段甘美的音乐，不像是尘世的音乐，是她的手机响了，她娇气地说，你查户口啊，我已经睡着了，好了，我挂了。又一个电话，她喊对方局长，我已经上床了，眼睛都睁不开了，对不起，下次陪你。还有一个电话，她用本地话恶狠狠地回骂了一句，立即关了手机。

我说："找你的人可真多呀。"

她说："色狼太多。"

她光着身子走到厨房，倒了两杯果酒回来了，一杯递给我，我接了。

她说："你的笑容很迷人，你是做什么的？"

"看我像做什么的？"

"音乐老师。"

"不像校长？"

"不像，校长都是胖胖的，没有这样年轻。"

"看上去有没有钱。"

"有钱，又与有钱人不一样。"

"如何不一样？"

"你像个搞艺术的。"

"你小小年纪，怎么有这么好的眼光。"

"哈哈，我阅人无数嘛。"

她点燃一支烟，坐在床上抽了起来。

她说："小时候只有一个感觉，做作业，再就是各种各样的补习班、培训班。到了大学，开始还有学习的惯性，但一想到工作都找不到，学着还有什么用，心里就慌，就使不上劲，一个学期只上了一个多月的课，其他时间都在玩。"

"玩什么？"

"向家里要点钱，到外面散心，长沙、武汉、南昌都去过，很羡慕三毛浪迹天涯的生活。"

我说："先要把学习搞好，三毛以前读书可是很用功的。"

"哪里呀，她读书根本不用功。"

她说起三毛如何雇请家庭教师，如何逃课，如何学琴等等，如数家珍，我竟全然不知。

她说："一晃大学就毕业了，试着找工作，到处是骗子，男人见了我，想着第一件事，就是跟我上床，什么电视编导什么的，真是搞笑。这个社会就是金钱和权力，像我这样的小女子，三本大学毕业，又没有什么背景，工作很难找。这个社会，你不经商是没有出路的，只能靠现在年轻，趁早赚些钱，对啵？"

她说："在大学期间，别的没做，倒是把金庸的小说看了一遍。"

"难怪，你身上有点儿侠女的灵气，骨肉非凡。"

她说："你这样搂着我，我又有反应了，要不，再来一次？"

“好，试试。”

“这次我来搞你。”

“轻一点。”

她放肆地大笑：“你喊什么轻一点，这应该是我喊的吧。”

她赤身箕坐，媚眼挑逗，目光迷离。

“你的眼睛很美。”

她说：“那是淫荡，我要你也淫荡一点，反正只有我们俩，谁也看不到。”

深夜的街头突然传来一阵鞭炮的闷响，鞭炮是丢在一个铁桶里放的，夹杂着人声、唢呐声，这是当地的一支出殡车队，它们从远到近，又渐渐远去。此刻，在女郎舞动的肢体背后，我看到有一队白衣白帽的队伍，蛇一样地盘旋在稻田之间，蜿蜒地游向青霭色的山中。这两个情景交替、叠印，从而产生一种奇异的感觉。

做完后，她说饿了，想吃点东西，于是又整衣出门，楼道间一片漆黑。到了街头，街灯变得零落，沿街的店铺已经关门了。巷口有一株大树，树冠被风吹得乱舞。远处有火车横过马路，红灯晃动。一处灯光下，挤着些小贩，有小吃摊、水果摊，摊主哼着歌，等人来吃，空气中弥漫着烧烤食物的气味。我想到，他们都是诚实的劳动者，不如我的欲望多，他们辛苦劳动是值得尊敬的。

“饿了啊，来点什么？”

“二十串肉串，再来两碗甜酒冲蛋。”

“好嘞，来它两碗甜酒冲蛋哇。”

“碗多洗一下。”

“好嘞，碗多洗一下。”

街上吹着倦慵的软风，我的欲望变得十分安静，好像不是自己的东西，人又恢复了清明。我感到另一个我在飞翔，这也许是佛家“狂心歇处即菩提”的本意吧。

她轻声埋怨：“妈的，我的嘴唇过敏了，都是你给搞的。”

这让我大笑，几乎有点儿颠狂。

我的食欲很好。

从食摊回来，街头已经完全冷清下来，街灯将捆在一起的电缆的阴影打在街心，还有我们两人的影子，一种很不真切的感觉。

我瘫睡在床上，偶尔听到马路上有车驶过，我的身体大定，一种无与伦比的安详。

情欲是人性的象征，并非淫秽的，而是生物神奇的本性。两性交媾，“阴阳合璧”，源自身体上最切近的感受与需要。在这个脆弱的关头，是这个好姑娘抚慰了我，我感谢她，这种陶醉般的感觉不是来自别处，而是来自这个青春的身躯。

印度哲学认为，美色是永恒的，性交是健全的本能动作，不然生命就会荒芜。湿婆教崇拜男性生殖器，即林伽，认为它代表生命，象征生殖、创造的超自然神力，是宇宙之源和崇高力量的象征。另一个派别性力派崇拜女神，崇拜女性生殖器，性被认为是灵魂世界的引导者，是跟神灵交流的途径。

西藏密宗的最高次第，称为大圆满修行，其中有“调伏”“奉献女性”的内容，所谓“情烧智种，爱溺浮囊”，唯一的灵药是“以欲制欲”，在男女双修中，控制气息，入定悟空，亦称“乐空双运”，以证“菩提”境界，此境界即是成佛。

中国文化历来主张“天人合一”，但落脚点是“人”，不是“天”。我们生活的圣殿，就是日常生活的色香味，饮食男女，亲吻和血，分分秒秒消融的时间。

如何解决理与欲的关系，也是宋代理学面临的问题，宋儒恐惧“性”的原始力量，提出一套压抑的做法，但并不是什么好办法。

“晚逐香车入凤城，东风斜揭绣帘轻。”（张泌《浣溪沙》）

“映户凝娇乍不进，出帷含态笑相迎，妖姬脸似花含露，玉树流光照后庭。”（陈叔宝《玉树后庭花》）

“落魄江湖载酒行，楚腰纤细掌中轻，十年一觉扬州梦，赢得青楼薄幸名。”（杜牧《遣怀》）

“桃花春水满江头，独拥佳人翡翠楼，谁抱琵琶江口上，声声弹出小梁州。”（袁宏道）

他们都是城市生活的迷恋者，所以能把青楼写得如此清绝微茫，出神入化。

春风如刀，春雨如膏，律令下行，万物情动，人应该随生活之流而律动。先知发明宗教只是一剂良药，并非让人以药为食。因此，南泉和尚说：“夫沙门者，须行畜生道，若不行畜生，无有是处。”禅是动的，不是静的，是活句，不是死句，不是退避茅屋，而是混迹红尘。《灵峰宗论》：“身心理会清楚，不使家贼作祟。”白云守端禅师说：“莫谓无心云是道，无心犹隔一重关。”八指头陀说：“众生外无佛身，众生家常日用，无不是如来放光现瑞。”热爱生命的另一层意思，就是让身上的神与魔一起行动，“用二十只手抓住生命”，不让岁月空空地度过，不然，怎能“月满华枝”，怎能“悲欣交集”呢？

我断断续续地想着这些，一时无法入眠。

女郎忽而清醒了一下，说：“现在我要睡了，明天早上你再搞我，我睡得不老实，请你原谅。”说完，又睡了过去，微香的身体，无声无息的睡眠，还轻轻磨牙、流口水，像个孩子。

我打开床头灯，用枕巾盖住灯罩，以免直射她的眼睛。

打开旅行袋,《凌峰祖师自述》复制本赫然在目,上面还记着一个电话号码,是湘山寺僧人的，只要一拨，就可以回到那个洁净的世界中去。

《凌峰祖师自述》最后说：

> 丁未年冬，和尚病势日危，多在睡眠中，侍者在侧，每令退出，说自会料理。和尚在梦中，见一牛踏断桥石，又见碧溪断流。十二日午，撤退佛龛，侍者知有异，急报三寮职事，齐集问安。祖师手执禅板道：一人做事，要认认真真做，做好后，要像这块竹板一样，空无所有。说着，举起竹板连问数声，看，这块竹板有没有东西。僧众说，请和尚保重法体，久住世间，化度有情。和尚说：事到如今，还作俗态，说凡夫话。再次举起竹板：看，有没有东西。
>
> 年终之日，寒风凄厉，万山木落，水泉旱竭，禽鸟号鸣，和尚示疾。申时，命击报钟集众，和尚高座，以手抚膝者三，侍僧察和尚欲去，以示偈为请。和尚曰：山僧数十年来，挑囊负钵，参寰内善知识无数，自家并无个见处，亦无长处可相利益，无端被人推到十字路头，住个破庙，作粥饭主人，接待南北，事不由己，随分□□有醋，粥足饭足，且恁过时，所言皆是前人的典章，诸方的口水，实无一法与人。若讲佛法，不曾梦见。汝等侍我有年，辛劳可感，望善自保任，如何保任呢？唯有一字，戒！说毕，合掌示寂。和尚圆寂后，建塔函灵骨，三年后启关，头发和指甲继续增长，衣履庄严，宛然如生。

我突然听到，湘山寺水池中的莲花正在夜间绽放，声音越过山川，向我传来。

鬼葬之窟

1

鬼葬山脚下，有一群挑滑竿的山民，小腿肚像卵石一般圆实，我说不坐，仍有四个固执地跟着，登了近千级，见我步履轻捷，返回了两个，到了两千级左右，另外两个也返回了。

群山苍莽，孤鹰盘旋，一般的飞鸟无法飞越山谷。道路开凿前，这里原是一条羊肠小道，“由垒石丛榛间一线盘屈而上，其险岖处，行者前后顶趾相摩”（《孱陵县志》）。

走了五千级左右，天忽然阴沉下来，黑色的雾云不断从深谷涌起。山顶上只有一家客栈，我放下背囊，一眼看到墙上贴着的崖墓照片，还有山谷中云海美景，心中大慰。暗中坐着一个中年男子，瘦削白皙，是个画家。画家向我推荐对着山谷的房间，说搞摄影的都喜欢住这间，可以看到云海。除了画家，客栈里好像没有其他客人。晚上，我睡得很沉，窗外是黑色山谷和闪耀的星光，在山中，我的梦也很纯洁。

2

我无意中摸入一个农庄，十余栋黑瓦木屋，却不见人影，张皇失措中，忽然听到了低沉的狗吠，我一阵惶惑，这时看到一个抱婴儿的妇女，我惊急："狗咬不咬人？""它不咬人。"我向妇女打听了鬼葬窟的方位，离开时，狗竟跟着我，不吠，摆尾，这里的狗也太寂寞了。

峰回路转，终于看到了山腹的一个洞窟，锋棱怒立，飞萝挂壁，茂密的树枝遮着深邃的洞口，进入窟内，满眼是高低错落的棺木，我顿感一股彻骨的寒意。洞窟宽敞，巨大的崖壁间有平行的岩石层理，巨大的纹理像是恢宏的宇宙图像，大群的蝙蝠如雪片一般，在洞窟内追逐飞窜。地上的棺木成堆、重叠，木质已被风雨漂白，一些木棺内露出干尸，残损处像朽木滓。木棺用竹钉或榫卯拼接，每根尸架竖木的顶端，都有一只木雕的鸟，面向东方。

据《孱陵县志》记载："咸丰中，有土人攀索以入，棺柩累累，初开时，有黄气如雾，触人鼻皆辛苦，有遗骸数十具，鬓发齿爪如生人。死者额悬铜镜，土器、衣服堆积于四周，杂具皆如新物。"

经考古工作者多年调查，这一带的崖墓有二十余处，三五成群地分布在洞庭湖畔直到武陵山腹地，一般认为，它们是土著武陵蛮留下的遗迹，为当时大姓豪族的族葬之地。

洞窟两侧的崖壁下，有些崖居的石室，岩顶、后壁及底部均有方形或圆形凿孔，为木构的插槽、柱洞，细细观察，还有一些长条形的凹槽，应为安隔板及窗牖所用，崖壁有烟熏痕迹，应为庖厨所在。

石室临江，越过东面的丘岗，可以看到洞庭湖上隐约出没的小岛。遥想当年，湖光岫色，透露窗扉，隐士置身于瞬息幻灭的烟霞之中，探究天人之道，

仙人对弈（东汉）

锻造精神上的崇高境界。1973 年和 1978 年，博物馆先后在洞窟内进行过两次考古清理，曾发现过一架木筝，筝首作鱼尾状，十三个弦孔，每弦各有一柱支撑。遥想在某个月明之夜，隐士在此弹奏古琴，响动群壑。

洞窟顶部还有一处岩泉，飘在空中即成细瀑，俗称梅花雨。下方形成一个葫芦形水池，终日水声潺潺。崖壁上刻有对联：“今古晴檐终日雨，春秋花月一联珠。”

上古时代，巫觋们迷醉于和神灵的沟通，以唤起民众心中与生俱来的神秘力量，到了文明时代，为了建立国家的权威与秩序，统治者把这种权力垄断起来，“绝地天通”，斩断了民众与神灵的沟通，道家主张通过自身修炼而达到生命的永恒，以实现“与天地齐”的境界。道家修炼分为内外丹，外丹是靠炉鼎烧炼丹药，内丹指以己身为炉灶，以精气为药物，神为运用，使精气神凝聚而不散。“守静”“守一”“服气”必不可少。“守静”为道法之根，“守一”指意念专注于一，“服气”亦名吐纳，吸收天地间之生气。

张三丰《玄机直讲》云:“择地入室,炼此龙虎大丹,必要僻静鸡犬不闻之处。”《大成捷要》引魏伯阳言:“须幽栖静馆,闭户潜修,远离鸡犬妇女,避秽物触犯。”

鬼葬山大壑元气,万化冥合,高绝的峭壁是避乱之屏障,山中物产足以自给,从秦汉开始,便有道人在此穴居,超然世外,心无外物,饵芝煮石,咽气餐和,蛇行龟息,以待羽化。据地方志记载,晋宋以来,有道众在此辟谷,蜕骨成仙者六七人。此后,文人墨客也开始聚集于此,驻足遐思,留下了很多题刻:

“岩有千年骨,梯悬万仞船,夜闻仙乐动,缥缈五边云。”

“竹里开门通鹤径,花闲凿浦过渔船,当窗山色青初夏,挂壁泉声远落天,樵牧歌从云外起,便令尘世客茫然。”

“芒鞋历遍翠微巅,修竹阴中别有天,洞隐黄冠皆净侣,岩封白骨尽飞仙。石当罅处精庐构,路到穷时栈道悬,夜静焚香同礼拜,步虚声散一炉烟。”

唐代以后,佛教盛行,此地又成为佛教僧人修行之地,僧寮随崖罅起伏,崖壁间以狭路和栏杆相连。湘山寺凌峰和尚也曾在此闭关修行,旅游部门还立了一个“凌峰和尚修行处”的标志牌,僧寮内有佛龛,佛像圆形头光,袈裟,跣足,龛顶有飞天。崖壁上还有大量题刻,如“乾坤胜览”“青云满袖”“洗衲”“不舍昼夜”“何去何从”等等。

高山流水铜镜(唐代)

元明以后,湖寇猖獗,民不聊生,加上寺庙道观乐善好施,吸引附近大量流民，这里成了躲避战乱和苛捐杂税之薮。崖壁上有一处记事题刻，内容是绍兴年间，天灾流行，谷价奇贵，群盗四起，附近村民在此宝山避匪，坚壁清野，筑围捍寇，后来湖寇肃清，村人为不忘此事，刻石为记。因为石刻中有“宝山”一词，前些年被好事者发现，挑逗起村民发财之心，山民争相盗挖，结果并无所获，现在洞窟内到处可见翻乱的土堆。

民国时期，这里一度成为土匪盘踞的窟宅。民间传说，朱德曾经来此收编土匪，和土匪一起在山洞里喝酒。朱德说，我喝赢你，你就听我，我喝不赢你，随你的便。于是就喝红薯酒，因为给朱德上的是头道酒，劲道足，朱德喝醉了，这伙土匪就没有被收编，后遭到国民党的围剿，离开时，将一对玉枕头留在这里，后来老土匪眼睛瞎了，就再也没有找到。

连续几天，我在阴凉的洞窟内测绘、记录。有时，我会到阳光下的石台上休息。石窝里有一堆堆鸟蛋的壳，小鸟已孵化出壳。画眉鸣啭，在身旁跳跃。松鼠在路旁打架，也不避人。蜥蜴在石台上出没，时而穿入草丛中。我躺在石台上，睡意浓起，瞌睡中，一个巨大的洞窟，一片昏惨惨的阴雾，让我在情绪上无法摆脱出来。

3

画家正在一处崖壁下写生，他用干笔在宣纸上刷、皴、擦，横扫竖抹，用笔速度极快，时而又在宣纸上用小喷水器洒水。

画家说：“渲染云气，要淡淡逐渐加深，才见浑厚，多加一次，效果也增加一成，不能急。”

画家又说：“古人画阴天，远山深于近山，这是从生活中得来的。山本应愈远愈淡，但阴天晦暗，远山反而更暗。杜甫诗云‘巫山千山暗’，就是这个道理。”

我细细观赏画面，崖壁、灌木、杂草及土石的形态和比例非常准确，崖顶藤萝稠密，崖面有带灰白的或黑色的苔斑，石纹纵横，细部表现细腻，有块面有点线，并构成运动奔放跌宕含蓄之势。

画家说：“这里是原始次森林，树木高矮不齐，自然杂糅，树隙间布满萝藤，有一种生生不息的林莽之气，这是自然真山的感觉，很像元明山水画中南方的山，这样的地方，现在已经很难找到了。”

画家还提到了髡残、傅抱石、黄秋园的名字。

画家说：“髡残用干笔皴擦，画面有葱茏苍茫之感，配上浓焦的苔点，苍古稳重，乱头粗服中表现山川浑厚、草木繁盛。髡残的风格最近王蒙，这种厚实，和早期大师如范宽、巨然等是共通的。”

我发现，画家所用的皴法比较随意，并不是我熟悉的雨点、披麻、劈斧等传统皴法，所以有一种找不到根的感觉。于是我问：“如果采用传统的皴法，会不会更好？”

画家听到我的这句话，目光刹时聚集起来，认真地打量一下我，半晌才说：“这不是很难的事，我是有意不这样做。”

“为什么？”

画家说：“皴法，毕竟是对具象的一种概括，并不是直接的写实，荆浩《笔法记》说‘画者，画也’，意思是只有真实的东西，才合符自理之理，合符‘道’。我研究过宋元名迹，笔法都是很随意的，并不是你想象中千锤百炼出来的，你看米芾的《潇湘白云图》轴，那些点画，是什么皴法呢？高手功夫全在一支笔的运用，干湿浓淡，全凭感觉，偏锋侧笔，都有力量，人们所说的皴法，其实都是后人概括的东西，如果刻意追求，反是小道。我现在所用的手法，其实与早期大师的探索是一致的。”

我说：“作为考古工作者，也许我个人比较沉湎于古画中那些传统的范式，那些重复的东西吧。”

夜间，客栈不发电，也不点烛，我和画家、店老板坐在户外的石台上，一起闲聊。店老板说：“山上的天气很奇怪，经常与山下相反，什么怪景都有，有一次看到三个太阳，到冬天，都是绘画的、搞摄影的、搞植物的人住在这里，都是高层次的人。”

店老板又说，山上有九十九个堡，堡堡相似，道路连环，有人进去后迷了路，五天五夜才出来，现在还有几个村子在上面，近亲结婚很多。过去山上都是大树，十余人合围，大炼钢铁时砍了。过去野兽也多，一个村民砍柴，被老虎吃了，只留下一只脚，就把这只脚葬在坟里。七十年代，一个动物跑到村里，小牛这么大，谁也不认识，全村人拿了工具出动，把它围在田峒中。前不久，村民捡到一只从山崖上摔下来的麂子，二十多斤重，在集市上卖了。现在，山上珍稀动物还有很多。

《孱陵县志》上，也有对此地动物的记载：

“黄斑，貌似黄鼠狼而略大，嘴尖尾小，体软似带，动作灵活，惯于向豺狼虎豹挑战，猛兽看到黄斑，腿便发软，黄斑迅速钻到猛兽的肛门边，用尖嘴插入肛门，用力一吸，猛兽的肠肚肝腑都被吸了出来，不久就死在地上。”

“猴面鹰，栖息于悬崖峭壁间，面部似猴，喙下弯而锐，羽毛垂如蓑衣，夜间活动，以鼠、蛙、龟、蛇为食。”

“蝎蛇龟，喙似鹰嘴，长尾如锯，平时蛰伏山洞，当鹰低空觅食时，便缩进脑袋，白肚朝天，装死仰卧在地，发出一种奇特的腥臊气味，鹰闻到这种气味，一头飞下来，当鹰嘴啄进缩头处，龟就用自己的利嘴钳住鹰嘴，老鹰只得带着龟在空中飞，由于重心已失，不久便精疲力竭，栽倒在地，这时，龟就用长尾锯，把老鹰锯成一块一块吞食。”

“娃娃鱼，生活于深谷溪涧中，四足长尾，两栖，叫声如小儿啼哭。”

月亮升起来了，黑漆漆的山岩显露出细微的皴折、隐隐约约的重叠线、模糊的山雾。四面峰峦幻化出各种古老的精生，如蛰虫，如巨蛇，如鹏鸟惊起，盘地抬头俯瞰，白天没有生命的东西，都苏醒了，在黑暗中蠕动、吟哦。

上古时期，山之隈、河之畔是人类最早的栖身之地，“天地”“阴阳”“草木鸟兽”，当然还有“鬼怪”，都深深根植于初民心灵深处。最早的文献《尚书》《诗经》中，大多包含着这些山林情结。《山海经》对这一带有这样的记述：“山上多赤金，其下多瑊石，其木多柤栗橘柚，其兽多麋麂，其草多嘉荣……澧水出焉。”金石、走兽、草木，这是先民最关注的东西，也是一个地方最原始的元素。越是阅读古人，就越感受到古人与山川之间交流的深度，经年累月沉溺于山林梦境，才有了道家天人合一自然观的呈现。在中国人的心灵中，与生俱来潜伏着对于自然的原始信仰。汉末大乱，通经致仕之路中断，经学的衰微无法逆转，作为新思潮的魏晋玄学应运而生。南朝宗炳《画山水序》中提出了“含道暎物”的概念，同时期的王微在《叙画》一文中也说到了图画“成当与易象同体”，绘画成为了“道”的载体。此念一出，书法、绘画、雕刻这些艺术门类，开始从原始的实用、教化功能中抽身而出，腾蛟起凤，赋予了古代文明的精髓，六朝乱世，却是中国艺术史上一个非常重要的时期。

画家说："很喜欢考古这个职业，在南京读美院时，看到六朝石辟邪，就有一种可称为'魅惑'一样的感觉，就像回到了自己的前世。头一次看到将军山岩画，没有丝毫的陌生之感，不需要任何解释，就清清楚楚知道了它的内涵：这是稻神。这种判断似乎不需要论证，只凭直觉就可以了。现在想来，这一定是古老种子在血液中流传，有着生物学上的深刻理由。在人类的基因中，不仅含有父辈、祖辈的基因，没准还带着更前代的基因。"

我说："百分之九十九以上的人类史迹都处于'失踪'状态，需要考古学去打捞，考古学创造的新概念、新知识，是人类认知的源泉。决定人类文化最本质的内涵，其实还是人的本能，考古学家恢复历史原貌，呈现最客观的事实，这也是人类可以依赖的事实。许多人在对历史的体验中，找到了自己的身份认同，神秘的创作源头。"

画家说："在我的印象中，考古学家好像是能够沟通天地的人，你看文学史上的大师们，多少都与考古有点关系，鲁迅、郭沫若、茅盾、沈从文，他们都是考古学的大家。在高行健《灵山》中，考古学成果经常成为思考的基点。还有许多文化人，沾了一点点考古，就变得肆恣纵横，有了吞吐历史的气象。现在社会上都谈论文化遗产，但我还是没有弄明白，在我们的传统文化中，还有什么价值可以发掘？"

我说："传统文化，儒道佛，是古人处理人和社会、人和自然、人和灵魂三种关系的手段，这个东西延续了几千年，滋润社会民间，影响了整个东亚大陆，当然具有普遍的价值。但我觉得，现代科学、民主、法制是对传统文化的扬弃，这是符合事物发展规律的。中国自古深谙天地人生之道，遗憾的是，几千年来并没有质的发展。西方凭借科学手段，在对于宇宙世界的认知道路上，迈出了坚实的一步。但我们的传统文化还沉浸在‘天人合一’这类模拟性的概念中。《老子》说，‘道可道，非常道’‘名可名，非常名’，为什么不可以‘道’，不可以‘名’呢？这是因为工具的贫乏，如果运用现代数学，许多东西其实是‘可以道’‘可以名’的。传统文化在清代已经衰落不堪，从洋务运动到改革开放，我们一直都是在向西方学习。有人将改革开放三十年的成功，归功于传统文化的胜利，真是痴人说梦。在我眼里，科学才是探求真理的唯一方法，它既有理论，又有证会，在它面前，古来先贤都为之失色。现在所谓的文化热，古董收藏啦，鉴宝节目啦，举世若狂，都是人为泛起的沉滓和糟粕，好像人已经死了，头发与指甲还在疯长，以此来吸引猎奇的目光。一个电视讲座中，还在普及一些‘令尊’‘令爱’之类的称谓知识，真让人哑然失笑。对我来说，梳理古代文明，更多的是为了内心的‘了断’与‘埋葬’，向着人类文明的共同方向精进。”

凉风乍起，树间窸窣有声，我和画家就这样侃侃而谈，漫无边际。我感到有些凉意，山谷中有云絮在飘，一股白色的，是从山间飘来的，一股略带灰色的，是从白鹤镇的方向飘来的。

4

画家在学校当教员，每年假期都来这里写生，搜集素材，这次在山上等待云海，已有半个月了。我问画家：“为什么要花这么多时间等待云海？”

他说：“给你说个故事，从前，一个国王想要一幅白鹤飞过月亮的画作，画家很长时间没有画出来，因为他还没有等到这一刻，因为画家只绘自己经历过的东西。现在我才明白，这并不是矫情，这是真正艺术家的唯一选择。

鸟儿掠过月亮的画面非常简单，谁都能绘，但是要表达这一瞬间的真实心绪，画面的韵律、笔触，如果没有亲历，你是无法想象出来的。对于自然精魂的刻画，只能通过体验而获得，这也是古代大师冥思的奥秘。”

画家说：“对我来说，绘画不光是对形式美的追求，更是对于‘神迹’的寻求，我在此经历难熬的等待，就是为了追摹这种‘神迹’，这与当年荆浩在太行山洪谷写生，‘凡数万本’是一样的，是‘搜尽奇峰’的‘搜’字，是‘伏卵’的‘伏’字。这是我平凡生活中最重要的事情，一天当中，我的心思全在风、云、天光、雨雾的变幻中，没有一分钟是空白，这个过程是充实的。”

有个晚上，我被雷声惊醒，窗外雷电发红，在闪电中，看到山峦上白云肆意铺陈，白云中有黑色的山头出没。我又睡了过去，在似睡非睡中，一直想着山谷中的乱云、黑峰，还有雾中的“魅影”。我梦见太阳被云翳遮住时，显现出巨大嶙峋的峰峦，恐怖而恢宏。此时，我听到房门被重重一击，原来是画家喊我起床，我应声而起。这时天已大亮，我从窗户看出去，山谷中起了云海，峰峦如小岛出没，风把云气从一个山谷吹向另一个山谷，于是形成了云瀑，云瀑如泻，气势磅礴，猝不及防，“飘飘有凌云之气，似游天地之间”。

画家站在户外的石台上，面对蒸腾的山谷，挥笔作画，他抿着嘴，双眼极其专注，泼墨淋漓，似乎集中了身体上的全部力量，我头脑中掠过“道场”一词，对，它就是画家的“炼丹之场”。

那天，鬼葬窟也在云雾中，我经过崖边时，忽见下方有自己的影子，定睛细看，人影四周还有光晕，这就是人们所说的“佛光”！如此重复了三四次，才渐渐隐去，我想，一个人有过这样的经历，定会吉星高照。那天下午，我还看到几个湖北来的摄影者，都穿着摄影背心，数码相机，全副武装，他们是开私家车过来拍云海的。

夜间，我又来到画家的房间，他将一张张画稿钉在木壁上，取下来，又放上去，床上也铺满了画稿。我感到一阵寒意，粗一看，这些画稿似乎有些粗糙，但这些都是真实的山水写生。那些平铺漫衍的云雾，影影绰绰的峰峦，从山顶的墨黑到一般的灰白，晕染出层层叠叠的层次，深得山川之神韵，“惚兮其若晦，恍兮若无止”“惚兮恍兮，其中有象”，这些发黑的山头更是勾起我久远的乡愁。我从没见过这样的美景，心底涌起一股甘美的、尘世以外的东西，它让我确信，只有一个单纯、纯粹的艺术家，上苍才会赐予他如此纯净的梦境。

画家说：“创造性的东西，从来不是垃圾搜集中产生的，而是高妙的直觉，大师的手法源于超常的心灵感悟力。绘画，说穿了，都是禅者留下的‘迹’，一个修炼者的精气神，笔墨流动的，其实都是心瓣的方向，每一笔触，都指向这样一个核心，对于同道来说，这种东西是看得出来的。评价艺术家成就的高下，主要看境界的高低。先哲们面对自然，有的探索世界来源，有的寻找星月、时岁的运行规律，有的为农事，有的为占星，我则借着绘画与自然共处，希望承载起我对于生命的无限怅惘，除此，我没有别的途径。”

那个晚上，画家的气色很好，我们在屋里聊天，星星在外面窥探，好像随时要从窗外逸入，天空中不断掠过闪电，时而与画家的脸色相交织。因为一直没有找到房间的方位，总有一种恍恍惚惚的感觉。在暗中，画家气度高迈，双眸如星，像一个通灵者。我忽然想到，基督教的“启示”，佛教中的“涅槃”，中国圣贤的“冥契”，大抵都是一种相似的精神感受。

夜深了，我离开画家的房间，走在廊道上，我愣住了：一块块闪光的云团从树后缓缓向我逼来，环顾左右，这样的白色，东一块，西一块，如同泼墨，又像流溢出的乳汁，正在到处生成、游动、变幻。我走到户外，山谷的白雾如盖，如天地间的缟素一般，把这一纯洁世界与下面的尘世分隔，就像洞庭湖畔出土的汉代帛画，将仙界、人间、阴界的三个界面分隔开。当我正在为这一景象着迷时，山顶上忽而露出一个月牙来，那不正是帛画中那个含蟾蜍的月亮吗？一缕缕云絮恣意松散，逆向流动，那不正是那个棺壁上飘逸的漆画？而那些精灵般的峰峦，不正是帛画中形形色色的怪兽吗？我顿时进入一种如梦如幻的幻景中。

下卷　时光

创作手记

我退休后，独自住在公寓楼里，撰写这部《洞庭之时光》。我总是梦见陈家屋场的屋脊、山风中的草茎、墓地上的纸鹤，还有白鹤古城上的一株桃树，它沐浴在昔日的阳光下，四周是一派青青的稻田，一条小溪环绕着它，就是梦溪。我经常十天半月说不上一句话，我想，我如果猝死，会在很长时间里无人知晓。我就这样置身于一个修炼场内，从事着我的心灵事业。我的生活非常单纯，一切只围绕着那些虚玄的问题展开，它在现实中没有位置，却是支撑我活着的最大理由。有一年底，我的所长进来看我，我以为外面在下雪，原来是他的头发已经花白了；我对面楼层住着一对小夫妻，后来有了小孩，再后来女的变成了妇女，男的成了秃顶，这些都是多少年前的事啊，可想而知，我已经老成什么样子了。

写作这本书的这些年，我的大脑也像其他机能一样，处在衰退中，做许多事情，总缺乏从脚心生起的力量，我的神经官能症也越来越严重了。我经常梦到一只小猫，它病得不轻，又像是我的电脑，一跛一跛的，走不稳，我丢饭粒给它，也不吃，它将完了，我知道，这是我的大脑。

我居住的公寓楼下面，有一个小商场，门口放一个报菜价的小喇叭，每个价目都以8为尾数，8代表“发”，是这个时代的宗教。当小喇叭反复播放时，却变成了我的地狱，我的神经官能症开始发作。888 循环往复，带着咒语般致命的力量，让我无处可躲，我为此连续的失眠，在镜子里，我发现自己目光空洞，眼眶凹陷，脸色枯槁，我的精神被彻底摧毁了。

在湖南乡村，早年当过半仙的老人，每逢祭祀的日子，就会早早躲到深山中去，因为一听到鼓钹的声音，也会发作起来，体力不支的一命呜呼，这是暗示的力量，古代咒语的秘密就在于此。我几次交涉，店员低声说，没办法，我们要做生意。单位领导给足了面子，为我加了双层门窗，这个 888 已降为极微弱的尾音，但这个声音已经变成了我“臆想的声音”，成了我的“死亡咒语”，我甚至想通过医学途径，让自己变成一个聋子。

让我命悬一线的，是另一个我，正在看着这一个我，书写生命中最核心的体验，也就是说，“另一个我”摆脱了生命中许多不堪承受的东西，依然保持着健康的状态，甚至从搜集自身的感受中，收获着小小的喜悦。那么，就让我离开这个衰老、绝望的我，而跟随“另一个我”，愉快地生活下去吧！

随着《洞庭之时光》的逐渐成形，我感觉到身体各部分都在迅速退化，几乎每一天都有变化，但让我欣喜的是，我终于找到了自己的声音，我要表达的东西终于写成了，从此，我可以曲肱而卧了。有一天，我梦见有一个人从远方来，从背后抱住我，贴紧我，他穿着白衬衫，是我青年时代的好友，专程从五百里外跑来的。我久久猜不出他的名字，他说，他是拜伦。我问他一些世故的问题，结婚没有，工作找到否，他无语，只从口袋里掏出一沓稿子，我读了起来，我被他的作品深深吸引住了，文字清新明丽，插图是拍下来的照片，我有点嫉妒，心里想，一部杰作就这样诞生了。我要他去投稿，说出版社一定会喜欢的，他只说了一句，“我差一点被打死”。我知道，这样轻松的文字，是他吃过多少苦头换来的。几十年来，他没有工作，在家里被当成疯子，原来的同学、朋友纷纷离弃他，说出许多势利话，甚至被亲戚、族人殴打，不得不离家出走。他一个人流浪到四川，直至西藏。他做过许多职业，没人知道，他正在从事着惊心动魄的心灵事业，现在，生活终于给了他丰厚的回报，有了这部旷世杰作。我看到他笑了，还像青年时代的样子，没有显出老态，一口洁白的牙齿，门牙略略有点凸，很漂亮。他注意到我在看他，略略舔舔嘴唇，我恍然大悟，这个人就是青年时代的我。

青鞋

1

湖区适逢水灾，从县城到陈家屋场的公路上，到处看到欢迎救灾慰问队的标语。公路两旁的树都蒙着泥，老翁拿了砍刀，发现有浸死的树，当即砍倒，老妪把砍下的枝杈捆了，背回家当柴烧。民房在水中泡了几个月，砖墙上留着一道道平行的水渍，土坯泥墙则完全倾毁了。沿途到处都在修房子，发出“丁丁”声。几家瓦顶上的炊烟刚刚冒出，就被风吹到瓦缝中去了。几个小孩捡了稻草人身上的白色尼龙条，在野地里奔跑。

又看见远方的陈家屋场，斜风细雨中的小村，黑色的屋檐蜂房似的簇拥在一起，如沉浸在睡梦中。这么多年来，这个小村总是以不变的面容迎候我，还有那座青山，坟茔上的纸幡在风中漫舞，雪片般的花瓣簌簌飘落……

随行的文管所长说，褚老师，按您的指示，还是住在陈大爷家，您要是住不惯，我们再安排。我说，我是个怀旧的人，住惯了，就不想换地方，以后有什么需要，再麻烦你。所长还说，他家的那个妹子，在报社工作，经常打听你，对你蛮有意思呢。我笑了，他说的是素春。

摸门进去，陈大爷正在劈柴火，专门请了一个大嫂为我做饭，此时，晚饭已经准备好了，一钵鱼正在煤炉子上滚。所长将我的行李扛上楼，看过我的房间，就开车回去了。

我在厨房一边吃饭，一边闲聊。

大嫂说，一晃又是几年，你这次来，真的有点认不出来了，那年，你戴一条围巾，都说多漂亮的小伙子。我说，我已经老了。大嫂说，老倒是不老，只是胡须多了。

陈大爷说，今年水灾后，许多人都出去了，这里成了空村，现在百姓吃的都是品质粗劣的救济粮，蔬菜吃不起，就买了豆腐做成腐乳吃。

问起陈克俭家的情况，陈大爷说："克俭书教得好，后来又跟你们搞文物，就是家庭差了，拖累了他。他的父亲人品不怎么样，公社化时是会计，在食堂掌勺，勾引过不少妇女，后因贪污革职，前几年也死了。"

"怎么死的？"

"酒喝死的。"

"怎么喝这么多？"

"跟儿媳吵架，一气喝了四两酒，鼻子出血，嘴巴也出血，就死了。克俭的两个儿子，守国、定国，在鬼葬山下当轿夫，生意好时，能赚百把块。女儿秋红长得乖，十六七岁就出去了，十多年了，闯荡过许多地方，后来又把叔伯的妹妹带走了，前些年回来过一次，三十来岁的人了，还像十几岁，漂漂亮亮的，不像农村人，也没见得病，见到我喊爷爷，我说，你生小孩，我还没有放鞭炮恭喜你呀，她一听就哭了。"

"年轻人回来结婚的多吗？"

“多数在外边找了，到广东、福建当二奶的多，找的都是老板。”

“家里知道吗？”

“如何不知道，都带来过，有的年纪比父母还大。”

“家里会接待吗？”

“怎么不会，做家长的，这种事都由着她们，只要有钱，也不吃亏。”

大嫂说：“女儿能搞到钱，一般还蛮自豪，现在是笑贫不笑娼。”

“那怎么称呼？称兄弟？”

“当然还是岳父大人。”

“女孩好意思吗？”

“我看还蛮快活。”

陈大爷说：“我们这个地方的丫头好看，主要是水色好，孱陵扫黄时，被公安局抓的妹子中，多半是这里的人。这里的媳妇生小孩后，大多出去当小姐，男的在家打麻将，年年得些钱，田也不种了。去年，三幺家的姐夫被公安抓了，找他取人，三幺从口袋里就掏出一千多块。”

“现在这样好不好呢？”

大嫂说：“也没有什么不好的，反正她们来来回回都坐飞机，玩也玩啦，又有钱，唉，就是我们这代人亏了，年轻时连个饭都吃不饱。”

“二毛家的媳妇是从竹马嫁过来的，人才可以，作风不怎么样。男的打工去了，她就与隔壁男的勾搭上了，有一次在碾房被人捉住，二毛后来上吊死了。二毛家的女儿，都喊她南南，做二奶怀了小孩，回家生崽，男的给她修了房子，装了电话，还请了保姆，告诉她，如果生了男孩就打电话，去继承遗产，如果是女儿，就不必了，后来生了男孩，都住到深圳去了。”

我问东问西，打听这些琐碎闲事，家长里短，有点不好意思。但这些都是发生在村里的事，是“村史”的真实片断。在闲聊过程中，中间隔着的日子渐渐隐去，过去的时光又与现在悄悄接上了。

我默默地吃着饭，寂静中，只有筷子碰击碗壁发出细微的橐橐声。这会儿，陈大爷从屋里拿出来许多奖章本本，他十几岁参军，得过许多荣誉，部队让他当班长，他没有文化，怕当不好，自己跑了回来。去年，别人借用他的奖章找政府，每月领到了两百多块，他只得了八十块。我答应他，以后跟县里干部反映。

饭后，我像往常一样，到村边散步。一处屋场前，村民披着上衣，或站或蹲，捧着碗在吃晚饭，见了我，都说“好久没来啦”。背风处，三四个小孩哆哆嗦嗦的在赌香烟纸，一处油毛毡被风吹得啪啪作响，没有看到猪、鸡、狗的影子。

走在野间，遇到一个驼背的老人在放牛，恍然间，我把老人也看成一头小牛了，走近时，我听到老人在跟我说话：“我妹妹自杀了，直肠癌，三年了，孱陵、常德都没有诊好，用白粉镇痛，前几天，人一转背，就爬到水沟里，把头俯在浅水里，死了，你哪来的？”

“长沙。”

“长沙？那陈秋红怎么没来，她是湘江宾馆的。”

“我是考古的。”

“拷鼓？烤烟？”

“是挖宝。”

“哦，挖宝，你是挖宝师傅。”

暮色四合，鬼葬山一带的山岭被灰云遮住，盆地及其边缘的山岗上，散布着上古以来的古遗址、古墓葬，几十年来持续的考古工作，已使这里成了探索洞庭湖古代文明的基地。我走在旷野上，风阴而冷，这些年来，出去打工的人越来越多，到处是大而无用的空房子，曾几何时，生活的舞台已经悄悄发生了变化，当年舞台上的主人，陈克俭父子，女孩子们，有的死了，有的远嫁他乡，陈家屋场变成了一个空荡荡的背景，只有我，像个影子，年复一年往这里跑，与我相伴的，只有对时光的回忆。那些曾经的欢乐情绪呢？那些刺向天空高高的白杨呢？此时，凉雾像雨丝一般落在脸上，静默的农舍、池塘、树木、夜风，似乎作为我感知的背景而存在着，我不觉有点感伤，我的体验一天一天在衰老，但古老的情愫一直萦绕在心中不散，我不知向谁诉说。

陈大爷早早睡了，被水浸泡几个月的木门膨胀得关不上，真是夜不闭户了。走在楼道上，我有一种回家的感觉，这是当年住得太久的缘故，我喜欢这里冷风穿梭的窗户、雨渍斑斑的墙面、没有上漆的木器家具。

我的房间打扫得干干净净，床也已经铺好，行李静静地放在一边，手之所触，没有一点灰尘。房内的陈设，没有丝毫改动，电视机坏了，床头柜上放着一只遥控器，过去的情景，一个女孩赤脚走过甬道，都浮现起来，一切让人不可名状。

素春的房间久未住人，一面镜子蒙着灰，墙上贴着小虎队帅哥的海报，我推门进去，轻轻喊一声，素春。墙上照片框里，素春抱一个陶罐俏笑，这是我拍的，还有我与女孩们的合照，都是我后来寄给她的。一张最新的全家福，素春旁边站着一个阳光青年，应是她的丈夫了。一束野花干枯了，还插在瓶子中，抽屉里有一些武侠小说，几本三毛的书，都翻旧了，一个小本子记些歌词，剪贴一些影视明星照片，还抄着一些格言，“性格与花”之类，上面勾勾画画，都是素春稚气的文字，那时她说：“等我把字练好了，就给你写信。”

工作间安装了铁门，自从那次发掘后，这栋房子就一直租用下来，作为考古队的临时库房和工作场所。所长给我的钥匙，是外面铁门的，里面木门却没有，忽然想到，我曾在门框上藏了一把，用手摸过去，果然还在，有点锈了，木门上的封条是我的字。我撕了封条，打开门，一股热乎乎的气味扑面而来。地上有一只死蝙蝠，已经干枯了。标本架被陶器压得弯曲变形，装陶片的尼龙袋风化了，一触即成粉末，打开锈结的水龙头，喷出一股黄色的浊水，过了好一会，干净的水才哗哗流下来。

工作台上，摊着一沓“墓葬登记表”，印着墓号、类型、尺寸之类。还放着一份当年的工作简报，上面有这样的文字：

> 凤形山墓地位于楚江北岸，距孱陵县城十五公里，与白鹤古城相邻，山中有蛇尾、黑鱼岭等十余处分散的墓地，其中十来座大墓形如山阜，为封君级别的墓葬，与此对应的城址，是战国时期的白鹤古城。解放以来，这里陆续发掘战国两汉墓葬一百多座，出土有青铜器、陶器、瓷器、琉璃器等数千件。其中凤形山大墓保存的画像砖雕，是百科全书式的珍贵画卷，这类画像在南方地区极为罕见。

读着这些平实的文字，又激起我的身世之感。第一次参加发掘时，我才二十几岁，热衷于自己感兴趣的事情，在发掘上不怎么上心，发掘出大把简牍，不知该如何处理，生怕坍方，也没有细细寻找一下印章一类的小物件，这是自己职业生涯中一件抱愧的事。但人也是这样一步一步成长起来的。

还有几张发黄的地方报纸，在当年的报道中，把凤形山墓地说成是“特大型”墓地，这符合老胡的习惯，我不禁笑了起来。上面的照片，是当初大墓发掘的现场，灰蒙蒙的，但无论在何时，我都能清晰地想起。

夜间，我打开窗户，让寒风灌进来，风是经过一大片田野吹过来的，尽头是寥落的灯火，楚江彼侧的狮子岩兀然独立，山体发黑，像一个飘渺的梦。田野里光秃秃的，煅烧着几处干草，暖烘烘的焦煳味随风飘来，有时“啪”的一声，闪出一丝红光。我就这样关着灯枯坐着。谁家在弹棉花，传来“梆梆梆”的声音，枕边手表“嘀嗒”“滴嗒”响着，还有楼下陈大爷的咳嗽声，几百米开外行人的脚步声都可以听到，真静啊，这样的日子真是久违了。

2

我觉得自己的感冒好多了，洞庭湖畔清新的空气，让我的心境也好了起来。多年前，在考古发掘的日子里，我长时间居住在此，闲暇时读书听雨，收拾心情，梦也清奇，回到长沙后，生活忙碌，连梦境也变得杂芜逼仄。这次来，我有意让自己处在与外界隔离的环境中，整理历年的出土文物，编写考古报告，在寂静中，体会时间在自己身上分分秒秒流过的感觉。

我已经开始出土文物的整理，我将工作间打扫了一遍，从漏雨的房子中，翻出经年发掘出来的文物标本，一筐筐，一盒盒。首先是清洗陶片，按质地颜色分为夹砂红陶、夹砂黑陶、泥质黑陶等，然后进行分析统计。一些陶器的标签上，还留有一位前辈同事的名字，这位前辈一生致力于洞庭湖文明的研究，梳理了洞庭湖新石器时代文化的序列：彭头山文化、皂市下层文化、汤家岗文化、大溪文化、屈家岭文化、石家河文化。他提出，由于洞庭湖区稻作农业的发展，造成了人口的膨胀和迁移，从洞庭湖畔到东南沿海和珠江三角洲，有一条清晰的白陶陶艺传播路线，这就是人口迁移的证据。他还提出，长江中游的先楚文明，很可能就是传说中的夏代，洞庭湖是古代文明之胎。他的方法是新颖的，细节上也有出人意表的发现，随着最新考古成果的不断涌现，我越来越体会到前辈非凡的洞察力。这位前辈到了晚年连自己的名字都记不得了，但对于这些陶器，依然认得清清楚楚，在他生命的最后几年，一直在重复中走不出来。有人猜测，这些陶器都是古代祭器，这位前辈可能是被鬼迷路了。现在，我延续着这位前辈的工作，和他一样，都是古老遗址的寻梦者，是真正的诗人。

日复一日，我坐在工作间内，醉心于每一块陶片的清洗、分类、拼对，渐渐地，我对于各类陶片细微的变化，甚至某个陶工的指纹都烂熟于心，我成天关心的，是这个口沿与腹部能否拼接起来，这个陶器的图案有何含义，这些事情，都是青年时代嘲笑过的钉铍小事，但现在都成了纯粹的考古学语言。我知道，许多对于历史的宏大发问，往往是从这些不起眼的陶片开始的，这是考古学的“精微”所在。随着职业生涯的延续，文化层、陶片、器物组合，这些最客观的东西，常常给我带来沉静，让我触摸到生命之根，借着它，我一点一点地接近历史的隐秘地带，就像中世纪的神学家，在潜心探索某个天使的重量。

几个标本架原是窄窄的木床，是老所长从某个歇业的美容美发店买来的，一处床挡上用圆珠笔写着：为了爱，梦一生，这是缘分，还是疯狂。是某个小姐躺着写的，与埋了几千年的陶片放在一起，有一种别样的感觉。

经过一段时间的拼接、修复，已经复原出几组不同的陶器组合，静静地摆放在标本架上，它们具有不同的质地、器形和纹饰，代表不同族属留下的遗物，土著人、楚人、秦人、汉人，这是他们在这块土地上生存过的证据。在这里，陶器变成了一种历史文献，一种客观的隐性谱系，如果不将它庸俗化，它的魅力是存在的。透过这些陶器，古代族群的面容，清晰地呈现在我的眼前，这是职业赋予我的目光，日复一日，我深深地沉浸其中。

陶器上的图案，是人类精神表达的曙光，这是一种洁净的语言，直白质朴，不管我们读懂与否，都是真实的。绳纹、叶脉纹、编织纹、水波纹都是与日常生活相关之物；鸟纹、鱼纹、蛙纹、蛇纹、羽人，带有上古图腾的意味；商周陶片上的云雷纹实际上是对于“雷神”的一种崇拜；“S”纹是对于雷电的描摹；方格纹是战国至汉代最普遍的纹饰，带有天圆地方的宇宙意象；“米”字纹则带有浓郁的农耕文化意味，呈现着族群的集体意识……

长蛇（《山海经》图）

有一天，当我翻动狮子岩出土的陶片时，忽然产生错觉，恍然有小动物在蠕动，一条条小蛇飞快地爬到手背上。原来，陶片上所刻画的，皆是蛇纹，有大蛇、小蛇、幼蛇、蛇皮、蛇眼，有盘蛇、双股交织的缠蛇，非常传神。此外，曲折纹可能是眼镜蛇身上横带纹的简化，菱格加凸点纹、方格纹或菱形纹可能是五步蛇或斑锦蛇身上的花纹。

据村民介绍，每到夏季，狮子岩上到处都是蛇，石缝里盘着的，树上挂着的，蛇眼如萤虫。蛇的习性是阴处蛰伏，自己不会打洞，吃了老鼠后居之，白天在河边觅鱼、蛙等为食，晚上回洞，蛇没有攻击性，听到声音就走了，除非踩到它。

南方多毒蛇，人类对于蛇向来厌恶，古人见面，互相问“无它”，就是说：“你没有遇到蛇吗？”处理人与蛇的关系是当时的头等大事，出于恐惧，穴居人将自己当成是蛇族，陶片中的蛇纹，与青铜罍上的蛇纹一样，都是这种集体意识的体现。最早的祖先往往是人蛇结合的产物，伏羲、女娲皆人首蛇身，这是祖先的梦魇。《孟子·滕文公》：“当尧之时，水逆行，泛滥于中国，蛇龙居之。”《山海经·中山经》：“洞庭之山……状如人而载蛇，左右手操蛇。”《楚辞·大招》：“南有炎火千里，蝮蛇蜒只，山林险隘，虎豹蜿只。”《淮南子》：“断修蛇于洞庭。”《史记·高祖本纪》中，将“龙蛇”与“云气”附会在汉高祖身上，这标志着它们最终成了我们民族的图腾。

小风吹着木架上的标签纸，本架偶尔会发出开裂的声音，我长时间沉浸在工作中，毫无倦意。我常常凝视着出土的陶器标本，由微妙的感觉牵引，深入到这个隐秘世界的深处，有时竟演变成了一个个的幻觉。

当我触摸一件鬶或斝的碎片时，就想到袋足炊器，胃部会产生暖暖的感觉；一件陶釜，出自一座倒塌的火膛中，幻想中湿木的浓烟会熏得我睁不开眼睛；从一块粗糙的陶片中，我听到一个苍老的声音，那是孟子的声音：“五亩之宅，树墙下以桑，匹妇蚕之，则老者足以衣帛矣。五母鸡，二母彘，无失其时，老者足以无失肉矣。百亩之田，匹夫耕之，八口之家足以无饥矣。”这是孟子想象中的上古生活场景；看到地层中突然出现楚人的陶片，我心里开始惶惶不安起来，那是一个乱世，楚人的锋镝指向洞庭湖畔，土著的三苗人开始节节败退，村寨焚烧的股股黑烟，脑浆迸裂的污血，呼天抢地的妇女和被惊吓的孩子；白鹤古城听到战事的消息，长老用嘶哑的声音，召集全族居

戈人（战国）

民筑城，这是白鹤古城又一次大规模的重修，在东门的祭坛上，带着鸟喙三尖帽冠的祭师，杀死了捉来的敌人，埋在祭坑中作牺牲，接着，北方的队伍到达洞庭湖边，用箭镞射死了许多人，他们操着一种不可思议的利器，猛利无比，这种兵器叫“戈”，白鹤古城被降服了，族人举着火把，哭声遍布洞庭之野，连天空也充满血色，印证了《周易》中“龙战于野，其血玄黄”的意象，白鹤古城再一次被毁灭了，从此，每年秋收，鸟喙的三苗人开始进贡稻米、肉脯、芭茅、山鸡的羽毛，还有“九”这样美丽的女孩子。

考古学研究有时近乎猜谜，但有一种古老文明的纯净信息，失落在古老的陶器残片中，现在被我接住了，我是几千年后读懂这些信息的知音。

原始风景

灰黛色的天幕下，莽莽山岭在天际排列，沉云密布，大地昏昏常暗，接着地层开始隆起、断裂、下沉，到处有水面的反光，此时，洞庭湖内陆湖盆开始形成，湖沼有鱼，雾蒸洞庭，现在湖畔山顶上的河卵石、螺壳化石，就是沧海桑田的明证。时间之矢呼啸而过，一条莽流闪着光，从鸿蒙中流来，像一条大蛇越过山坡，这就是楚江。在洞庭湖的山前地带，即现在陈家屋场的山坡上，成群的野猪、水鹿、麂子、野兔在莽原上奔跑，地面上兽蹄鸟迹交错，一群衣不遮体的猎人，用沟壑、陷阱来围猎、网捕，以保证生计。他们的裸体很匀称，对于异性的某些部位，具有动物式的敏感。两个丰乳肥臀的妇女在采集，弯腰时垂着重乳，一个妇女在赤身洗澡，与几个强健的狩猎人邂逅了，就在树下发生交媾……

洞庭湖区的第四纪红壤中，满布纵横交织的白色纹路，地质学上称为“网纹红土”，通过孢子花粉分析，红土中包含着松、枫杨、杨梅、青枫栎、栲为主的孢粉组合，反映了中亚热带气候条件下的植物景观。这个时期，人类已经来到了洞庭湖畔的旷野上，他们穴居野处，游弋无定，敲击石器后，随手丢弃在野地里。现在的洞庭湖畔，到处散布着旧石器时代的打制石器，遗址数以百计，著名的如津市虎爪山、石门燕尔洞、澧县鸡公垱等。我常常想，要经历多少岁月，才会形成如此密集的分布？

青年时代的我，在旷野上引吭高歌，乐谱上的音符，变成了大地上一堆堆的旧石器，它们有很好的刃口、打击点，我手握被太阳晒烫的旧石器，感到几十万年前远祖的能量，通过手心，进入我的体内。古河道上，各种禽鸟鸣叫，一群群麻雀贴地低飞，或停在几丛稀疏的灌木上。小麻雀呀，你们可曾见过当年的狩猎人，我就是这些石器主人的后裔，我的身体和欲望，就是他们生命的种子。旧石器时代与我们并不是遥不可及，我们的身体，就是在这一漫长过程中模铸好的，是那个时代留下的最古老的遗物。在那个时代，上帝还没有出现，龙蛇图腾、天帝鬼神，也是后来才有的，这是人类精神史的原点。我在旷野上来回走着，没有边界，没有方向，平旷的湿地上只有低矮的草木，风从背后吹来，如同孟子想象中的原始风景：

“当尧之时，天下犹未平，洪水横流，泛滥于天下，草木畅茂，禽兽繁殖，五谷不登，禽兽逼人，兽蹄鸟迹之道交于中国。”（《孟子·藤文公上》）

白鹤古城

从世界文明的生态背景看，古代文明多诞生在江河湖泊的冲积平原上。洞庭湖区有星罗棋布的小湖群、沼泽丛,低地有大量的野生稻,小股人群生活在以山、岭、岗、墩、台为名的山前平原或残丘地带，既得河湖之利，又免于水患之苦。他们在采集狩猎过程中，学会了谷物的栽培和动物的驯养，为漫长的冬季提供了食物的补充。一万年前，采集狩猎经济向稻作农业过渡，这是传说中神农氏教民稼穑的时代。洞庭湖畔第一批村落出现了，巨树，稻田，水鸟，丘岗上炊烟袅袅，一声声鸡叫声掠过晨雾，此起彼伏，一个全新的景象向我洞开。

稻神（上古时代）

白鹤古城遗址飘浮在午后的氤氲中，遗址在盆地中微微隆起，宛如地方志所描述的：“平原中起土阜，周遭如环，约八百余丈，中间甚平衍，四门相向，不类生成者。”

有一年冬季，陈家屋场村民正在疏浚河道，冬修水利，当开挖一道沟渠的底部，地下水突然往上冒，水中涌出金黄色的稻谷，一两分钟后，立即变成了黑色，不久，垄作的地埂、水沟也暴露出来。乡村教师陈克俭，把这些情况写成信，寄给了文化部门，考古队因此来到了陈家屋场。

原来，这是一处七千年前的古稻田遗址，比现在的稻田低二三米，龟裂纹地表上还有稻根、稻叶和人、牛的脚印。在考古发掘的日子里，考古队住在村委会的一个房间里，墙上贴着冬修水利的地形图，一天夜里，一个队员躺在床上，从这幅地图上发现，土阜四周一个连着一个的水塘，正好构成一个圆圈，完全不像是自然生成的，难道这就是古代的护城河？按这个想法，开挖了一条五十米长的探沟，果然得到了确认，这条护城河深三四米，紧挨着一段的古城墙，墙基泡在水里，墙身已经模糊，在墙体的剖面上，还发现了夯筑地层和史前的陶片，年代在六千年以上。这样，一座命名为“白鹤古城”的遗址就这样诞生了。

我走在城墙的土堤上，风从这一端吹向另一端，也吹着坟堆上的杂花野草，堤上随处有蜘蛛网，人过去时碰掉了，旋即又织好了，棉花忽然开苞，吐出一簇簇洁白。一个戴着斗笠的老者在城壕中钓鱼，白色的水鸟在水面上掠过。当时城壕的主要功能是排涝，兼有防御野兽攻击和

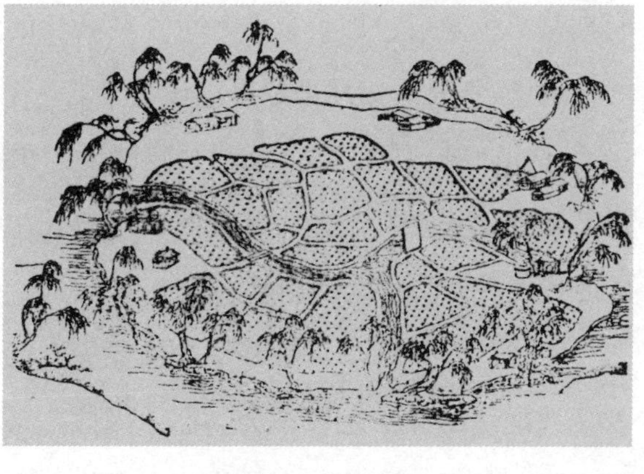

古城（上古时代）

家畜走失的作用，濠沟很深，可以泊船，淤泥中发掘出木船的残骸和木桨，还有莲、菱、桃和蔬菜的种籽以及芦席、麻绳、藤索等编织物。

白鹤古城的考古发掘曾经轰动一时，近些年，地方政府启动了古城、墓地景观保护工程，遗址上已经修建了一个展示大棚。大棚内，陈列着大面积揭露的遗迹：完整的地面、纵横凹凸的道路、路面上的车辙、道路两旁的木结构建筑、填满垃圾的水井……这个场景让我激动不已。工作人员张师傅正在除草，看到我来，热情地送上了热茶，我端着热乎乎的茶杯在大棚里踱步。我慢慢走着，这些都是我熟悉的遗迹，一座长房建筑，居住面上铺垫着红烧土，一段段的木骨泥墙，密集的柱洞、火塘、窖穴，还有几个世纪层层叠叠的文化堆积，堆积中出土各种陶器和其他生活遗物，它们都与这块土地冗长的记忆相连。遗迹脱去了出土时的模样，形貌、色彩变得更自然、沉着，显露出它本色的美，我熟悉它们的每一个角落，目光逡巡，如同抚摸自己的肌肤。

在大棚的尽头，有一处巨大的地层剖面，密密的地层上面挂着圆形的标志牌和说明文字：三十公分左右的农耕层；灰黑色的淤泥层，这是二十世纪七十年代一次特大洪水留下的；明清、唐宋、两汉时期细密的文化层；战国时期黄褐色地层，那是一个乱世，楚文化的锋芒已经逼近洞庭湖区；新石器时代地层，那时洞庭湖平原是稻作农业的一个中心，带有围壕的城址已经出现；最底部的地层，是距今八千年前的灰黑色土层，这是新旧石器时代的过渡时期。局部的剖面正在开裂，一些渗水的地方长出了青草，我掏出手铲一刮，屈家岭时代的夹砂陶片簌簌剥落。

人类的农耕活动，打乱了自然界原有的秩序，山神、江河神、土地神以及无数部落的守护之神都会动怒，因此，与神灵沟通的祭师出现了。大棚中央有隆起的祭坛遗址，气势恢宏，祭坛四面有石阶、卵石走道，祭祀坑内有烧过的兽骨和木炭，一件陶盘的底部，画着一个戴三尖帽冠的巫师，手舞足蹈，一个巨大的木质傩面，有眼睛、鼻子、鸟喙、三辫冠。当时祭司阶层已经存在，他们的权力不是来自武力，而是来自神灵。上古时代，先民居住分散，聚落之间的联系，唯有宗教才得以维系，这是四面辐凑的动力。

大棚四周，杂草丛生，在太阳顺光下，几栋土屋的泥墙色彩柔和，房前屋后有草垛、蔬菜大棚、碧色的水塘。一对青年男女挷着担子，手按帽子，在崎岖的土路上经过。盆地边缘的墓地，都围绕着这个古城，并呈现出一个清晰的整体关系。当我把视野从远处收回，古城忽然幻化成昔日的通衢大道，恢宏的中心建筑、公共广场、长屋、祭坛、贵族住宅、仓廪、手工作坊、贸易市场，迎面走来的妇女，脖子上挂着精美的玉龙、玉凤……

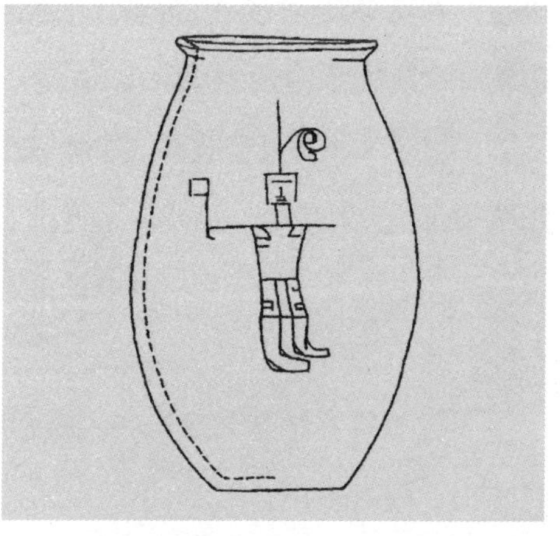

偶像陶罐（上古时代）

几十年来，我就在这些地层的幽深处漫游，这些地面上的村庄，生生不息的植物，土路上的青年男女，不正是“文化层”的真实内涵？从几千年形成的原始聚落，到现代村庄，就这样层层叠压在一起，这里包含着几千年历史的变迁、今生前世的梦幻和生存的秘密，这里有古代文人没有触摸过的巨大能量。

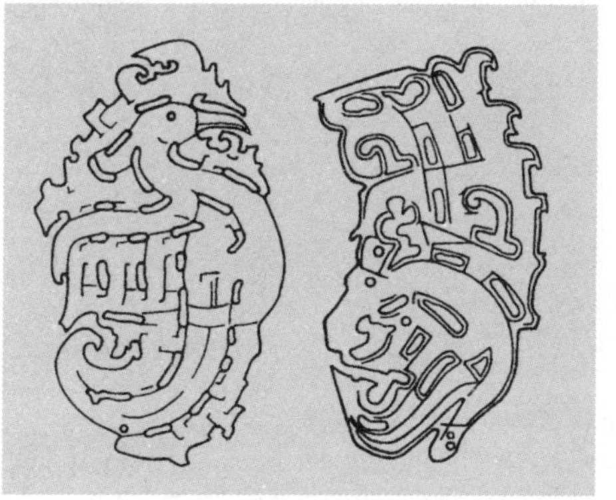

玉龙、玉凤（上古时代）

距今四千年前后，欧亚大陆的气候恶化，引起全球性的历史运动。其时印欧语系诸部族，分两支从里海的东北岸向外移殖，一支南迁到伊朗高原和印度，征服了当地土著，一支西迁到欧洲，后来分别繁衍为希腊人、罗马人、高卢人、日耳曼人以及斯拉夫族。长江文明的消亡与三代的崛起，与这一历史运动是同步的。北方姬姓首领通过军事征服，将儿子们分封到各地成为纳贡者。此时的洞庭湖畔为三苗之地，处在"无君""各以邑落自聚"的离居状态，黄帝集团征伐"三苗"，使得长江文明遭到毁灭性的打击，历史文献记载了这次战争的残酷性。

《墨子·非攻下》载："昔者三苗大乱，天命殛之，日妖宵出，雨血三朝，龙生于庙，犬哭于市，夏冰，地坼及泉，五谷变化，民乃大振，高阳乃命玄宫，禹亲把天之瑞令以征有苗，四电诱祇，有神人面鸟身，若瑾以侍，搤矢有苗之祥，苗师大乱，后乃遂几。"

《古本竹书纪年》云："三苗将亡，天雨血，夏有冰，地坼及泉，青龙生于庙，日夜出，昼日不出。"

《尧典》："窜三苗于三危。"

"三危"的地望，指云梦泽和洞庭湖西部的武陵山区以及鄂西山地，这些遁逃鸟喙人的后裔，就是历史上的古越人、古苗人。湘西的崇山顶上，古有驩兜墓，有诗为证：

崇山山上古驩兜，流放于今四千秋。
天阴雨湿山鬼哭，犹见虞朝土一丘。

大约在此番激战后，白鹤古城开始湮没下去，但它的遗迹还存在着，在春雨中，农田旁，坟堆下，覆盖在同一个季节的绿色中。

长房

白鹤古城的F56房址，属于新石器时代的“长房”建筑，带有数十间独立的小居室、廊道和公共厨房，这是氏族女子与他族男子留宿的地方。在那个时候，女孩子长到十一二岁，便开始不与父母同住，而与年纪相当的姊妹、姑姑结伴宿于木楼中，由年长的妇女教歌吟唱，一边用骨针缝制衣服，等待外族小伙子的到来。若情投意合，则同到“长房”宵夜留宿，长房内，长辈都是回避的。为了让女儿们有像样的地方接待客人，使氏族的后代保持杂交的优势，男人们辛苦了整个的冬季，平地烧土，伐木建屋。

在这座“长房”建筑中，曾经出土过一件精美的玉镯，无丝毫残损，这样一件精美的玉器，匠人一生也只能做成几件。我想，一定是送给情人的定情信物，玉镯上镌刻着一个“九”字，女孩的名字叫“九”吧！有一段时间，我把这件玉器放在我的案头，为博物馆陈列撰写复原情景。

……

白鹤古城，密密的茅草屋脊，一条壕沟环绕着古城，空气中有一层经年不开的雾霭，泛着青黛色。黄昏时分，一个寂寞的猎人，独自追赶着受伤的猎物，他已经追逐十几里了，这时到了城壕的堤坡上。坡上长满了荆棘与野菊，还有几株老柳树，一条大鱼的背脊划破壕沟的水面。

东门外，一个用原木撑起的河埠头，丛丛菖蒲和水草间，一个女子正用陶罐提水，深碧的水中倒映着她清秀的轮廓，衣服上绣着凤鸟的图案。当陶罐劈开水面时，密密的水草滑过陶罐上的鱼纹，这时，水中出现了另一个人的倒影，她受惊似的抬起头，猎人长着高高的颧骨，不远处，一只受伤的獐子在水中扑腾着，过了壕沟，可怜的动物已经站不稳了，猎人凫水过了城壕。

她惊慌地拔腿就跑。

“喂，你的陶罐不要了吗？”他的语气很友善，他的手臂上刺着一条盘蛇，他是蛇部落的。

蛇部落和凤部落是邻居，两个部落以楚江为界，楚江两侧有各自的瓮棺葬墓地，两个部落保持着族外婚的关系，男女之间没有性方面的禁忌。在语言中，没有“丈夫”“妻子”的称谓，只有“兄弟”“姐妹”这两个称谓。

陌生感消失后，她拘谨的脸开始舒展，笑得很迷人。

“你叫什么？”

“我叫九。”

“多大了？”

“十九岁。”

忽然有一股臭味，一条黄昏蛇在草丛中游动，蛇眼如草上萤虫，她受惊踩到了它，蛇咬了她的脚趾。他立即将水罐打碎，用刃部将伤口划破，用手挤血，用嘴吸毒，还从堤坡上采来一些草药敷在伤口上，草药称“夜火木”，黑暗中像萤火一样发光。

他说：“蛇不会主动攻击人的，踩着了它才咬人，蜈蚣也一样，如在身上，就让它爬过去，不要动它，在我们寨子里，到处都是蛇，有蛇作伴，反而睡得特别安稳。”

一轮媚人的弯月从厚厚的云层里露出来，城壕的水面泛着亮光，如蜿蜒的土蛇，堤上几堆零星的草垛，日晒雨淋，已经变得灰白。她躺在干草堆上，干草发出太阳的味道。

她把鞋子放在一边。

他摘几片树叶，在她耳边吹着，声音极富感染力。

她听得入迷了。

他轻轻地捧起她的脸，嘴唇濡湿了。

在羞涩的姑娘面前，他显得粗鲁大胆。

他的爱抚让她心慌意乱。

她喘着粗气，四目相对，更多是惊讶。

她问："我漂亮不？"

"漂亮。"

"你喜欢不？"

"喜欢。"

薄暮中，他背着弓箭、猎物，随她前行。

走动时，手镯发出轻轻的碰击声。

楚江彼侧是突兀的青峰，天光从山谷间漏出来。

从湖汊捕鱼回来的人，背着渔网，沿着卵石道回村。一个矮男人，背着一条刚捕获的大鱼，鱼鳃穿绳背在肩上，鱼尾拖在地上。

放养的家禽、家畜，大雁，蛇，都沿着一条固定的踪迹行进。

一只狗机警地伫立，它用尿划出了它的领地。

一群牧童在做"牯牛打架"的游戏，两个儿童以头相抵，进入恍惚状态，难分难解，其余儿童在旁边唱着巫歌。一个女人在远处喊，牛吃草了，扮牛儿童被喊醒，赶牛去了。

一只小小的黄蛙，可跳两丈远，猎人把它捉住，放在口中吞下，为了获得同样的神力。

草莽中，一车像鬼一样奇形怪状的人走近，这是一群依图腾打扮的青年人，猎人警觉地停下来注视，开始张弓搭箭。

她说："不是强盗，是滩涂那边来的兄弟，今天来会姑娘。"

于是，他将弓放下。

滩涂部落的小伙子，在水稻田一端嬉闹，往田里撒尿。七八个少女坐在凉亭上唱歌，隔着稻田，肆意娇声地喊："给我们看看嘛。"

她领着猎人走在木楼之间的泥泞道上，一些木楼的底层养着牛羊，泥墙是黄色的，窗洞中有迷蒙的火光，从里面飘出稻米的香味。他随她进入一个屋子，上裸的妇女正用陶罐煮食，满脸锅黑，旁边有一群光脚的孩子，小女孩脖子上串着贝壳，男孩手里拿着五彩的陶球，呆呆看着这个奇怪的外来人。妇女从十三岁起就开始生小孩，这些都是她生下的孩子，父亲都是他部落的"兄弟"；妇女从一只烧热的陶罐中舀食物招待他，他开始修理猎物。

青山老岭之中，山头古樟参天，重重叠叠的木楼，蜂巢似的屋脊，星光灿灿的广场。三五成群的外族小伙子，聚集在木楼下，向楼上的女孩唱歌，不久，女孩打开了窗户，与之对歌，陌生感消失后，女孩从木楼中走了出来，一起到广场上跳舞。女孩们穿着色彩斑斓的百鸟衣，纹饰极尽繁缛。广场上竖立着一根木柱，柱的顶端有一只木雕的立鸟，朝着东方，迎接春分和秋分的太阳。

夜幕中，小伙子们怀抱木琴弹奏，女孩在琴声中围着篝火翩翩起舞，衣裙婆娑，动人的肢体在山间转动，小伙子勾着脖子，唱啊、号啊、拍啊、摇啊，声音从喉间发出来，忽真忽假，调子有婉转可爱之处，姑娘的声音像凤鸟鸣啭，是青春萌动的生命之潮。

男唱："见妹花中实在美，像朵彩云天上飞，彩云飘落歌台上，未曾开腔人已醉。"

女唱："哥是天上一条龙，妹是地下花一蓬，龙不翻身不下雨，雨不浇花花不红。"

她领着猎人走向长房，黑暗中，一对对男女搂抱着，或靠在树上，或靠着墙根。石级上，三个踉踉跄跄的男人，身材矮短，眼屎发白，嘴角有白花花的溃疡，他们游魂似的，哼着小调，"要想身体好，每天吃得饱"，目光与猎人相触，和蔼就漾在脸上。他们是"长房"的守护人，守防着夜间的野兽，一旦动物出没，狗就会叫，如果狗叫声轻小，说明是小动物，如果声大且急，并带有低咽，说明来的是大型凶猛动物，守护人就会点起火把，击鼓吓唬野兽。

"长房"用木骨泥墙分隔成多间，地面上铺垫着红烧土，每一间宿着一对男女，窗洞里透出含情脉脉的悄声细语，两个挤在一起的脑袋，或者一双灰扑扑的大脚。猎人随她挤入一个局促的房间内，房内昏暗，低矮潮湿，头顶是粗陋的树枝，墙上挂着兽皮、渔网、锦鸡尾巴、枹柚之属，门边挂着干枯的艾条、菖蒲。厨间的火塘冒着烟，透着红光，有人在做宵夜，到处弥漫着熏衣草的气味，香得让人头晕。

她用凤族语不停地与他说话，一次次问他听懂否，她要教他一晚上的凤族话。他会唱歌，会在她的背、肩、头部、乳间抚摸，会仿效马、牛、狗、狼、野猪的动作，作出不同的性交姿势。她瘦得形消骨立，像一只小青蛙，她会哭泣，小兽般的喘息、呻吟，会用嘴唇、牙齿噬咬，用乳推压，她的热情补偿了体态的单薄，让他感受到强烈的爱抚。

"你什么时候再来？"

"等你有了孩子。"

他听到屋外蛙鸣四起，铺天盖地，混杂重叠，夹杂着猪羊低沉的叫声，窗外有人在烧窑，冒着烟，还有火光，突然，他听到一个杂音，是她重浊的鼾声，深而沉，如野兽长吼……

倾心相告

在编写考古报告的日子里，窗外的天光时明时暗。晴天时，阳光满室，随着光束的移动，笔尖在纸上投下阴影，然后光线渐渐暗淡，阴影没有了。有时，天光有点橘红色，不用看窗外就知道，要变天了，不久就听到瓦上的雨点声，田间的土路、牛的背脊、废弃的水渠，都开始泛光。伏案久了，我会从工作间出来透透气，看村里桃花开了，山坡上油菜花正黄，但不知不觉间，又零落了。田野里刚刚还弥漫着紫云英，不久，变成了水稻田，一个老农在插秧，过些天，又见他拔出杂草丢在田埂上，不知不觉间，稻田又要收割了。在这么长的时间里，我竟然没有意识到季节的变化，我的心思全放在考古报告上了。我一个人经常是浮想联翩，对，是“浮想”，没有杂事纠缠，没有喧嚣之声，没有人打扰，我放下了羁绊在身上的许多赘物，从古老遗存中采撷滋养身心的营养，向心灵隐秘处作着一次次精神的远航。这是我生命中一段寂静的时光，我可以随心所欲地进入梦境，我真切地看到事物模糊表面的确凿纹理，也看得到自己力量的范围，控制自如，零碎的知识不再支离，有一种脚踩在大地上的感觉，从此身心大安。

后窗外，是一个空寂的菜园子，一天，我午睡醒来，意外地看到里面冒出一个姑娘，这是谁家的姑娘打工回来了？牛仔裤，蓝白相间的夹克衫，我一动不动地看着她，她从菜田里拔出一株莴笋，去掉黄叶，随手丢向竹篮，她的身材起伏有度，走动时，肢体像在舞蹈，她拔了五株莴笋，提着竹篮走了，到一口水井旁，打了一桶水，然后蹲下来，洗去粘在皮鞋上的泥，接着开始洗莴笋，她光洁的脖子上，闪耀着柔和的幽光。有十来分钟，我一动不动地看着她，我被她的美深深吸引了。

我从工作间下楼，听到厨房里有轻轻的低语声，从门洞看过去，那个女子正在屋里忙碌着，我进门的瞬间，她的瞳孔绽得很大，是素春！

厨房的瓦顶上有个天窗，白光从洞中涌进来，显得特别明亮，可能是屋里比较暗的缘故，天窗的那束白光，洒在她的身上，显示出清秀的轮廓，我仔细地打量她，精致的发卡、淡淡的口红、纤细的腰肢，也许脸部化妆过频，略微失去少女时代的光泽，但岁月眷顾，依然保持着青春的模样，更让我心动的，是她的眼神依旧出奇地单纯、干净。后来，邻居小女孩念完"唦坡么佛"后，在空地上拉起了橡皮筋，素春也参加进去，和小女孩跳得娴熟无间。

晚饭后，素春为我做擂茶，花生、姜丝、芝麻放在一个陶钵中，用木杵细细舂着。邻居、组长也来喝茶，和陈大爷一起神聊，说东汉马援征蛮，途经此地，士兵得了瘟疫，百姓献上"三生汤"，为将士治病，这就是擂茶的来历。又从彭祖聊到汉武帝，从唐明皇聊到吴三桂，不着边际。坐了一会，素春显得漫不经心，我走到屋场中，说了一句："好像有雨丝。"她也跟着出来了，我身后响起了皮鞋的声音，她伸出手，说："没有雨丝呀！"

我们就这样一直走到屋场的尽头。

我说："这里的风真干净哪。"

“是啊，走到哪里都没有这里舒服。”

“我住的时间长了，也喜欢这里了。”

“真的吗？”

“真的。”

素春说：“刚认识褚老师的时候，我还是小孩，现在我倒是老了，你还是原来的样子。”

“不会吧。”

“真的，你看上去还跟我们差不多，三十多岁。”

我和素春愉快地交谈着，我蹲着，她站着，屋场上，只有素春甜滋滋的声音在飘。天不知不觉地暗了下来，我听到厨房里收拾碗筷的声音，不久，看到组长、邻居从厨房出来，一前一后走在建耕路上，我赶紧跟他们打招呼：“你们晚上干什么，打牌吗？”

“你要打牌？走。”

“我不打，不打。”

素春对我说：“不早了，我也要回去了。”

村子里灯光寥落，夜风吹着房前屋后的椿树和竹篁，窸窣作响，有些农家已经关门了。

陈家大屋的山墙上有一块砖，刻着“道光二年建”，屋前有个石砌的池塘，称为“月塘”，池塘的蒿草在风中喧哗。过去，这里是村里的饮水塘，不能洗衣物，女孩长到十四五岁就不能下水。池塘里栽红莲，清静无风时，荷叶平整贴在水面上，龟巢于芳莲之上，起风时，风吹起荷叶发白的背面，冬天，荷叶腐烂后沉入水底，枯枝在水中形成几何的倒影。一块整木做的踏板，是块棺板，小孩子将它推到水中，当作船划。

池塘里原有一条草鱼，重数十公斤，称为鱼王。久旱时节，鱼王浮出水面，烦躁不安，入夜即有大暴雨至，村人以此判断晴雨。这条鱼原来是地主陈逢善为自己丧事准备的“养老鱼”，后来地主被处决了，这条鱼就一直养了下来，村人常丢些草料或浮萍，没人敢去动它。有一年，鱼王因吸食过多的菜油枯而死亡。

我和素春沿着一条幽暗的巷道前行，两侧有二三十栋瓦屋，诺大的屋丛中，只有二三个窗洞、明瓦中透出弱光，一个老妪在唱歌，哄小孩睡觉，隐约的低语声，老人的咳嗽声，三只萤火虫在漫舞，忽高忽低，牵引我们走向灰蒙蒙的深处。月光很好，巷道一侧的马头墙是发亮的，墙面、石板路，都有不同的明暗关系，丰富而微妙。路面上即使有蛇、蛙、田鼠的出没，也能看得很清楚。砖墙之间蔓草茂盛，穿过巷子的风吹来，蔓草倒伏处露出墙根。后来，一块很大的灰云遮住了月亮，墙面立即灰暗下来，蔓草中的萤火虫忽然多起来，有十来只，高高低低地飞着，或掠过马头墙，或向我们直冲过来。不久，月亮又露出来了，蔓草上光灿灿一片。我不由驻足，欣赏这不期而遇的美景。

素春说：“每年春节，我都回来拜年，小时候，长辈都会说，素春又长大了，越来越漂亮了，想起来真是亲切，可惜长辈大多去世了，小时候的伙伴，也一个个出去了。”

素春说：“你最后的那几封信，都是我婆婆收的，结婚前才交给我，我说，你们看都看了，还给我干嘛。婆婆说，你要想清楚了。我当场把信撕了，丢在垃圾筒里。后来，嘻嘻，我还是忍不住，悄悄拼起来看了。”

素春说：“前些年，我们做地域文化的专栏，我在网上查资料，发现了你的许多信息，你出国，读博士，还看到一段你的视频，即兴回答记者的提问，让我惊讶的是，你还是那样的帅气。我每次来这里，坐在你住过的房子里，到处都是你的影子。”

寂静中，墙上的一扇门突然开了，一个男人向外探头。

我说：“夜里太静，我们吵你了吧。”

男人说：“听到说普通话，就知道是你们。”

我随男人跨进门槛，火塘吊一口鼎锅，凳子上放着两个碗，一双筷子，看来是个单身汉。

我问：“你平时做些什么？”

“给别人挖墓。”

“挖墓？”

“我父亲以前在广东那边挖墓坑，那边人死了几年后，要把骨头捡出来，洗干净又放在坛子里，再下葬，我也干这个。现在是骨灰放在坛子里，一次葬。”

“一天能赚多少？”

“我们也有老板，做事的每天40元，现在是50元，不包吃住，我是得了病才回来的。”

透过窄窄的长方形天井，我看到完整的天鹰星座，此刻正在展翅飞翔。

离开时，男人问：“褚老师，你们挖到古墓，里面的骨头要不要？”

“不要。”

“能不能给我？”

“可以，你有什么用？”

“熬水喝，可以治喉咙里的骨刺，我可以教你如何用。”

“可以。”

我和素春走出巷口，听到电视机的声音，代销店里有一盏灯，失神似的亮着。

素春是自己开车来的，她的车停在加油站，上车后，她轻轻摇下车窗，留下一脸的妩媚。车上了公路，消失在白茫茫的夜雾中。

我在夜色中走了很久，头发沾上了露水，但我还是这样满心喜悦，在我的记忆中，路边原来都是小树，现在都已经长大了。长时间以来，我一直沉浸在自己学究式的遐想中，少了生活中的情愫，今晚不期而遇的美，夜色中的倾心相告，就像生活中的醇酒。

夜里，我做了一连串瑰丽的梦，一个旅途中哭泣的少女，醒来后，身心缱绻，这是被爱激起的生理反应。素春的脸又浮现出来，很清晰，眼睛和表情都很迷人，这种情愫真是久违了。为此，我整天妄想纷纷，竟把平时的生活习惯打乱了。

心底的声音

我坐在灯下，填写墓葬登记表：编号，94LZM52；形制，长方形竖穴；墓坑尺寸，长 1.7 米，宽 0.5 米，深 0.6 米；葬式，仰身直肢；随葬品，陶罐 1 件、贝饰 1 件；年代，屈家岭时期。

我听到花瓶里的一朵花掉了下来，“啪”的一声，落在桌子上，灯光下，前几天厚实的花瓣已薄得像纸，色彩也变得平淡，叶子的边缘开始泛黄，如同一张病人的脸。我把这瓶花移到墙脚下，继续工作，但刚才轻轻的落花声久久挥之不去。

我感到一种无法排遣的孤独，多少年来，我一直生活在古物之间，孜孜矻矻，自给自足，我的生命已经这样格式化了，离开了它，我反而感到茫然失措。但是，它们又是死的，与我的生命何干？我岂能让自己的岁月如此空空地流过？

起风了，我听到屋顶上有风的呜咽声，疾风从窗缝中灌入，呜呜作响，楼房就如一架风琴。我披衣下楼，沿着建耕路走向村边，路边的小树就像一个个顶风而行的赶路人。我沿着稻田间的石板路，来到楚江边的那个堤坡。楚江白茫茫，江堤上有几处垒石平台，大如牛犊，还有几段废弃的水渠，在使用电泵之前，当地一直用龙骨车引水灌溉。有一年，我住在村里，晚上，我在野间游荡，心里想着，此刻能见到你多好啊，就不由自主地走向江堤，风是从北面吹来的，炊烟被风挤到这里，凝成一层缠绵的纱衣，笼罩在稻田上。你捧着一本书低头在看，薄暮中，你的脸很白，我知道你在等我，我沿着这条路走向你，走近时，你抬起头来，长长的睫毛，你等很久了吧？听我这么一说，你笑笑，有点委屈。

此时，我忍不住给你打了电话。

我说："没想到我给你打电话吧？"

"嗯，我很高兴，真的。"

你似乎很紧张，不停地用说话来掩饰，这样一来，每句话又好像是浮的，什么钥匙掉了，单位要去云南啦等等，突然，你压低声音说，"等一下打给你"，就挂断了。

蒿草在风中聒噪，一阵接一阵，像是我与你的私语。水面倒映着满天鱼鳞般的云块，月亮像一只船，在苍黄的浮云后面穿行。让我惊奇的是，过了那么些年，一切竟恍若昨天。我想，你会和我再次来到这里的，我几乎感受到已经触摸到你的手了。此时，眼前的景物也变得梦幻一般，一个巨大的面影浮现在天穹间，那是你微笑的脸，每一个特征都充满了魅力，长长的眼线，就像古代壁画中的美女，从鼻梁、嘴唇、下巴到脖子是一条完美的曲线，瘦削的脸富有雕塑感。我不由得对着天空，尽情望着这张无处不在的脸。

过了一会，你的电话打过来了。

我说："声音很晃，不稳定。"

“我在路上，等一下……这样好点了吗？”

“好点了。”

“你在家里吗？”

“不，我把车开出来了，停在路边，现在我往操场上走，风很大。”

我想起了那个空荡荡的操场，此刻，风正吹着你的头发和衣服的下摆。

“刚才你听不懂吧，因为我婆婆就在旁边。”

我大惊：“啊？”

你说：“你怎么不说话了？”

“我很少打电话的。”

“在电话里就不会说话啦。”

“这里的风也很大，现在我正在河边散步。”

“在河边？”

“唔。”

“风太大，你赶紧回去吧，别感冒啦。”

“好的。”

我沿着石板路返回，远远看到住地的楼房，窗户上的一块玻璃破了，我用尼龙纸蒙着，房间里换了大灯泡，雪亮的光束射向夜雾。建耕路边，有一株巨大的杨梅树，南南家的三间平房，已修成了楼房。代销店那边的电视机声音很大，越过田野，广告词依然清晰可辨。

夜间，又是下雨，雨点清脆地滴落在瓦面上，接着雨水从上一块瓦面流向下一块瓦面，一处漏雨滴在平顶上，“啪啪”作响。在生活中，人人都是孤独者，只是没有时间让自己倾听心底的声音，在这个寂寞的夜晚，以什么来告慰自己心底的声音呢？

一个哲人说过，一个人只有活到一定的岁数，才会感觉到生命是多么的短暂，但在青年时代，生活是一个无穷无尽的遥远未来，时间的步履如此缓慢，从这个意义上讲，在青年时代，实际上已经度过了他的大半生光景。

越过十多年记忆的雨雾，我竭力回忆第一次见到你时的模样，想着你生命的各个阶段，都与我交叉、重合，努力寻找它们之间的联系，已成了我生命中最温暖的东西。我躺着，听着那些年久的音乐，这是我珍爱的旋律，音乐中，我回忆着一幕幕铭心刻骨的情景，这些情景反反复复，不断地呈现、变奏、回旋、改变着形貌，在半睡半醒中，我仿佛飞到一个高空，这是我很少光顾的空间，那是我生命中的隐秘地带，我未死的青春情怀。

这些日子以来，我开始被寂寞深深笼罩，心中的思念像一条虫蛆，在疯长。我醒时才一点多，再睡不着了，心痛，四肢有些微微地痉挛，这是我自己在寻找的感觉，我并不想把它排遣掉，我想细细品味这种疼痛，因为它是你种下的。自从这次见到你后，我宁静的心境打碎了，你阳光、靓丽的倩影，像一把利剑，刺痛了我的内心。我已经很久没有好的睡眠了，在半梦半醒中，总是轻轻喊着你的名字，声音好像从心田发出，又传到我的耳膜上。大约两点，我清晰地听到你在叫我，你在楼下喊了两声，“褚老师，褚老师”，声音轻柔，但很清晰，接着是高跟鞋上楼的声音，玻璃窗上有人在敲，这是我梦寐以求的啊，清醒后才发现，这是幻听，脚步声是邻家夜槌的声音，玻璃窗上是树枝在轻轻敲击，但我还是确信，你的声音是存在过的。心会造物，想想自己真是痴情，我就一直这样醒着，这段时光太长了，鸡叫第二遍时，窗户有点发白，我又做了个梦，我梦见一处旧公寓，住着几十户人家，阳台上挂着铺天盖地的衣物，街道的一侧是店铺，连街边摆放的花生、茶叶蛋都在，我找到了门牌号：振兴路十九号。我心中呼地一热，轻轻喊一声：素春。我走进大门，觉察到门卫看着我，我故意不接他的目光，像一个无事的闲人，走来走去。楼宇间有几个亮灯的窗，闪烁着雪亮的灯光，大操场上，跑道像一条建耕路，中间是一块杂草地，有高低杠，一个下陷的沙坑，一些地方被辟成了菜田，种着大蒜、莴笋之类，我站在操场上，听到教师们忽高忽低的讲课声。不久，你出来了，还是那样的苗条，让我心生喜欢，你的眼睛明亮又有灵气，但蒙着一层阴翳，像早晨的寒气，我被你的眼神浇了一盆冷水。你走在前面，举着小镜子，在镜中看我，我也从镜子中看到你的脸，一连闪动了好几次，我知道你心里有我，我走上去，你为什么躲着我？没有呀。我有点恨，气急败坏地说：你真是太残酷了。你含糊地说：没关系呀。正说着，你丈夫开着一辆马车尾随而至，我的车与你并行，我把头凑近你，你将肘部朝我这边凑，这样，你的手臂就贴近了我的脸额，我贴紧你不愿松开，我就这样渐渐醒来，我知道自己已经醒了，还知道你的手臂原来是被角，但我还是没有睁开眼睛，我想让这种幻觉再持续一会儿，在梦中，我切切实实地触摸到了你，即使是梦，也让我满足了。

飞鸟的隐喻

木架上的那件陶罐，出自白鹤古城七千年前的地层中，陶罐的肩部，刻画着一个古代村落的图像：干栏式木楼，一个连着一个；弯曲的折皱线，代表河水或者壕沟；一些刺点代表空旷的水稻田，一只飞鸟啄着一根禾苗飞来……

这只飞鸟带着长长的眼睫毛，它就是传说中的凤凰。我还发现，陶片中许多零碎的纹饰，实际上都是飞鸟身体上的某个局部，翅膀的，鸟头的，鸟爪的。更有意味的是，这些陶器，全是用特殊陶土烧造的祭器，在这里，飞鸟是作为与神灵沟通的使者。

当我辨认出这幅村落图像的某一瞬间，我感到陶片上的图像与窗外的村景重合了。也就是说，陶片上的那个村落，就是窗外的陈家屋场，只是那个时候的地面，比现在的堤垸低了一到两米。通过这个图案，我看见了古老的木楼、碧波起伏的稻田和天上飞来的神鸟……

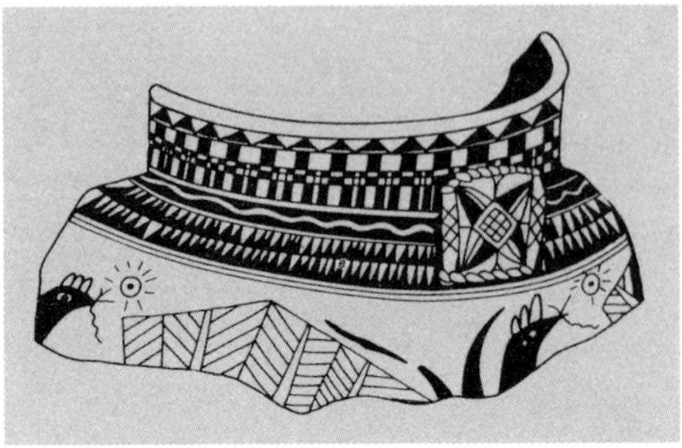

陶器上绘制的村落（上古时代）

驩头（《山海经》图）

目前，世界上有八条候鸟南北迁徙的路线，经过我国的有三条：一条经过我国东部海岸线；一条经过我国的中部，从西伯利亚到澳洲，途经古云梦泽和洞庭湖，当时的洞庭湖微波浅濑，舄湖、沼泽、低地遍布，是候鸟的出没之地；一条飞越青藏高原。南来北往的群鸟，在先民的思维中投下了深刻的印迹，它们来去无踪的飞行能力，激起人类飞翔的愿望，鸟被模糊地与双翼天神的形象联系起来了，这是人类基因中的“秘符”，羽人、鸟民，都是从古代飞鸟崇拜中产生出来的。在古代祭祀中，飞鸟是巫师们上天入地、神游灵魂世界的使者，巫师尽量装扮得和鸟相似，以企盼获得神奇的飞翔能力。

《山海经·中山经》：洞庭之山“其神状皆鸟身而龙首”。三苗的首领驩头，“人面鸟喙，有翼……杖翼而行”。这些记载中，包含着洞庭湖畔新石器时代的回忆，那时，天空中的猛禽一定很多，所以才会留下这么丰富的图像。

《山海经·海内经》：“西南黑水之间，有都广之野……百谷自生……鸾鸟自歌，凤凰自舞。”在这里，“百谷”与“鸾鸟”“凤凰”是联系在一起的。

《拾遗记》所载的“丹雀衔九穗禾”的传说，确系先民对远古历史的朦胧记忆。郦道元《水经注》说：“有鸟来为之耕，春拔草根，秋啄其秽，是以县官禁民不得妄害此鸟，犯则有刑无赦。”由于水鸟在稻田中来回行走，踩溶了泥土，啄食了害虫，无意中促进了禾苗的生长，古人因此认为，鸟类是天神的使者，是派来助人耕耘、保佑农业丰收的。凤鸟衔禾，正表现了农耕时代先民的这个祈愿。

殷商时代，鸟生传说或卵生传说非常流行。《诗经》：“天命玄鸟，降而生商。”商周青铜器中，经常出现鸟图案的族徽符号。甲骨文中有“帝使凤”的刻辞，如：

“帝不令凤，夕雾。”(《小屯·殷墟文字》乙编 2452）

“帝凤不用，雨。”(《殷契佚存》227）

凤凰（《山海经》图）

战国时期，超越尘世的天界及神仙思想流行。楚人崇拜凤鸟，楚族的祖先是触鸟而孕的，楚文物中有难以计数的鸟的图像，飞鸟漆器在战国楚墓中极为常见。洞庭湖畔的楚汉文物中，羽人、仙山、蟾蜍、玉兔、神兽、云气成为最常见的装饰图案，光怪之气，莫能掩抑。马王堆汉墓出土的文献，几乎全为道书，无论从地域文化，还是从时代风尚，都准确地反映了神仙道教在洞庭湖畔的浓厚气氛。

汉代以后，羽化成仙成为道教信仰的核心。追求个人长生和升仙，不再是巫师的特权，而成为全社会广泛的信仰。全民求仙，倾尽财力，如痴若狂，势不可挡。

《神仙传》：“仙人者，或竦身入云，无翅而飞，或驾龙乘云，上造太阶，或化为鸟兽，浮游青云，或潜行江海，翱翔名山，或食元气，或茹芝草，或出人间，则不可视……”

《三国志·东夷传》：“以大鸟羽送死，其意欲使死者飞扬。”

《后汉书·南蛮传》记载的“好五色衣服”“制裁皆有尾形”，仍是西南许多少数民族妇女的服饰，这是照着鸟的身体制作的，从头饰到胸排、花裙都是对鸟的模仿，双肩部位有“雀鸟眼”和“鸟翅膀”图案，恰如一只锦鸡再现。一些男子常把鸟羽作为头饰，也源于对凤鸟的古老崇拜，寄寓着一代代飞翔的梦想。

我梦见五月的洞庭之野，天空绿得发暗，一群儿童在齐腰的稻田中奔跑，一条大蛇举头与儿童竞跑，头翘得比人还高，不时地停下来回望。隐隐的雷声在天际滚动，大蛇时而幻化为一条玉龙，矫健地低飞，时而栖息在绿色中，在乌云与地平线之间，有一抹亮光，如造物主的眼睛。我梦见自己也在飞，准确地说，是双手轮流支地，人平贴着地面向远处跳跃，到处是齐腰深的茅草，我飞越山丘、村落，一时迷失了方向，微微有点恐慌。我终于回到了陈家屋场，石板路的石缝之间长着一丛丛杂草，水塘中荷花飘香，塘边条石上镶嵌着精致的雕刻。我飞入陈

飞鸟铜镜（唐代）

家大屋黑魆魆的巷道，牌坊石墩，密密麻麻的灰砖、篱笆墙，挂在树上的衣服顺着风的方向，像在飞翔。这时我听到了鸡啼声，巷子里妇人的对话声，学校那边传来的竹笛声，如白雾横江，水光接天。我开始向下滑翔，身体贴着地面，手脚抵在地上、墙根上，我的魂魄渐渐从梦境中返回，我感到有了知觉，这时，我已经完全醒了，我努力睁开眼睛，目光正好落在木架上的那件陶罐上，飞翔的白鹤，绕着夕阳下的木楼在飞……

飞鸟壁画（宋代）

鸟类观察笔记

太阳如一袭剪纸，早早地挂在东边的天幕上。蒿草中，一只野鸟习习飞起，怪叫一声，落到数十米外的草垛下。雾中的草垛，看上去像是部落时代的半地穴式房子。我沿着田埂往前走，大鸟又从草垛下跃起，贴着收割后的稻田低飞，它缩着头，翅膀发出木轮似的咯咯声，一身肮脏的黄毛，像匆匆的赶路人，我从来没有看到过这么丑陋的鸟，心里很不舒服。

池塘边，三只水鸟在水面低飞，双脚在水上划出几道清晰的弧线，然后飞向灰云迷蒙的大山深处，这时，白鸟也变成灰色的了。同伴漫不经心地跟我攀谈着什么，我的心还留在刚刚消逝的美景中。

地层中出土鸟形玉佩，我立即想到，一群群白鸟，在洞庭湖畔飞来掠去。

我打着伞，站在护城河旁，细雨淋湿了裤脚，一只白色水鸟从护城河上平缓地低飞过来，从头顶掠过时，我看清了它红色的尖喙、僵直的双腿。

上午，大风不断，湖滩上的几丛柳树埋没在草海中，树冠看上去像在滚动，水鸟翔集，纷纷落在舞动的柳树上，那些晃动的、尚未敛翮的翅膀看上去像挂在树枝上的白布条。

薄暮时分，田野在烧荒，电线杆上停满了麻雀，几个孩童从楚江中爬上来，一身光裸，对垒抛泥块。一群群麻雀在天幕上乱飞，有时像雪片一样散开，然后又成团远去，转眼间无影无踪。

湖水被风吹得白花花的，一只白色的水鸟在水面上顶风而飞，就像一位在风中独行的少女，穿着一身白色的连衣裙，这情景恍若梦中。

一个小女孩咿呀唱着，在篱笆上采着小花，屋瓦上有一只黄鹂鸟，发出孩子一样稚嫩的低鸣，也像一个美丽的小姑娘，一会儿，它又跳到对面的屋脊上，好奇地向屋里张望。

芦苇中突然蹿出两只野鸟，发出一串清脆的鸣叫，然后飞向江面，到了江心，又叫了一次，飞抵楚江彼岸的芦苇丛，我又一次听到它们隐约的叫声。

我躺在农舍里，窗外是开阔的稻田，从黑瓦方向飞来一群麻雀，在天空中盘旋，在稻田中投下阴影，稻田上正在收割，处处是打谷机和其他杂乱的声音。

无论在旷野还是在旧楼之间，每每看到“黑压压的鸟群”，我就会出神一般，它唤起一种宿世情缘，难道这是人类心性中一颗古老的种子？

农历二月初一，鸟节，村民将糍粑捏成小团，粘在竹枝上喂鸟，祈求小鸟莫坏庄稼，这个时节麻雀极多，飞起来遮天蔽日。

中夜，忽闻鸟鸣如婴。民俗三月三，为杜鹃初鸣，上乞天恩。

我坐在农舍的屋檐下，里面传来电视声，菜畦上开的一个探方中，已露出汉代房子的地面，竟与现在木屋在同一个平面上，一群燕子在天幕上乱飞。

一只大鸟在头顶掠过，黑暗中只留下神出鬼没的印象。《周易》中有“明夷于飞，垂其翼”，据学者考证，箕子南狩，鸣雉垂翼而飞，箕子逐之，入深山大林，迷道不能归。我感到先圣的影子在黄昏中晃动。

落日苍茫，翻飞的茅草迎着逆光，闪烁如金。端午节将至，村民们将一条彩绘的龙舟泊在江岸，草丛中露出龙的咧嘴、尾部。电线杆上，两只乌鸦缩着脖子看着我。

鸬鹚从船上跃入楚江中叼鱼，它把小的吞下，大的卡在脖子上，被渔人取走。这种捕鱼方式至少在战国时代已经有了，但鸬鹚并没有因此聪明一些，这是物种的习性。我想，人类也是如此，人性中有一种难以驾驭的野性力量，周而复始的物种本性，环境可以掩盖它，但不能泯灭它。

凤形山汉墓出土的稻田模型：一半为稻田，一半为水塘，两者之间有堤坝，上面立一只水鸟，中间有闸门，稻田里有鱼、蛙、泥鳅、田螺，塘里有荷叶、菱角，田边还有几株树，树上栖着飞禽，这是两千多年前这里的田园风光啊！

黄昏时分，我走在狮子岩的山道上，山风劲吹，树丛间发出呜呜的声音，山顶的林莽随风起伏，像舞动的狮子。几个孩童隐没在长长的茅草中。一个女童，她的脚被岩缝夹住了，我帮她拔出来，女童一脸泪水。一群雏鸟在逆风中，羽毛被风吹翻，七倒八颠，一只小鸟在奋力追赶鸟群，很像刚才的女童。

抄录明代诗人袁宏道诗：

“日暮平沙秋草乱，一双白鸟避人飞。”（《感事》）

“稻熟村村酒，鱼肥处处家，轻刀粘水去，独鸟会风斜。”（《出郭》）

“旷野眠饥兕，孤洲落晚鸿。”（《江上》）

这是生长在洞庭湖畔的诗人，是年，他二十六岁。

我梦见了古人，洞庭湖边的鸟喙人，疾行如飞，有时还能飞，一夕数百里。

纸鹤漫舞的山谷

我住在凤形山谷中，整理墓葬的考古资料，指导地下陈列的施工，我居住的木房四周，都是陈家老坟场重叠的坟冢，坟冢上杂草蓁蓁如乱梦，后代的坟堆累积在前代坟堆上，分也分不清，有的快与房子的屋檐齐平了。

我成天坐在木房里，从窗口可以窥瞰下方的整个墓地。坐久了，我便出来活动一下腰背。四周突兀的坟包，就像一颗颗脑袋，风中的蒿草如同长发，石碑就像一个个张开的嘴。

我沿着梦溪向上攀登，嶙峋的崖壁上布满苔迹、皴纹，有一株灌木，叫乌楸，树根长在岩缝中，阔叶呈血一样的深红色，叶片上凸起纤细的叶脉。不知怎的，我又想起了秋红、南南她们。在陈克俭的坟堆前，我席地而坐，你好吗？我的好兄弟，过去的情谊又涌上心头。我燃起一根烟，一缕缕青烟在空气中飘散。

在这个季节，山坡上长着一种小花，香得让人神志恍惚，这是“梦花”。《陈氏族谱》记载：“梦溪之畔有梦花，其茎如藤，其花黄白，丛条甚细，俗云有梦失记者，纽之即晤。”自从我捻摘了溪边的梦花，我的梦也冗长不断，我连绵不绝地做着各种各样的梦，分不清哪些是乱梦，哪些是回忆。也许只有我，一个闲人，才会做着这样的白日梦。

清明节到了，上坟的人络绎不绝，寂静的山谷也热闹起来，一整天都是爆竹声，噼噼啪啪。除草之后，茅草覆盖的坟冢密集地显露出来，插在坟上的红色纸幡，被扎成鹤、龙、灯笼等各种形状，在山风中漫舞。

一个头发半秃的男人，像个国家干部，首先将纸花插到坟顶上，再用锄头除去四周的杂草，接着在身上乱摸，是掏打火机，“啪”的一下，草太湿，熄了，啪啪啪啪啪，终于点着了，大股大股的青烟冒起，被风吹到我的房子里来了。

一干彩衣人从村里飘过来，有男有女，还互相递烟。突然，一个人尖步窜到一边，捂起了耳朵，鞭炮响起来了。一干人跪在坟前，机器似的膜拜，小孩也跟着膜拜，老妇人从袋子里取出碗筷、供品，一阵公鸡慌乱的叫声，脖子被抹了一刀，鸡在坟上扑腾。一个男子把酒洒在坟上，洒了一半，被老妇人止住。一个妇女飞快地从坟堆上拔起一把野葱，野葱煮鸡是当地的美味。

夜幕降临，我发现坟堆间、沟渠旁，到处都是异样的火光，家家户户都在烧香化纸，弥漫的烟雾不断灌入我的房内。我突然发现，陈克俭墓前，也跳动着红光，半明半暗处，有一堆黑乎乎的人，一个年轻的女人蹲着，那是秋红，一个小女孩站着，该是秋红的女儿。还有两个男人，一站一蹲，没有放鞭炮，也没有插纸花，只是低低的、断断续续的对话声，好像是为打墓碑的事讨价还价。

秋红：我先给你一千块。

男人：只怕还要五百。

秋红：不是说好一千吗，怎么又要五百？

男人：你这人真是，碑不会自己生脚的，得有人抬吧，八个人抬，每人五十，就是四百吧。你总得打发一包烟，一桌饭吧。

秋红：不是包括在里头了吗?

男人：没有，你不相信，可以去打听。

秋红沉默一会：那你什么时候弄?

男人：给了钱，就可以喊人弄了，事情嘛，你可以放心。

两个男人走后，秋红一个人不声不响地烧着纸钱。

我小心地出门，穿过坟冢时，尽量不让自己踩着灰堆。隔着十几米，我就闻到了一股香水味，这时，秋红也觉察到了我。

秋红穿着带黑丝花边的裙装，袒露太多，在这个场合有点不合适。坟堆前摆放着一个个纸包，纸包上写着名字，都是“陈”姓，火光中，秋红的眼睑已有细小的皱纹。

秋红问：“褚老师，你一个人住这里，吃饭怎么办？”

“陈列馆白天有人施工，我跟他们一起吃，我自己也有煤气灶。”

“他们也住这里吗？”

“都回家去了，只我一个人住。”

“一个人住，夜里怕不怕？”

“也习惯了。”

小女孩问：“烧这干什么？”

秋红说：“这是你的外公，今天过节，叫他来拿钱。”

秋红又说：“给叔叔拿点糖。”

小女孩拿了一颗花生糖递给我，我接了。

我问秋红：“你还在七里湖吗？”

“还在。”

“南南好吗？”

“南南不做了，她嫁到了深圳，做妈妈去了。”

烧完纸钱后，秋红收拾东西离开，走到岔路口，人还站着不走，与小孩窃窃说着什么，我又走上去，问：“干吗？”

秋红说：“褚老师，要是你想我们了，就来找我们，也介绍你的朋友来，照顾我们的生意。”

我说：“好的。”

秋红说：“晚安。”

漫山遍野的纸幡，远远近近的鞭炮声，烟花在头顶如花雨般炸开，平日宁静的墓地，此时一片热闹。这一刻，人们想起了同一件事情，一种血缘的存在，从远古一直到现在。

起风了，风将火星吹得漫天飞舞，墓地上的人也在陆续散去，我一个人还蹲在克俭的坟前，守着火堆渐渐熄灭，我的心口很暖和，想到此刻有群鬼聚集，心里掠过一丝恐惧，但转而又想，他们都不过是一群善良的山民。

鬼魂意识源于远古，至今仍是民间信仰的核心，古老的鬼神崇拜，一直根植在我们这个民族的心理深处。

先秦时代，驱鬼镇邪巫术盛行，在新石器时代的遗存中，发现大量戴冠的巫的形象。甲骨文中，有“贞多鬼梦”“今夕鬼宁”。《国语·楚语下》韦昭注：“巫，筮，见鬼者。”鬼神意识也是“三礼”礼俗中最主要的内容，死者的世界亦如同生人一样，随葬品都是按照现实生活的各种需要来准备的。

战国墓葬的特点是深埋，这是出于对鬼魂作祟的恐惧心理。人们还以各种办法对付作祟的鬼魂。软的一手，是拿出美味酒肴，让鬼魅饱餐一顿。硬的一手，如战国秦汉时期《日书》所记载的那样：“人犬置墙上，五步一人一犬，环其宫，鬼来扬灰，击箕以迎之，则止。”此外，还辅助以弓、枪、桃木、草药的灵力驱逐鬼魅。

汉代，阴阳五行说普遍流行，它主张调节万物之间的相互关系。在墓地选择方面，要使坟墓能够顺应天地万物，使永恒的“气”感应而降福于其子孙。晋代《葬经·内篇》：“葬者，乘生气也……古人聚之使不散，行之使有止，故谓之风水。”这成为堪舆说的理论基础。

东汉以后，儒家以孝治天下的理念流行，祖先、本人、后代在灵魂上是一体的，血液是生命延续的象征，在村里建立祠堂，使得后代子孙与祖灵之间有了一个确定的灵魂交流场所，这成为千百年来乡村社会最稳定的模式。

魏晋到唐五代，佛教信仰笼罩大地，视死如生的观念也发生了变化，一方面，帝王陵墓仍承袭前代程式化的传统，另一方面，整个社会对死后世界产生了普遍的漠视，墓葬的规模到随葬品的数量质量都明显趋向简单。

宋代流行以日常生活为主题的装饰风尚，墓葬中常见夫妇对坐、酒食饮茶、散乐演奏、居宅建筑等图像，反映出人们的精神从神龛日益走向自己的身心。宋代以后，焚烧用纸扎糊的明器成为葬仪的一大特点，随葬品因此骤减，此俗一直沿袭至今。

清明节过后，坟地上的纸幡被风雨漂成白色，湮没在茂盛的蔓草中。大部分的新坟都已经祭过了，一些无碑小坟，还没有挂纸幡，家人可能打工去了，回来不方便，过不了几年，它们就会被淡忘，成为无主的孤冢。

天若有情

319 国道上有夜车疾驶，时而照亮地平线上方的夜雾，我在加油站旁边等了很久，看着陈家屋场的灯光渐次熄灭，安详地沉入黑暗中，几盏灯光还亮着，好像相约的情人隔着夜色遥遥相望。

素春将车停在加油站旁边，下车后，左右顾盼一会，蹑手蹑脚向我跑来，在灯光的背景下，她喜气洋洋地摇晃着，鞋跟打在水泥地上，发出啪啪啪的声音。

我把她紧紧搂住。

“你真的要我来吗？为什么？”她好像在梦呓。

“如果你再不来，我会疯了。”

“我们又不能在一起，这不是更痛苦吗？”

她含糊的呢喃勾起我无限的缠绵。

沿着一条高高的干渠，我和素春走向凤形山中，路面上有深深浅浅的凹坑，野地里，农人插一些竹竿，挂一些赶鸟用的尼龙条或者塑料袋，被风吹得鼓鼓的。

孝义桥下是一个曲尺形的水塘，塘边那座狭长的高阜，是一处城墙的残迹，傍着汉代的大路，现在还有一个人在城墙躺着，肋骨上有箭矢的残片。一个捕鱼人穿着塑胶裤，拨动蒿草游走，发出窸窣声，他在用电捕鱼。

素春说，在童年的记忆中，这个塘又大又深，潜藏着水鬼、鲤鱼精，现在变小了，楚江对面的山，遮住了半个天空，现在也变小了。过去，村里妇女在这里槌衣服，山里都有回声，现在开山修路，声音都收回去了。

我跨过一处篱笆，她也一下跨过来了，长裙中露出的白袜，在黑暗中发亮。这是农家的蚕豆田、菜田，路走错了，本来应该走岔道。她听出我有责备的口气，柔声地说，别生气嘛，和你在一起，我什么也不想了。

今晚的月亮好像是在天空中炽烧，四周的星星淹没在月辉里，我感到我的肢体也消融在每一波银辉中，当有一天，当疾病、衰老最后消融了我生命的时候，只要想起这一晚，我依然会感谢生活，无怨无悔。

稻田中有一棵大树，即族谱上的“田心树”，树叶好像三五成群窃窃私语，风一吹，都像在争先恐后地跑动。素春说，小时候到树洞里玩过，发了高烧，至今还怕。

沿着蜿蜒的土路，我们来到陈家老坟场，灰蒙蒙的坟堆上到处是深色的松柏树，东歪西倒，像是死去的鬼魂。素春说，小时候，有一次挂青，她的堂弟没有跪拜，当天就被树枝划破了脑袋，说着又咯咯笑起来。她还说，小时候一个人走夜路，好像有东西拖你的脚，老人说，不能回头。祖奶奶的坟，在这边山脚下，不知为什么，没有与祖爷爷埋在一起，听说祖爷爷喜欢一个丫头，丫头很年轻就离奇地死了，这个，你不能说。

在松林深处，有一座乳白色的建筑，这是凤形山地下陈列馆的入口，在黑暗中，显得很洁净。此时，封土的草尖上有发亮的露珠，视之如列烛，称“宵明草”，到白天就无光了。

素春说，读高中时来过这里，在一个年轻教师带领下，带着锅碗瓢盆，到这里野炊，胆子大的男同学还爬进墓洞里，当时还没有考古。前几年，为了做专题，和报社的同事又来过一次，人太多，没有太多印象。

我打开通向墓室的电动门，沿着墓道下行，墓室内，修复工程即将完工，脚手架未拆，墓顶上布满了工程留下的方格线，墓室经过去霉消毒、清洗加固后，变成一个洁净的展览场所，灯光下，仿佛是一座色彩斑斓的地下宫殿。

素春极为惊讶：“真是太神奇了。”

我说：“等开放以后，你们可再来做一次报道。”

她说：“会的。”

前庭有一组砖雕清晰突目，东方游动着一条腾云驾雾的苍龙，南方飞舞着一只五彩缤纷的朱雀，西边狂啸着一只张牙舞爪的白虎，北方匍匐着一只寿比南山的神龟。

羡道上方为伏羲、女娲，人首蛇身，双臂相互紧挨在一起，头脸相贴，深情对视，手捧日月，因地府不见日月故，手持规矩，象征创立世界的秩序，两尾交缠，象征阴阳结合，生育人类。下方托梁力士，双腿作骑马半蹲状，

苍龙图（宋代）

方面大耳，短髭跣足，两蛇绕于腿际，支撑着人间大地。墓室的穹顶上赫然是北斗七星，隐喻着灵魂的飞升。伎乐无翼而飞，天衣飞扬，满壁风动。藻井刻有日月星辰和各种仙人、神兽，牵牛的牛郎，高髻跽坐的织女，中间一条窄窄的天河。《古诗十九首》：“迢迢牵牛星，皎皎河汉女，纤纤擢素手，札札弄机杼，终日不成章，涕泣零如雨，河汉清且浅，相去复几许，盈盈一水间，脉脉不得语。”砖雕中的许多名物，可与典籍记载对应起来。

藻井下方是山林逐猎图，曲折纹组成的山峦，中间是林木，十多个猎人隐蔽在山林后，十多位骑手张弓搭箭向左驰逐，一部分人在包抄，中间是惊慌逃遁的野兽，一头野猪居然吓得躲进旁边的树洞里。

前壁右上方有一月轮，上有一奔兔，一蟾蜍，一人头戴斗笠，身穿蓑衣，一手持耒，一手牵凤鸟，这是教人农耕的炎帝神农氏。左上方有一太阳，内有三足鸟，一人带有熊首、羽翼的神怪，作升腾状，这是传说中“有熊氏国君”黄帝，故画成熊的形象。

东壁是庄园生活图，晴空中飘着云朵，旷野中一队侍女在乐舞，第一人吹埙，余三人在吹排箫，第五人执柎击鼙鼓，几个长袖女伎在起舞，风吹起她们的裙裾，一个骑马观赏的男子应是墓主人。

西壁是浩荡的“车马出行”图，是向着“门阙”的方向行进的。汉画中的门阙，又称天门，象征着墓主人进入天国。天门旁有一

伏羲女娲图（东汉）

棵大树，粗大挺拔，这就是《淮南子》记载的“建木”，矗立在都广之野，是“众帝所自上下”的通天之树。旁有一亭，亭外有一壮硕的裸体力士，双手捧管状物向亭子吹风，亭子石柱被风吹断，屋顶倾斜，野间有人奔跑，此吹气之人即风伯。在汉代，风伯吹风助人升仙的思想十分盛行。

北壁是墓主人夫妇并坐宴饮图，卧榻平展而整齐，帷幔低垂，案几上摆着各种食物，仆人垂手侍立。厨子正在为主人准备餐饮，大钩子上挂着狗猪一类肉食，灶膛有人生火，一座桔槔式水井旁，两人在盆罐前淘米、洗菜。

汉代把墓室称为幽堂或羽宫。“去此宁宁，归于幽堂，玄室冥冥，修夜弥长。”“羽宫寄宿月华冷，羽客伴吟松韵秋。”人们相信“谓死如生”“死人有知，与生人无以异”，因此，人死后“多埋珍宝偶人车马”“多侍尸柩，多藏食物，以歆精魂”。在幽暗孤独的墓室中，注入了人间欢娱与热闹。

墓室内还有一幅男女交媾图，古籍上所说的桑林，两棵交缠着的大树，暗示着男女的交合，野合的男女肢体健康，握手、护臂、依偎、亲吻、交媾，女性腿部动作夸张。林间有一只凤鸟，吊于树枝玩耍的猴儿，好像被精彩的情景吸引住了。

《孟子·告子》：“食色，性也。”

《礼记·礼运》：“饮食男女，人之大欲存焉。”

《易经·系辞下传》：“乾坤，其易之门邪，乾，阳物也，坤，阴物也，阴阳合德而刚柔有体，以体天地之撰，以通神明之德。”

《老子》：“玄牝门，天地根。”

有关古代性关系的讨论中，论者多注重生殖、繁衍的角度，性爱的乐趣被淡化了，其实千百年来，人类一直向往着美好的性生活，这是生命中的挚爱。

“与君为新婚，菟丝附女萝。”（《古诗十九首》）

交合图（东汉）

“欢娱在今夕，嬿婉及良时，努力爱春华，莫忘欢乐时。”（《苏子卿诗》）

“愿为西南风，长逝入君怀。”（曹植《七哀诗》）

“我既媚君姿，君亦悦他颜……何以结恩情，美玉结罗缨。”（繁钦《定情诗》）

经历了汉末战争，人们从诸神的迷信中解放出来，离愁别恨、男女相思之情，成为时代之音，这是人的真正解放。

素春悄悄地打着哈欠，被我看到了，有点不好意思。

“我有点困，想睡了”，素春把头靠在我的肩上，柔软的小手和我胶着。

我说：“走，到上面木房里去。”

“好。”

木房里摆放着一张工作台，还有张原木的床，工作台上，放着我的一堆临摹稿，素春打量一下，用炭笔条随意地补了一笔。

她的线条流畅准确，形态一下子有了生气。

我说，再来一下。

又是刷的一笔。

我大惊！

她说，毕业后，曾在动漫公司做过两年，后来才到报社工作，这些平面的东西，太简单了。

我将临摹稿摊开，请素春改动，对那些乏力的线条补上几笔。

素春翻动着那堆稿子，样子很专注。

我打开窗户，立即有凉丝丝的夜风灌入，冰箱里还有些饮用的纯净水。

关灯后，一只青蛙在高声鸣叫，叫了一会便不作声了。

素春说："你一定觉得，我是个轻浮的女人，没有一点矜持。我是你招之即来，挥之即去的人，我好失败。"

素春说："我几次去长沙，想找你，我打你的电话，打了十次都不止。有一次，你终于接了，我说在街上迷路了，你没有出来，你还说了一句话，最伤我了，你知不知道？"

"哪句话？"

"你说，结婚以后，夫妻关系是最实在的，对孩子也好。"

我说："我是不想让你存念想。"

"算了吧，女人爱了就爱了，死都不怕，不像你。一本书上说得好，一个男人只要不想和一个女人结婚，再好听的甜言蜜语都是假的，我真是太傻了。"

我一时语噎。

素春说："结婚后，老公对我特别好，但我在精神上早已出轨了，想你想多了，就看不惯他。现在告诉你吧，对我老公，我一直不满意，他是独生子，从小娇生惯养，什么都不懂，阅历还不如我。我对他没有期待，倒是憧憬过与你共同生活，十多年来，我是多么希望接到你的电话，说，素春，我在那里等你。"

我不知道该怎样告诉她，你是我真正爱过的人，真真切切思念过、牵挂过的人，对你的回忆，是我人生的慰藉。

素春说："只要你不是骗我，我不后悔。"

我又回忆起和她初识的情景，她站在山顶上，一张楚楚可人的脸，一颗种子就这样在我心底埋下了，在以后的岁月里，我看着它在我的心里发酵、增长。虽然沧海桑田，世事纷纭，但不变的只有爱。虽然一切坚固的东西都会烟消云散，但你，却像藤萝一样萦绕着我，无处不在，这一点，你总该相信吧。

黑暗中，素春扭动着身子在脱衣服，说："以后我得了神经病，就会来找你。"

在古文字中，"身"字很古老，中国人的灵魂不是在大脑中，而是落在身体中。在我们的哲学中，不太说灵魂肉体的分离，而是强调身体是一个小宇宙，本身就是崇尚的对象。在我们的传统中，比较重视与身体相关的生活细节，如烹饪、医方、房中。在出土的竹简中，除了《黄簿》《日书》《美食方》外，还有较大数量的《房中》，专门探讨性的技巧与增强性功能之法，以求男女间最大的快乐。

"凡初交之会之时，男坐女左，女坐男右，乃男箕坐，抱女于怀中。于是勒纤腰，抚玉体，申嬿婉，叙绸缪，同心同意，乍抱乍勒，二形相拷，两口相嗚，男含女下唇，女含男上唇，一时相吮，茹其津液。千娇既申，百虑竟解。乃令女左手把男玉茎，男以右手抚女玉门，于是男感阴气，则玉茎振动，峭然上耸，若孤峰之临迥汉，女感阳气，则丹穴津流，若幽泉之吐深谷，此乃阴阳感激使然，非人力之所致也，势至于此，乃可交接。"（《洞玄子·和志》）

"女子不觉噤齿，香汗喘吁，目合面热，芳蕊大开，滑液溢流，此快活之极也。"（《素女妙论·浅深》）

这些房中书皆主张性交前两厢情愿的心境，能激起女性阴的本质，从而使双方受益，用唇、舌触及女阴的做法也受到积极的赞同。借着黑暗的掩护，我们一次次放纵着自己的欲望，一遍遍重述从初识到相爱过程中的一个个细节，此时也变成了附助兴奋的消费品，失去了纯洁的本意。她娇羞的身体又轻又软，长长的双乳，在我的梦中演变成一个有三条腰的人，和我缠绕在一起，就像墓室羡门上人首蛇身的伏羲女娲交尾图。

醒来时，不知是什么时候了，窗外几颗大星像在窥探，星月的辉光，洒落在四壁上。寂静中，我听到头顶上方水声淙淙，是梦溪。此时，我感觉到在青山之间，有一股时光的流水，祖先的黄泉，漫过了我的身心。

中国是一个农业民族，祖先和后代如同一串植物，单独的个人是没有力量的，因此，“身”的概念不单指自身，还牵涉祖先和家族的血脉。

许多年前，白鹤古城出土了一个巨大的陶制异形器，一人多高，上部管状，中空，底部圆球状，布满陶刺。烟囱？图腾柱？族徽？谁也不认识。后来才明白，这是一个生殖器的形象，甲骨文中的“且”字，最早的祖先牌位。在我们的传统中，有一种顽固的结构性的东西，人不是来自上帝，而是来自祖先，祖先的血脉流过后代，像流水一样“绵延”不息，如果你的血缘亲属中没有人埋在这个地方，你就不能称为这一地方的人。

这个墓葬中出土过一枚“陈氏”印章，说明至迟到汉代，陈姓已经是这块土地上的望族，墓主人很可能是郡县中的官吏或儒士宿彦。在陈家屋场村民看来，这些古墓都是孤魂野鬼，与他们无关，他们哪里知道，这个大墓的主人就是他们的祖先。汉代村庄遗址与现在的陈家屋场基本上是重叠的，村庄所在的土台，都是历代废墟叠压而成的，过去修村小学时，曾经挖出过大量汉代的瓦片。几十年来考古发掘出来的古遗址、古墓葬，其实都是村史的延伸。在新版《陈氏族谱》中，树杈一般繁衍的人名，是一个家族植物般的生命编码，生生不息的生活长链。

我躺在木房中，天地平静得什么也没有发生过。我想，如果再过两千年、五千年、一万年，会有什么样的变化呢？天空的月亮、星辰是一样的，凤形山的山体会被风雨侵蚀冲刷，如肌肉绉缩，裸露出苍老的岩体，地面上的梦溪可能会淤塞，新的高速公路会在空中架起来。在此过程中，人就像蚊蝇、草木一样，经历着自己短暂的周期。正如《陈氏族谱》编修者的感慨：“人生世上如落花飞絮，或飘茵毡之上，或坠藩溷之中，显晦升沉难以亿计。”

这是一个刻骨铭心之夜，你，陈素春，就是从那个时候走向我的，而我则通过与你的结合，完成了血脉的交流，它让我确信，我已经与这块土地融为一体了。

抄录《陈氏族谱》中的“时令”：

正月一日，鸡鸣而起，先于庭前爆竹以辟山臊恶鬼……贴画鸡户上，悬苇索于其上，插桃符其旁，百鬼畏之。

三月三，士民并出江渚池沼间，为流杯曲水之饮。

五月五日，屈原投江，楚人哀之，每至此日以竹筒贮米投水祭之。

七月七日，为牵牛、织女聚会之夜，是夜人家妇女结采缕，陈瓜果于庭中以乞有喜子。

七月十五，僧尼道俗悉营盆供诸佛。

九月九日，四民并借草饮宴。

立秋，采千茅，山中多菅茅，坚而长，霜重则槁，十月并工取之，用以盖屋及墙，余则备春冬薪爨之资。

冬至，始渔大泽，民多以网罟，是月水潦不泛，始卜日入湖，谓开湖；始傩，击鼓铙以迎傩神，逐疠疫。

岁暮，家家具肴蔬诣宿岁之位以迎新年。

抄录《陈氏族谱》中的“物产”：

稻：泽土所生。《周官·职方氏》：“荆州，其谷，宜稻。”

姜：辟秽散寒，能调诸味。《论语》：“不撤姜食。”

芋：一名蹲鸱，叶似荷而长，野芋生溪涧，有毒，入口杀人。

瓮菜：蔓生，茎空。《遁齐闲览》：“此菜来自东夷。”

芹菜：《吕氏春秋》云“菜之美者，有云梦之芹”。

车前：大叶长穗，生道旁，《诗》所云芣苢也，治泄泻，能塞精窍。

黄连：丛生，一茎三叶，高尺许，叶冬不凋，性极寒。

茯苓：《本草》云“老松余气所结”，《淮南子》云“千年之松，下有茯苓，上有菟丝”。

兰：《楚辞》云“沅有芷兮澧有兰”。

虎耳：以形名，滴汁可治耳病，好生古墙脚下。

凤尾：以形名，可治淋病，好生沟港古破窑中。

梦花：梦溪之畔有梦花，其茎如藤，其花黄白，丛条甚细，俗云“有梦失记者，纽之即晤”。

……

抄录《陈氏族谱》中的“村史沿革”：

陈，原为古国名，妫姓，开国君主名满，相传是舜帝的后代。周代有陈国，武王灭商后所封，公元前478年为楚所灭。其后裔以国为姓，纷纷外迁，其中一支迁徙至湖湘地域，卜居洞庭湖边。

相传先祖锡公挟笼鸡载酒审视山水，途经此地，稻田中有一古树。鸡从笼子里飞出来，锡公想到梦中授记“笼破鸡飞，见树即止”，便驻足察看，发现此地群嶂环抱，绣壤平浒，可耕可隐，于是锡公不惜重价将此地购买下来。当时只有少数苗瑶居住，荒滩野沟，虎豹成群，自锡祖迁居后，相阴阳，观流泉，披荆斩棘。数代以后，瓜瓞蕃衍，人文炳蔚，耕者、渔者、樵者靡不安居乐业，优游于青天白日之下。

南宋高宗建炎年间，洞庭湖赤光夜见，此为血征，巨盗钟相、杨么相继为乱，杀戮无算。

先祖陈文秀为南宋进士，官至湖广零陵知县，元兵南下，文秀抱亡国之痛，挂冠回故里定居，卒葬凤形山。

明代崇祯年间，洞庭湖上五龙并见，有鸟成群，其飞蔽日，在田满田，在屋满屋，明年，遂有屠戮之变。闯贼大掠郡邑，杀人千余，方秋暑，尸气熏蒸，蝇可蔽日。

清嘉庆年间，禾苗甚蔚，大雷雨，水高丈余，水面荧荧有光，大如月，小如星，浮沉隐见，晨起，苗尽偃，沿水土陷山崩，有巨物僵卧田中，腥秽之气弥漫数十里，此为蛟龙移穴。

民国初年，洞庭湖水患频繁，湖水暴溢，没村一丈五尺，陈家屋场几成泽国，漂民庐舍，以至于田禾无收，民多饿死，加之疫痢交作，死者枕藉，斗粟易以妻，升粟易以子，三五成群，盗贼四起，伺有肩担背负者，则挟刃挺以相待。

1930年，陈家大屋发生脑膜炎，死亡数百人。

1934年，红军萧克过境，屯驻数日离去。

1936年，陈家女凤珍，十七岁，与同姓男子好，有孕，一是乱伦，二是未婚先孕，男子逃走了，在族长和村民的胁迫下，陈家逼自己的女儿上吊自尽。

1940年，洞庭湖赤星见，洞中出鼷鼠如牛，出田亩中，散落其尾，悉为小鼠，时有群鼠数十万，衔尾向西。明年，日寇进入白鹤镇，村民藏身鬼葬山洞腹中，被全部熏死，鬼子洗劫民财三日。

1941年11月，一架日本飞机投下大量带有鼠疫病菌的谷麦、豆子、高粱、烂棉絮，几天后，鼠疫发作，死亡数十人。

1949年，中共孱陵县委建立，族人陈绍春，在村里反霸减租，生产度荒，开群众会后，在地主家清理没收谷物，十余名地主亲信包围铺屋，陈绍春被砍倒，仍举板凳搏斗，跑出铺屋，流血过多，死在地埂上，年仅32岁。

1950年，族人绍清从征吃粮，在朝鲜一座浮桥上被美国飞机炸死。

1951年，村里划成分，有大地主5户，中小地主、富农70多户。

1958年，生产队办食堂，吃饭不收钱，开始鱼和肉，后来大米粥，再后来是野菜、岩粑，很多人得水肿病死亡。几年中，全大队只生3人，绍兰、宗满、克俭。

1964年，村妇李氏，因丈夫好赌，争吵自缢。

1967年，受上海“一月风暴”影响，地区造反派“踢开党委闹革命”，各级党政领导被揪斗，组织陷入瘫痪。

……

在《陈氏族谱》中，我也找到了素春一家的相关记录：

陈绍禄，1930年出生，十几岁到东北打仗，参加过抗美援朝，是侦察兵，到过釜山、大邱、汉城、平壤，参加过中南解放。

绍禄的儿子建国，1952年出生，当兵后转业到大同、昆明，八十年代调回常德，先在乡政府任职，后调县府任职。

建国的女儿素春，在幼儿园，被评为“好孩子”。

卷尾

吹落桃花满洞庭

1

2001年12月21日，考古学大师俞伟超先生已经病入膏肓，一步步逼近他生命的大限。那一晚，先生住在北京昌平小汤山医院，他写道："当《论集》（注：指俞先生的《先秦两汉考古学论集》）出版，和我在山东兖州考古领队班上所讲《关于考古地层学问题》和《关于考古类型学问题》印成讲义，广为流传后，内心突然觉得研究目标应该再前进一步。但前景何在，却感到渺茫，不免常有恍惚之感，甚至苦闷，怎么会有写作新文章的激情呢？我不敢说后来把这种问题想清楚了，但慢慢终于懂得，寻找人类的本质，追索人类社会的本质，或者说了解人类的本性，其实就是许多人文学科（当然包括考古学）追求的最终目标。" 在俞先生另一篇文章中说，把古今文化联成一体，而寻找内在联系的思想，无疑已触及考古学最根本的价值，而这正是考古学生命之树的根系。俞先生显然已经清楚学科与自己工作的局限，内心有许多东西没有释怀，但他没有合适的下手处，更是因为，他的生命已渐渐逼近大限。

一个写作者写什么，如何写，不是自己可以任意选择的。一个人成长的滋养，他的禀赋与他的感受方式，决定了他的视野与风格。我是一个考古工作者，我的生涯就是我体验人生、认知世界的方式。考古学有一种从泥土里渗出来的坚实性，它所呈现的，是未经皴染、涂抹的事物本身。考古遗存有许多传递信息的方式，在通常的学术语汇之外，还有一种让我瞬间涌起的东西，与我内心隐秘处息息相关，这就是我作为一个写作者的丹田。我想让考古学化作单纯、真挚的形式，与心灵相触，我以这种方式，接住地脉，并直抵文化的核心。换句话说，我是从自己涌起的心性中寻找考古学。我相信每一件文物，每一处遗迹，都有性命之精微流转其间，我从中寻找那种不可动摇的坚固性，那种可以镇住尘世浮华的力量。当我一旦拥有了这种力量，我的精神就不会轻易被别的东西所转，这也是职业给予我的最大馈赠。

一切学问都是关于生命的学问，死亡不属于生命的范畴。文物不是生命，只是生命的残骸。就职业而言，我只是古代文明的"仓库管理员"，并不意味着掌握了它的内涵，更不能说是精髓。在这部作品中，我表达的不是陈尸，不是古董，而是鲜活的生命，我以自己的感知为起点，搜集点点滴滴生命的感觉，寻找今生前世的秘密、世世代代生活的钥匙，撇去五光十色的浮象而直抵生活的核心。

写小说，为一般体面的考古学家所不为，在端方之士眼中，发表这类有失体面的文字，无异于低俗堕落。我为何不用一种高尚的表达方式？这是因为，文学所表达的，乃是生命的本体，是生命的真实存在，不光关乎灵魂，也关乎人的欲望、本能。在我的眼里，所谓历史长河，其实是指世代相传的血液，它们一直在我们身上涌动，与我们的身心须臾不离。古老的遗存不过几千年、几万年，而人的身体、欲望、本能，连同思想、伦理、精神的格式，都是几百万年漫长过程中模铸好的，我们接近历史的途径很多，祖先不光在地层中、坟墓里、书册上，还在我们的体内。因此，我更愿意从自己的心性中，获得鲜活的生命之源。我本是书斋中勤勉的学者，一生可能被种种论文、课题缠身，将出土文物当作论文的材料，研究诸如蔽眼、充耳、鼻塞之类的专业问题，或者写些仿古作品，捡拾别人的牙慧营生。但是，我又是一个漂泊异乡的文学爱好者，让我反复回味的，不光是大开大阖的历史风云，还有我平凡生活中的琐碎细节，几段平平常常的风流情事，一个眼神，一个触摸的感觉，粉红色的灯光和平常的水稻田，开着荷花的池塘和江山中风雨阴晦的种种意象，它们是可以沟通古今的。有时我不知深浅地想，大师止步的地方，不正是我这部作品的出发点吗?

2

我蛰伏在凤形山中的木房里，修改这部《洞庭之时光》。

阴雨连绵，我看到自己一脸病容，晚上睡得很不踏实，我梦见我的身体变成了一株巨大的古树，就是那棵“田心树”，树冠遮盖着数亩土地，躯干上的空洞，曾为古人的穴居之所。我不知道自己生活了多少年，我是世界上最苍老的人。我的身体是一副枯骨，裹在杂草和泥沙中，头发是虬枝曲结的树杈，我的眉毛与头发同长，密密匝匝的藤萝缠绕着树枝，像无数大蛇小蛇。我的前额被白雪覆盖，头顶还有积雪，左脸上方的天空，是极细碎的深碧，有缕缕阳光穿过，右脸上方的天空正下着隔田雨，风雨凄晦，我的脖子上长着青苔和菌类，我的血管是暴露百米以外的树根，我的脚板是数十亩开裂的农田。我的耳边是沙沙作响的湖风；我的身边蠕动着各种各样蛇的花纹，或在草丛中缓缓流动，或纠缠在树枝上；一只黄猫在草丛中窜过，眼睛在暗处一闪；两只锦鸡拖着长长的尾巴，在稻田间小心翼翼地张望；石板路上撑伞的行人，色彩鲜艳。透过婆娑的树枝，我还看到七里湖上空的亮光；陈家屋场黑压压的屋檐匍匐在盆地的边缘，像一只巨大的蜥蜴；楚江彼侧的狮子岩，有一种难以言说的古老，像一个苍老的人，阅尽了数万年人类的沧桑，仍然活着；一条条狭窄的土路，从凤形山墓地延伸出去，就像一只只从坟墓中伸出来的枯臂，紧紧地将现在抓住。

我就这样躺着，做着冗长的梦，环绕在我四面的青山，在这个季节呈现出浅黛色，它们总是这样静静地与我相伴，并随着我生活中的悲喜而呈现出不同的面容，我想有一天，我的生命停止了，这些山岭也会呈现出它的垂暮之境。连绵的山冈上，布满了不同时期的古墓葬，从上古的土坑墓直到历史时期不断废弃的木椁墓，几乎卧满了这方山坳，有时它们幻化成一具具卧尸横陈。我知道，这里的每一洼积水都流淌着祖先的黄泉，就连在空气中，也飘着盘桓不散的腐尸味……我的双手和目光，就像我的职业，不断往下发掘，或者透过层层叠叠的文化堆积，与过往的人们交流，借着它，我经历着考古生涯中的人生际遇，变幻无常的生活之水和滋养我生命的爱。我不断咀嚼着这些文化层——历史尘埃的真实内容，在不经意间，也把糟粕一齐牵扯出来，就像死人疯长的头发、指甲，这并不是我有意为之，是职业使然，我陈列它们，不是为了弘扬，而是完成对于它们的埋葬，以拯救自己的生命。

3

我躺卧在陈家屋场返回长沙的汽车上，天空有云块涌动，掩映着漠漠的群山，窗外的树梢不断地向后掠过，我闭上眼睛，听车轮在路面上碾动，我就知道，我的身体正穿行在这方熟悉的山川间，我记得这里每一个山坳或土台子的名字。

陈家屋场：陈氏家族的聚居地，历代先祖堆挑而成。

田心树：稻田中一株苍老的古树，树龄数百年。

梦溪：溪水中流着枸杞子，村人饮之逾百岁，溪边有梦花，有梦失记者，纽之即晤。

白鹤古城：民间相传，楚平王曾在此放鹤。

凤形山：山形如凤鸟展翅，为陈家老坟场。

狮子岩：临江兀立，崖壁有丹墨，行船以为祖考，祭之不敢慢。

七里湖：洞庭湖的内湖，龙潜其中，风雨将至，隐隐有黑雾上冲，须臾风竟起，风吹飞石，遇树树断，遇屋屋毁，俗称“黑龙洗澡”。

黑沟垭：山垭下一沟，多树木，光线暗淡。

野鸡坪：此处多野鸡。

女儿牵：曾有一女牵其父经过此地。

猪贩子坟：一个猪贩子死后葬的地方。

割头坪：从前出过妃子，朱元璋大军追杀谋反的黄姓后裔，到此只见满山云雾，不见山顶，遇老者挑一担草鞋经过，士兵想买，老者说，不卖，是给自己备的，山路还长着呢。大军便开始回撤，其时恰有一妇人生产，秽气触怒了山神，山雾顿散，坪上村烟，尽收眼前，大军返回，杀得个鸡犬不留。

移山：山本在水北，一夕风雨，旦而移水南，故名。

鬼葬山：在县西三十里，穹窿冠群岫，四时云雾环拥，遥望不见其巅，山腹有鬼葬之窟。

在这些地名上，凝积着一段段历史的记忆，拄着拐杖的老者在指指点点中，还都能说得出来，但它们正随着推土机在不断消失。

青年时代，乡村考古对我来说，没有太多的意义，除了农人的婚丧嫁娶，间或谁谁被鞭炮炸死了，谁谁被拐走的，谁谁喝农药死了，说几天，又平静了，谁也不会把这些看得太重。我像一个过客，匆匆来去，从未全身心皈依过哪一块土地，但随着时光的推移，在不断的重复中，逐渐产生出一种年久日深的感受。在此过程中，我写下了一段段平淡的文字，松松散散，就好像生活的格局：一个头绪尚未结束，新的头绪又紧接着开始，若干年后，又与某个事件相连，生活就是这样一个渐次展开的过程，而我一直置身在这个过程之中，现在它终于接近了尾声。

天色浑浊，一切都在灰蒙中，现在我的身体、心绪都有很大的改变，曾经百感交集的东西，而今已经平静，生命力就是这样枯萎的，涉世久了，方知“灰”字，这才是生活的原色。也许真正适合我的，正是那种杂色的、浑浊的生活本身。

现在孱陵县城也通了高速公路，透过山丘之间的豁口，可以看到贴在坡地上的农家小楼，公路的隔离带是一排剪去树冠的松柏，像一列整齐划一的士兵，我像是一株从隔离带中逃逸出来的树，在荒山野村中自由地生长。

夜色中，又经过你的城市，从高速公路上看下去，燃放的烟花，就像街边的一株株桃树，桃花纷纷吹落。一处娱乐场所的灯光亮了，霓虹闪烁，射入我的眼睛，我的心头掠过淡淡的、对于红尘的渴望，在这个年龄，已经变成一种非常健康的生理感受。又想到了你的身体，一股温馨的暖流从脚心一直流淌到全身。我真切地感到，自己就像一株树，开花、成长、成熟、枯萎，几十年中，有欣慰，有遗憾，也有羞愧，我要对一些人说“谢谢”，对一些人说“对不起”。没想到当初不经意的片断，竟成了我生命过程的全部。我感到，我身上淤积起层层污秽的堆积，就像泥土一样，最后也会融入这片大地的地层中。

图书在版编目(CIP)数据

洞庭之时光/柴焕波著 .—长沙:岳麓书社,2017.5

ISBN 978-7-5538-0708-9

Ⅰ.①洞... Ⅱ.①柴... Ⅲ.①长篇小说—中国—当代

Ⅳ.①I247.5

中国版本图书馆 CIP 数据核字(2017)第 013290 号

DONGTING ZHI SHIGUANG

洞庭之时光

作　　者:柴焕波

责任编辑:管巧灵　邱建明

责任校对:舒　舍

封面设计:风格八号·王姣

岳麓书社出版发行

地址:湖南省长沙市爱民路 47 号

直销电话:0731—88804152　88885616

邮编:410006

岳麓书社网址:www.yueluhistory.com

2017 年 5 月第 1 版第 1 次印刷

开本:710×1000　1/16

印张:20.25

字数:246 千字

ISBN 978-7-5538-0708-9

定价:38.00 元

承印:湖南众鑫印务有限公司

如有印装质量问题,请与本社印务部联系

电话:0731—88884129